藏诵读版

乐府诗集

〔宋〕郭茂倩◎编 东篱子◎解译

全鉴

扫一扫
免费赠送3种国学音频!

国家一级出版社　　中国纺织出版社　　全国百佳图书出版单位

内 容 提 要

　　《乐府诗集》是一部成书最早、收录我国古代乐府歌辞最为完备的诗歌总集。由于《乐府诗集》全本的篇目浩繁，为了使读者既能窥乐府诗歌之全貌，又可领略其核心精华，本书编者以郭茂倩的《乐府诗集》为蓝本，精心选编了其中十一类颇具代表性的名篇，汇集成《乐府诗集全鉴》一书。此外，本书还在文中添加了注释及赏析，以便于读者阅读理解，体会乐府诗词的绝妙华章。

图书在版编目（CIP）数据

　　乐府诗集全鉴：典藏诵读版 /（宋）郭茂倩编；东篱子解译. —北京：中国纺织出版社，2019.5
　　ISBN 978 – 7 – 5180 – 6107 – 5

　　Ⅰ. ①乐… Ⅱ. ①郭… ②东… Ⅲ. ①乐府诗—诗集—中国—古代 Ⅳ. ①I222.6

　　中国版本图书馆 CIP 数据核字（2019）第 067544 号

策划编辑：陈希尔　　责任校对：寇晨晨　　责任印制：储志伟

中国纺织出版社出版发行
地址：北京市朝阳区百子湾东里 A407 号楼　邮政编码：100124
销售电话：010—67004422　传真：010—87155801
http://www.c-textilep.com
E-mail：faxing@c-textilep.com
中国纺织出版社天猫旗舰店
官方微博 http://weibo.com/2119887771
北京佳诚信缘彩印有限公司印刷　　各地新华书店经销
2019 年 5 月第 1 版第 1 次印刷
开本：710×1000　1/16　印张：20
字数：245 千字　定价：49.80 元

凡购本书，如有缺页、倒页、脱页，由本社图书营销中心调换

　　《乐府诗集》是继《诗经·风》之后，一部总括我国古代乐府歌辞的著名诗歌总集，由宋代郭茂倩所编。现存 100 卷，是现存收集乐府歌辞最完备的一部。其内容十分丰富，反映社会生活面很广，主要辑录汉魏到唐、五代的乐府歌辞兼及先秦至唐末的歌谣，共 5000 多首。

　　《乐府诗集》的编选者郭茂倩（1041—1099 年），字德粲，北宋郓州须城（今山东东平）人，为莱州通判郭劝之孙，太常博士郭源明之子。其先祖为太原阳曲人，高祖郭宁，因官始居郓州。神宗元丰七年（1084 年）时，郭茂倩为河南府法曹参军。

　　汉乐府，原是汉代掌管音乐的官署，主要负责收集民间诗歌和乐曲。后来人们把由它收集来的配乐民歌或一些文人模拟这类民歌所写的作品统称为"乐府"，乐府也就成了一种诗歌体裁。"言乐府者，以是集为祖木，犹渔猎之资山海也"（《四库全书简明目录》）。乐府诗中有许多流传千古的佳作，民歌是其中的精华，这些作品大都收录在宋代郭茂倩编的《乐府诗集》中。

　　《乐府诗集》全书 100 卷，根据乐府诗的来源、用途和音乐系统分十二类，上起汉魏、下迄五代，兼收录秦以前歌谣十余首。除收入封建朝廷乐章外，还保存了大量民间音乐的歌辞，其中相和、清商、杂曲、新乐府诸类，尤多优秀之作。

《乐府诗集》保存了大量的优秀民歌。有反映江南吴歌、楚地民歌、北方优秀民歌的清商曲辞八卷，横吹曲辞五卷；有寓古讽今、针砭时弊、表达忧愁、愤懑、情爱的杂曲歌辞十八卷，新乐府辞十一卷；有宫廷礼乐、朝宴飨射宗族祭祀大典的郊庙歌辞十二卷，燕射歌辞三卷；有专辑隋唐两代歌谣的近代曲辞四卷，杂歌谣辞七卷。

由于《乐府诗集》成功地展现了历代乐府诗的完整风貌，故后人仿之者甚众。元代左克明编的《古乐府》，明代梅鼎祚编的《古乐苑》等大都根据郭氏《乐府诗集》或简化删改增辑加多，但互有出入，或终于陈隋，或止于南北朝，但皆无能出《乐府诗集》之右者。《四库全书总目提要》云："征引浩博，援据精审，宋以来考乐府者无能出其范围。"

《乐府诗集全鉴》一书收集乐府诗歌中的精华部分集为十一卷：郊庙歌辞、鼓吹曲辞、横吹曲辞、相和歌辞、清商曲辞、舞曲歌辞、琴曲歌辞、杂曲歌辞、近代曲辞、杂歌谣辞、新乐府辞。为了帮助读者更好地理解原作，编者除了收录原作以外，还增设了相关辅助性栏目：注释部分除对难懂的词语与典故进行注释外，还对生僻字进行了注音；对作者的生平事迹进行了介绍；赏析部分主要介绍了写作背景和写作意图、诗词的意境和写作特点，让读者实现无障碍阅读。可以说，读者一册在手，便可阅尽中国古代乐府诗词的不朽魅力。

本书将纸质图书和配乐诵读音频完美结合，以二维码的方式在内文和封面等相应位置呈现，读者扫一扫即可欣赏、诵读经典片段。诵读音频由中国国际广播电台、中央人民广播电台专业播音员，以及中国传媒大学等知名高校播音系教师构成的实力精英团队录制完成，朗读中融进了对传统文化的理解，声音感染力极强。

解译者

2019 年 4 月

目录

卷一　郊庙歌辞

卷二　鼓吹曲辞

卷三 横吹曲辞

卷四 相和歌辞

卷五 清商曲辞

卷六 舞曲歌辞

卷七 琴曲歌辞

卷八 杂曲歌辞

卷九 近代曲辞

卷十 杂歌谣辞

卷十一 新乐府辞

卷一 郊庙歌辞

日出入

无名氏

【原文】

日出入安穷①？时世②不与人同。

故春非我春，夏非我夏，秋非我秋，冬非我冬。

泊如③四海之池，遍观是邪谓何④？

吾知所乐，独乐六龙⑤，六龙之调⑥，使我心若⑦。

訾黄其何不徕下⑧。

【注释】

①安穷：何有穷尽。安，何。穷，尽。

②时世：时代，社会人事变化；自然界之时序变化。

③泊如：犹"泊然"，漂泊而无所附着的样子。

④是：此。邪：语助词。谓何：还说什么呢。

⑤六龙：古代传说日车以六龙（龙马）为驾，巡行天下。日出日入，即为日神驾六龙巡天，以成昼夜。

⑥调：发；协调。

⑦若：顺，此有愉悦之意。

⑧訾（zī）黄：指乘黄，传说中龙翼马身之神马名。徕：同"来"。

【作者介绍】

此诗作者不详。据《汉书·礼乐志》记载：元狩（公元前122—公元前117年）年间，汉武帝定郊祀之礼，立乐府，以李延年为协律都尉，命司马相如等作郊祀歌十九章，其目多以歌之首句为名，以用于郊祀天地。以后历代王朝的这类歌辞，大都沿袭汉代之旧。

《汉郊祀歌》十九章是武帝郊祀时所用的乐歌。因其是时代的产物，它客观地反映了西汉人特有的政治观念：君权神授思想和封建大一统思想；因其郊祀所唱，又自然流露着汉人宗教观念的特征：三一并祠、黄帝降位、泰一至尊、高帝配享等，使我们了解到西汉贵族的精神追求和政治信仰，以及天人合一思想在政治和宗教领域的统摄地位。

【赏析】

《日出入》是汉代的一首杂言诗。该诗是祠祀天地诸神的乐歌——《郊祀歌》（又称《十九章之歌》）其中的一章，是祭祀日神的歌谣。该诗歌独辟蹊径，描述人们祭祀日神时的悠邈情思，表达了人之短寿、乐中带苦、去留难舍的情思。

诗中由太阳每天早上升起，晚上落山写起，让人感到时间与人生的飞速流逝，由此汉武帝就产生了欲要成仙、乘龙上天的想法。

全诗以接近口语的朴实文辞，表现人们的悠邈之思。作者思致奇崛，异想天开，诗情往复盘旋，感慨人生短暂，并将其寓于宇宙无穷的深沉思考之中，使得这首抒情诗，带有了耐人咀嚼的哲理意味。因此，萧涤非先生称它为"十九章中""一绝好之抒情诗"（《汉魏六朝乐府文学史》）。

总而言之，这是一首既富人生哲理，而又具有仰求成仙以永远拥有时世思想的祀神歌。这很合于汉武帝当时的思想，也很合于封建帝王思想，因而具有典型意义。

天门　　　　无名氏

【原文】

天门开，诀荡荡；穆并骋，以临飨①。

光夜烛，德信著；灵浸鸿，长生豫②。

太朱涂广，夷石为堂；饰玉梢以舞歌，体招摇若永望③。

星留俞，塞陨光；照紫幄，珠烦黄④。

幡比翅回集，贰双飞常羊⑤。

月穆穆以金波，日华耀⑥以宣明。

假清风轧忽，激长至重觞⑦。

神裴回若留放，殣冀亲以肆章⑧。

函蒙祉福常若期，寂漻上天知厥时⑨。

泛泛滇滇从高斿，殷勤此路胪所求⑩。

佻正嘉吉弘以昌，休嘉砰隐溢四方⑪。

专精厉意逝九阂，纷云六幕浮大海⑫。

【注释】

①诀（dié）：遗忘。荡荡：广远的样子。穆：和乐。临飨（xiǎng）：下来享受祭祀。

②烛：照耀。据史书记载，汉武帝祭祀天神太一时，当晚夜空便有了

美妙的光泽。汉武帝信以为真，认为是恩德信义感动了上天。灵：神灵。浸：德泽所沾盖。鸿：广大。豫：安乐。

③太朱涂广：指祭神的场所，用红漆涂刷殿的大屋。夷石为堂：也指祭神的场所，用平整的石块砌成的殿堂。梢：舞动的人手里拿着用玉装饰的竿子。体：象征。

④俞：答应。幄（wò）：帷帐。烦：反射。

⑤回集：回旋的样子。常羊：指逍遥的样子。

⑥华耀：光华照耀。

⑦轧（yà）忽：长远貌。激长至重觞：指祭祀者迅速地多次祭献祭品。激：迅速。

⑧裴回：彷徨，徘徊不进貌。放：寄托。殣（jìn）：通"觐"，觐见。肆：献上。章：乐章，指乐舞。

⑨函蒙：有幸得到。寂漻：虚静的样子。厥时：那时。

⑩泛泛滇（diān）滇：形容众多丰盛的样子。斿（yóu）：古同"游"，邀游，从容行走。胪（lú）：陈列，陈述。

⑪佻：开始。嘉：吉庆，幸福。休嘉：美好嘉祥。砰隐：盛大的意思。

⑫九阖：九天。六幕：指天地四方。

【作者介绍】

此诗是《汉郊祀歌》十九章之一，作者不详。作为贵族乐府的《汉郊祀歌》十九章，其文学价值不容忽视，它和民间乐府一道，构成了完整、丰富的汉代乐府诗歌，其神奇的想象、大胆的夸张、生动的形象、典雅的语言、虚实相映的手法以及自由活泼的形式，堪与《楚辞》媲美。

【赏析】

《天门》一诗，写诸神大开天门，并想象神灵已经允许了汉武帝的请求，让他得以上升天空，成为神仙。

也有人认为，这首诗歌是为皇帝出行去参加祭祀而作，应是春祭的登歌歌辞。

青阳

无名氏

【原文】

青阳开动，根荄以遂^①；
膏润并爱，跂行毕逮^②。
雷声发荣，壃处顷听^③；
枯槁复产，乃成厥命^④。
众庶熙熙，施及夭胎^⑤；
群生啿啿，惟春之祺^⑥。

【注释】

①青阳：指春天。荄（gāi）：草根。遂：生出。

②膏润：指雨露滋润。爱：覆蔽。跂（qí）行：泛指动物用脚走路。逮（dài）：到，及。

③荣：指草木开花。壃处顷听：蛰伏在岩洞里的动物都倾听而起。壃：通"岩"。顷：通"倾"。

④枯槁：指（草木）干枯。成：成长。

⑤众庶：众多生命。熙熙：和乐的样子。施：延伸。夭：还没有生长的生物。胎：处于母胎中的生物。

⑥啿啿（dàn）：丰厚的样子。祺：福，福佑。

【作者介绍】

此诗是《汉郊祀歌》十九章之一，作者不详。

【赏析】

《乐府》之《郊祀歌辞》，用于郊祀。古代郊祀每年有五次，称为五郊，谓东郊、南郊、西郊、北郊、中郊。古代礼仪，帝王于五郊设祭迎气。立春之日，迎春于东郊，祭青帝句芒；立夏之日，迎夏于南郊，祭赤帝祝融；立秋前十八日，迎黄灵于中兆，祭黄帝后土；立秋之日，迎秋于西郊，祭白帝蓐收；立冬之日，迎冬于北郊，祭黑帝玄冥。所用乐曲统称为"郊祀歌"。

青阳，指春天，所以这首诗应是五郊祭祀中祭祀春帝的礼乐，用于迎送和歌颂春帝。因祭祀春帝的祭坛在东郊，故又称为东郊祭祀。歌中写出了大地回春时的一片欣欣向荣的景象，也表达了向神灵祈福的心愿。

景星 无名氏

【原文】

景星显见，信星彪列；象载昭庭，日亲以察①。

参侔开阖，爰推本纪；汾脽出鼎，皇佑元始②。

五音六律，依韦飨昭；杂变并会，雅声远姚③。

空桑琴瑟结信成，四兴递代八风生④。

殷殷钟石羽籥鸣。河龙供鲤醇牺牲⑤。

百末旨酒布兰生。泰尊柘浆析朝酲⑥。

微感心攸通修名，周流常羊思所并⑦。

穰穰复正直往宁，冯蠵切和疏写平⑧。

上天布施后土成，穰穰丰年四时荣⑨。

【注释】

①景星：德星。信星：即填星、镇星。彪列：排列分明。象：悬象，指日月星辰。载：指事情，天象所显示的人事。昭庭：明显地呈现于庭前。察：明显。

②参：同"三"，指日、月、星。侔（móu）：相等。开阖：指天地。开：指乾。阖：指坤。爰推本纪：指推原于祥瑞的出现以定纪元。爰（yuán）：于是。汾脽（fén shuí）：汾水旁隆起的土堆。元鼎四年（公元前113年）曾在这里出土过一口古鼎。

③五音六律：古代汉族音律。后也泛指音乐。五音：指宫、商、角、徵、羽。六律：指十二律中六个阳律。依韦：形容乐音抑扬动听。缭昭：声响明晰。杂变：杂乐和变乐。姚：通"遥"，遥远。

④四兴：指春、夏、秋、冬四季。

⑤殷殷：声音盛大的样子。河龙供鲤：指河伯提供鲤鱼。

⑥百末：各种香草做成的粉末香料。泰尊：上古的瓦尊，为酒器。醒（chéng）：指喝醉了酒神志不清的状态。

⑦周流：通行周遍。思所并：想寻求与神的道理相合。

⑧穰穰：形容五谷富饶。冯：指冯夷，即河伯。蠵（xī）：海产的大龟。

⑨后土：后土皇地祇，又称厚土娘娘，被称为大地之母。此处指大地。

【作者介绍】

此诗别名《宝鼎歌》，是《汉郊祀歌》十九章之一，作者不详。

【赏析】

据《汉书·武帝纪》记载："元鼎四年夏六月，得宝鼎后土祠旁，作

《宝鼎之歌》。"《礼乐志》曰："《景星》，元鼎五年，得鼎汾阴作。" 如淳曰："景星者，德星也。见无常，常出有道之国。"

由此可见，景星应是一种吉祥之星，不经常出现，只有在国家政治清明的时期才会出现。汉武帝元封元年秋天，据说曾出现过此星。诗中认为，景星出现是上天降福，表明风调雨顺，政通人和，表达了一种美好的愿望。

天马（二首）　　　刘彻

【原文】

其一

太一况，天马下，沾赤汗，沫流赭①。

志俶傥，精权奇，籋浮云，晻上驰②。

体容与，迣万里，今安匹，龙为友③。

其二

天马徕，从西极，涉流沙，九夷服④。

天马徕，出泉水，虎脊两，化若鬼⑤。

天马徕，历无草，径千里，循东道⑥。

天马徕，执徐时，将摇举，谁与期⑦？

天马徕，开远门，竦予身，逝昆仑⑧。

天马徕，龙之媒，游阊阖，观玉台⑨。

【注释】

①太一：天神中的至尊者。况：赏赐。沫：洗脸。赭（zhě）：红

褐色。

②俶傥（tì tǎng）：同"倜傥"，洒脱不受拘束的意思。权奇：奇特不凡。镊（niè）：同"蹑"，踏着。晻（àn）：朦胧不清的样子。

③容与：放任无诞。逦（lì）：超越。

④九夷：先秦时对居于今山东东部、淮河中下游江苏、安徽一带的部族的泛称，泛指中国东部夷人。

⑤出泉水：汉人认为千里马是龙种，所以几次获得骏马，都说是出自水中。虎脊两：指马有双脊梁，皮毛颜色如同老虎。化若鬼：指天马能任意变化，如同鬼神。

⑥历：经过。无草：指没有草、不生长草的地方。径：行经。循：顺着，沿着。

⑦执徐：指日期。太岁在辰日执徐。这里是说天马在辰年来到。将摇举：将奋翅高飞。期：相约。

⑧竦：同"耸"，高高地

飞跃。

　　⑨龙之媒：这里是说天马是神龙的同类，现在天马已经到来，龙就一定会来了。后人因此把骏马称为“龙媒”。阊阖（chāng hé）：天门。玉台：上帝居住的地方。

【作者介绍】

　　汉武帝刘彻（公元前156—公元前87年），西汉的第7位皇帝，杰出的政治家、战略家、诗人。刘彻开拓汉朝最大版图，在各个领域均有建树，“汉武盛世”是中国历史上的三大盛世之一。晚年穷兵黩武，又造成了“巫蛊之祸”，征和四年（公元前89年）刘彻下罪己诏。公元前87年刘彻驾崩于五柞宫，谥号孝武皇帝，庙号世宗，葬于茂陵。

【赏析】

　　太初元年（公元前104年），汉武帝命李广利为将军，率兵远征大宛，以惨败告终。太初三年（公元前102年），李广利再奉命率大军远征大宛。大军除在轮台遇到抵御外，很顺利地到达大宛。公元前101年，李广利凯旋班师，回到京城长安，向汉武帝献上宝马。

　　史书记载大宛国多善马，马汗血，能日行千里，称汗血宝马。武帝因宛马雄壮，比乌孙马更好，于是改称乌孙马为西极马，独名宛马为天马。汉武帝曾令司马相如等编制歌诗，按叶宫商，合成声律，号为乐府。及得了神马后，也仿乐府体裁，亲制《天马》歌。

　　《天马》分作两首，是汉武帝前后两次为获得良马而作，后来应被用作马的祭祀之辞。汉武之所以不惜为其祭祀，抬升其为天马，表明良种马匹在初汉时期所占的重要地位。作者通过赞马，同时也表达了自己雄霸天下的志向。

华烨烨　　　　　　　　　　刘彻

【原文】

华烨烨，固灵根①。

神之斿，过天门，车千乘，敦昆仑②。

神之出，排玉房，周流杂，拔兰堂③。

神之行，旌容容，骑沓沓，般纵纵④。

神之徕，泛翊翊，甘露降，庆云集⑤。

神之揄，临坛宇，九疑宾，夔龙舞⑥。

神安坐，翔吉时，共翊翊，合所思⑦。

神嘉虞，申貳觞，福滂洋，迈延长⑧。

沛施祐，汾之阿，扬金光，横泰河，莽若云，增阳波⑨。

遍胪欢，腾天歌。⑩

【注释】

①华烨烨：光芒盛大的样子。固灵根：指神所乘的车辆。皇帝的车辆，有金根车，以金为装饰。

②斿：同"游"。敦：与"屯"相通，聚集的意思。

③排玉房：列队于华丽的房屋前。杂：聚集。

④容容：飞扬的样子。骑：骑马的人和其坐骑。沓沓：行进迅速状。般：相连。

⑤翊翊：飞翔的样子。

⑥揄（yú）：相互牵引。九疑：这里指九疑山之神，指舜。夔（kuí）：舜

的乐官。

⑦共：通"恭"。翊翊：恭敬的样子。

⑧虞：娱乐，欢快。贰觞：再次敬酒。

⑨沛：广泛。阿：水流曲折处。横：充满。阳波：这里指黄河的波浪。

⑩胪：陈列。

【赏析】

此诗是《汉郊祀歌》十九章之一。据史书记载，元鼎四年（公元前113年），汉武帝到汾阴祭祀后土，礼毕后到荥阳，经过洛阳。这首诗便作于他渡过黄河南行途中。这也是一首迎神曲，迎接的是"汾之阿"的神灵，应该是土神后土和地神富媪，属于中郊祭祀的迎神曲。此诗形象传神地写出了神的出游、来临、受享及赐福等幻想的情节。

明堂飨神歌　　无名氏

【原文】

经始明堂，享祀匪懈①。

於皇烈考，光配上帝②。

赫赫上帝，既高既崇③。

圣考是配，明德显融④。

率土敬职，万方来祭⑤。

常于时假，保祚永世⑥。

【注释】

①经始：开始营建；开始经营。明堂：祖先的祭堂，古称明堂。享

祀匪懈：享受祭祀不懈怠。

②於：感叹词，鸣。皇烈考：显赫的皇祖。烈：有显赫武功称烈。

③既高既崇：既高大又崇伟。

④圣考：圣明的祖先。明德显融：光明之德显著融合于天。

⑤率土："率土之滨"之省。谓境域之内。敬职：勤敬职守。

⑥时假：来到的时刻。保祚永世：保佑国运永世长。

【作者介绍】

此诗出自《乐府诗集·晋天地郊明堂歌》。作者不详。

【赏析】

晋朝从三国战乱中诞生，初期万物凋零，民不聊生，所以从曹操的魏国起就提倡勤俭。

从这首郊祀歌辞中就能看出，晋人虽夺盗取了魏人的江山，却沿袭了这一好习俗，甚至丧葬和祭祀都能从简。古人认为：国事莫有大过祭祀，家事莫有大过死人。祭祀都这样简朴，其他事情一定都是从简。有意思的是：晋人记录下来的自己国家的郊祀歌辞还不如宋人为他们记录的详细全备，可见晋初国风尚简。只是后来大肆兴佛，本是为更好地统治人民，但结果是耗费了大量国力，从此一蹶不振。由此也可看出曹操制定的勤俭建国息养民众的国策是多么适合当时天下大势。

卷二 鼓吹曲辞

战城南

无名氏

【原文】

战城南，死郭^①北，野死^②不葬乌可食。

为我谓乌：且为客豪^③！

野死谅不葬，腐肉安能去子逃？

水深激激^④，蒲苇冥冥^⑤；

枭骑^⑥战斗死，驽马^⑦徘徊鸣。

梁筑室，何以南？何以北？

禾黍不获君何食？愿为忠臣安可得？

思子良臣，良臣诚可思：

朝行出攻，暮不夜归！

【注释】

①郭：外城。

②野死：战死荒野。

③客：指战死者，死者多为外乡人，故称其为"客"。豪：通"号"，号哭。

④激激：清澈的样子。

⑤冥冥：深暗的样子。

⑥枭骑：勇健的骑兵战士。

⑦驽（nú）马：劣马。此指疲惫的马。

【作者介绍】

这首民歌是汉《铙歌十八曲》之一。作者不详。

【赏析】

《铙歌十八曲》与《郊祀歌》《安世房中乐》并为"汉初三大贵族乐章"。而艺术成就则以《铙歌十八曲》最引人注目，有"句格峥嵘、兴象标拔"之誉（胡应麟《诗薮》）。

这首民歌是为战场上的阵亡者而作。作者借助战士之口描写战争的残酷，反对并诅咒战争，指出了人民为战争所做的牺牲。

辞章共分四段：

第一段描绘将士战死郊野、任凭乌鸦啄食的凄惨情景。"战城南，死郭北"，谓将士英勇奋战，城北城南，到处都是流血和死亡。"野死不葬乌可食"，谓陈尸沙场，群鸦争先啄食。这是眼前实景，即写战争的残酷性。"为我谓乌"三句，在客观叙写的过程中，诗人挺身而出，对乌鸦讲了一番话，要求乌鸦为客死他乡的将士招魂。面对眼前景象，诗人的奇想颇富主观色彩，其愤愤不平之情表现得异常强烈。

第二段集中写战场场景。"水深激激，蒲苇冥冥"两句，通过景物描写，进一步渲染战场荒凉悲惨的气氛。清凉的河水流淌着，茫茫的蒲苇瑟瑟着，似乎在向人们哭诉着战争的灾难。"枭骑战斗死，驽马徘徊鸣"，突然，一声战马的长嘶，引起了诗人的注意：它身受重伤，已经不中用了，但仍然徘徊在死去的勇士身旁，悲鸣着不肯离去。表面上，是对战场上的景物作客观叙写，但这些景物，却是经过诗人严格挑选了的典型画面，无一不寄托着诗人深沉的感情。

第三段反劳役，与战事相关。"梁筑室，何以南，何以北？禾黍不获君何食？愿为忠臣安可得？"这里，不只是对眼前战场的情景进行描述，而是把眼光移向了整个社会：战争不仅把无数的兵士推向了死亡的深渊，而且破坏了整个社会生产，给人民的生活带来了深重的灾难。诗人愤怒地质问：在桥梁上筑直了营垒工事，南北两岸的人民如何交往？劳动生产怎么能够正常进行？没有收成，君王你将吃什么？将士们饥乏无力，如何去打仗？

最后四句，诗人抒发了对死难士卒的哀悼之情。"思子良臣，良臣诚可思"意谓怀念你们这些战死疆场的人！"子"和"良臣"在这里是同位语，指那些牺牲了的战士。诗人饱含感情，用一个"诚"字，倾吐了自己内心的悲痛。"朝行出攻，暮不夜归"两句是说：早晨发起攻击之时，你们个个都还是那样生龙活虎，怎么到了夜晚，却见不到归来的身影呢？语句极其沉痛，引起人莫大的悲哀。结尾两句同开头勇士战死遥相呼应，使全诗充满了浓重的悲剧气氛。

全诗写战争及因为战争所带来的劳役，极力展现其残酷性，目不忍睹，所抒发的埋怨情绪也十分强烈，但总的看，诗人并未违背传统诗教，其立足点也未曾离开"忠""良"二字，因此，在诗人笔下，将士们尽管面临着血染沙场、陈尸郊野的残酷现实，却仍然雄赳赳、气昂昂地走上征程。

巫山高　　　　无名氏

【原文】

巫山①高，高以大；淮水深，难以逝②。

我欲东归，害梁不为③？

我集无高曳④，水何梁汤汤回回⑤。

临水远望，泣下沾衣。

远道之人心思归，谓之何⑥！

【注释】

①巫山：在四川、湖北两省边境。北与大巴山相连，东北、西南走向。长江穿流其间，成为三峡之一巫峡，沿岸有巫山十二峰。

②淮水：即淮河，源出河南桐柏山，东流经河南、安徽等省到江苏入洪泽湖。洪泽湖以下，主流出三河经高邮湖由江都县、三江营入长江。以：表并列的连词，"且"的意思。逝：原来指水流，这里指渡过。

③害：发语词，为什么的意思。梁：表声，无义。下"水何梁"同。

④集：停止。高曳：高，指竹篙。曳：指楫，划船用的桨。

⑤汤汤（shāng shāng）：水流大而且急。回回：水流回旋的样子。

⑥谓之何：有什么办法呢？

【作者介绍】

作者不详。

【赏析】

这首诗是一首远在他乡的人思归之诗。诗谓山高水深，欲归无由，而着重写水深，谓无有桥梁，无有好的舟船，无法过渡，只好临水远望，泣下沾衣。辞章抒发远行人的愁思，甚是真切动人。

开头四句即写山之高大，水之深远。接下四句，写没有桥梁，没有可供渡河的舟船，无法渡河。最后五句写渡不了河，欲归不得，只能临水兴叹，暗自伤心落泪。远行人思归心切，无可奈何！

这首诗题为《巫山高》，原是写旅愁的乐府歌曲，多半用以抒写游子思归之情，后世拟作则因楚襄王故事转写女神。

上陵 　　　无名氏

【原文】

上陵何美美，下津风以寒①。

问客②从何来，言从水中央。

桂树为君船，青丝为君笮③；

木兰为君棹，黄金错其间④。

沧海之雀赤翅鸿，白雁随。

山林乍开乍合，曾不知日月明。

醴泉之水，光泽何蔚蔚⑤。

芝为车，龙为马；览遨游，四海外。

甘露初二年，芝生铜池中⑥；

仙人下来饮，延寿千万岁。

【注释】

①上陵：即上林苑，为汉代天子的著名游猎之苑。何美美：景色何其美好。下津：指从陵上下来到达水边。

②客：指仙人。

③笮（zuó）：竹子做的绳索，西南少数民族用以渡河。这里指维系船的绳索。

④木兰：树木名。棹：划船的工具。错：涂饰。

⑤醴（lǐ）泉：甘甜的泉水。古人认为是祥瑞。蔚蔚：茂盛的样子。

⑥甘露：汉宣帝年号。芝生铜池中：古人以生出芝草为吉祥之兆。

【作者介绍】

这首民歌是汉《铙歌十八曲》之一。作者不详。

【赏析】

这是汉宣帝时歌颂所谓祥瑞的诗，写了神仙的出现及各种祥瑞之物的降临。

此歌没有夸陈上林苑的"巨丽"，而是唱叹仙人降赐祥瑞的奇迹。开篇两句是赞美式的写景，赞叹上林树木的蓊郁繁美与苑中水津的凉风澹荡。这正是"仙"客出现前的清奇之境。林木幽幽，风声飒然，衣袂飘飘的仙客突然现身，不能不令人惊异。仙客不仅来得神奇，而且其乘舟也格外芳洁富丽。桂舟兰棹，芬芳雅洁，映衬仙人的清风广袖，正给人以"似不从人间来"的缥缈之感。上林仙客的随从也世不多见："沧海之雀赤翅鸿，白雁随。山林乍开乍合，曾不知日月明。"赤鸿、白雁，世所稀闻。它们的出现，往往被古人视为上天降赐的祥瑞，预兆着天下的太平。这四句运用长短错综的杂言，描述鸿雁群随，翅翼忽张忽合，翔舞山林之间，以至遮蔽日月的景象，奇异动人，令人有身临其境、眼目缭乱之感。神奇的还不止于此："醴泉之水，光泽何蔚蔚"——正当鸿雁翔集之际，山林间突又涌出一股股泉水，清亮闪光、汩汩不绝，而且甜美可口，则不是人间凡水所可比拟。

"芝为车，龙为马"以下各句，则是歌咏仙人的离去。诗中说：人们还沉浸在对种种祥瑞的欣喜若狂之中，仙人却冉冉升天、飘忽而去了。他来的时候，乘的是兰棹桂舟，浮现在烟水迷茫之间；离去时则又身登金芝、驾驭龙马，消失在青天白云之上。此刻海天青青，仙人已渺无影踪。他究竟去向了哪里？大概是到四海之外去览观遨游了吧？这四句全为三言短句，抒写仙人离去景象轻疾飘忽，留下了一种情系云天、绵绵无尽的意韵。金芝本产于"名山之阴、金石之间"，附近的水饮之可"寿千年"（葛洪《抱朴子》），而今却生于檐下铜池，确是奇迹。此歌最后"甘露初二年，芝生铜池中"四句，说的就是这类奇事。字里行间，荡漾着人们对仙人降临，赐饮金芝、甘露，以延年益寿的希冀和喜悦之情。

此歌奇思连篇，构成情致缥缈之境，表现上林仙人的来、去之形，想象缤纷多姿，情景奇异动人，不失为一首咏仙歌诗中的佳作。

有所思　　　　　　无名氏

【原文】

有所思，乃在大海南。

何用问遗①君？

双珠玳瑁②簪，用玉绍缭③之。

闻君有他心，拉杂④摧烧之。

摧烧之，当风扬其灰！

从今以往，勿复相思，相思与君绝！

鸡鸣狗吠，兄嫂当知之。

妃呼狶⑤！

秋风肃肃晨风飔⑥，东方须臾高⑦知之！

【注释】

①遗（wèi）：馈赠。

②玳瑁（dài mào）：一种有机宝石。

③绍缭：缠绕。

④拉杂：指零乱，无条理。

⑤妃呼狶（xī）：汉语词汇，解释为古乐曲中的助声字，无义。

⑥飔（sī）：疾风。

⑦高：通"皓"。即东方发白，天亮了。

【作者介绍】

此歌是汉《铙歌十八曲》之一。作者不详。

【赏析】

铙歌本为"建威扬德，劝士讽敌"的军乐，然今传十八曲中内容庞杂，叙战阵、记祥瑞、表武功、写爱情者皆有。本篇就是用第一人称，表现一位女子遭遇爱情波折前后的复杂情绪的。

　　这是一首情歌，描写了一个痴情的女子由热烈的相思，到对负心汉的痛恨决绝，以及决绝又犹豫彷徨的缠绵过程。从精心饰簪到毁簪扬灰，此歌的感情变化，爱与恨的交织，不顾一切的冲动与反复思考的冷静，都围绕道具——"簪"——展开。诗中爱体现爱，恨亦体现爱；如闻君有他心后，女子便将定情的"双珠玳瑁簪"拉（折断）—杂（敲碎）—摧（摧毁）—烧（烧成灰）—当风扬其灰，由柔至刚，感情渐趋渐强，热烈灼人，令负心汉不敢正视。在短短十七句中，恨之切与爱之深相辅相成，奇妙地糅合成一个整体。

　　此诗的结构，以"双珠玳瑁簪"这一爱情信物为线索，通过"赠"与"毁"及毁后三个阶段，来表现主人公的爱与恨，决绝与不忍的感情波折，由大起大落到余波不竭。中间又以"摧烧之""相思与君绝"两个顶真句，作为爱憎感情递增与递减的关纽；再以"妃呼豨"的长叹来连缀贯通昔与今、疑与断的意脉，从而构成了描写女子热恋、失恋、眷恋的心理三部曲。层次清晰而又错综，感情跌宕而有韵致。其次，这首诗通过典型的行动细节描写和景物的比兴烘托来刻画人物的细微心曲，也是相当成功的。

　　《有所思》与《上邪》是汉乐府诗《铙歌十八曲》中两首采自民间的情诗。汉代乐府民歌中情诗很少，但是都很精彩。这两首为古今情诗的奇作，特色显著，不同凡响，使人读之难忘。

雉子班　　　　　　　　　无名氏

【原文】

雉子，班如此①。

之于雉梁②。

无以吾翁孺③，雉子。

知得雉子高蜚止，黄鹄蜚，之以千里，王可思④。

雄来蜚从雌，视子趋一雉。

雉子，车大驾马滕，被王送行所中⑤。

尧羊蜚从王孙行⑥。

【注释】

①雉（zhì）子：指幼雉。班：同"斑"，指幼雉毛羽色彩斑斓。

②之：一作"至"，到的意思。梁：一作"粱"，指有稻粱之处。

③翁孺：指人类。

④得：这里指被抓住。蜚：同"飞"。王：通"旺"，强壮有力。

⑤滕：一作"腾"，跑的意思。王：一作"生"，活捉的意思。

⑥尧羊：翱翔。

【作者介绍】

此歌作者不详。

【赏析】

这是一首寓言诗，写老雉目睹幼雉被捕的生离死别之情。《乐府解题》曰："古词云：'雉子高飞止，黄鹄飞之以千里，雄来飞，从雌视。'

若梁简文帝'妒场时向陇',但咏雉而已"。

全诗用拟人的写法,叙述一只生着美丽花斑的雏雉的不幸遭遇,侧重表现老雉对雏雉的关怀和爱怜之情。

值得一提的是,这首诗表面上是抒写雉鸟与雉子生离死别的哀情,但同时又点明捕捉幼雉的人不是老雉最初担心的"翁孺",而是身份高贵的"王孙",这就很容易使人联想到统治阶级对民间子女的掳掠,寓意颇深。诗的语言朴素,用词简洁凝练。老雉三次呼唤"雉子",感情不同,语调各异,耐人揣摩回味。

上邪　　　　无名氏

【原文】

上邪^①！

我欲与君相知^②,

长命无绝衰^③。

山无陵,江水为竭^④；

冬雷震震,夏雨雪^⑤。

天地合,乃^⑥敢与君绝!

【注释】

①上邪(yé):汉时俗语,犹言"天啊",意思是指天为誓。

②相知:相亲相爱。

③无绝衰:指与心上人相知相爱的情意永远不会断绝。

④陵:大土山。竭:干涸。

⑤震震：形容雷声。雨雪：降雪。

⑥乃：才。

此诗作者不详。

这首诗属于汉代乐府民歌中的《鼓吹曲辞》。《鼓吹曲辞》又称为短箫铙歌。有人认为是"杂曲"的异称，其中一部分是一种军乐。它使用一些由北方羌胡等少数民族传入的乐器演奏，富有塞外音乐的特点。有的采用民间歌谣，另有一些是文人的制作，内容较为庞杂，主要流行于汉至唐代。

汉魏六朝时乐府民歌盛行。"乐府"本是汉武帝设立的音乐机构，用来训练乐工，制定乐谱和采集歌辞，其采集的歌辞中有大量民歌，后来，"乐府"成为一种带有音乐性的诗体名称。今保存的汉乐府民歌有五六十首，真实地反映了下层人民的苦难生活。

【赏析】

与文人诗词喜欢描写少女初恋时的羞涩情态相反，在民歌中最常见的是以少女自述的口吻来表现她们对于幸福爱情的无所顾忌的追求。这首诗是汉乐府中的一首情歌，是一位痴情女子对爱人的热烈表白，在艺

术上很见匠心。

全诗想象丰富，构思奇特，诗的主人公在呼天为誓，直率地表示了"与君相知，长命无绝衰"的愿望之后，转而从"与君绝"的角度落墨，设想了三组五件奇特的自然变异现象，作为"与君绝"的条件：山河巨变——"山无陵，江水为竭"；四季颠倒——"冬雷震震，夏雨雪"；世界消失——"天地合"。这些设想一件比一件荒谬，一件比一件离奇，都是根本不可能发生的事。这就把主人公至死不渝的爱情强调得无以复加，以至于把"与君绝"的可能性从根本上排除了。由于这位姑娘示爱的方式特别出奇，表爱的誓词特别热烈，致使历经千载，这位姑娘的神情声口仍能活脱脱地从纸上传达出来，令人身临其境。

用多种比喻来比一样事物的一个方面，这在修辞学上称作博喻。博喻可以加强所写事物的形象性。譬如此处要说的是决心，而决心如不借助于具体事例便不易说清楚。这里罗列五种根本不可能发生的自然现象，就把不可动摇的决心表现得淋漓尽致了。在一连五句排比中，因为女子的心情是激动的，所以作者或用三言，或用四言，而且其中有三句是用入声字结尾，读起来音节短促，字句跌宕，语气显得十分连贯而紧迫，使女子的感情迸发而出，极好地突出了她敢与命运抗争的坚定性格与热烈心情。全诗的句式，以二言的呼语开头，以五言结语收尾，中间三、四、五、六杂言，确是一种别具一格的誓言诗的形式。

汉乐府以质朴见长，直抒胸臆，这首诗的主人公以一种独特的抒情方式准确地表达了热恋中人特有的绝对化心理，堪称"短章之神品"。

清人张玉谷在《古诗赏析·卷五》中评价此诗时说："首三，正说，意言已尽；后五，反面竭力申说。如此，然后敢绝，是终不可绝也。迭用五事，两就地维说，两就天时说，直说到天地混合，一气赶落，不见堆垛，局奇笔横。"

临高台

无名氏

【原文】

临高台以轩①，下有清水清且寒。

江有香草目以兰②，黄鹄高飞离哉翻③。

关弓射鹄，令我主寿万年，收中④吉。

【注释】

①轩：高。此处应解为"平台"。

②目以兰：名叫兰草。

③黄鹄：传说中的大鸟。离哉翻：这三字是音节词，没有实际意义。翻：通"返"。

④中：射中。

【作者介绍】

此歌作者不详。

【赏析】

古词有言："临高台，下见清水中有黄鹄飞翻，关弓射之，令我主万年。"这首诗化用其意，写登高台所见之景，以抒发作者的豪迈情怀及其渴望长生不老的心愿。

全诗可分两层。前三句为第一层，勾勒"高台"下的景物："以轩下有清水清且寒，江有香草目以兰。"后四句为第二层。"黄鹄高飞离哉翻"，这句说：黄鹄在高空飞翔啊，离去又复返。"关弓射鹄"句中的"关"，意为"贯"，"关弓"也就是"张开弓"。"令我主寿万年，收中吉。"因为黄鹄象征吉祥，故而取射"中"黄鹄的吉祥之意，来祝颂"我主寿万年"。

这首诗寥寥数语，但描绘台下兰草，空中黄鹄均能把握其特征，写得生动自然。诗中虽无深远意境，但语言清新雅淡，饶有兴味，颇见北朝乐府民歌特色。

战城南　　　　　　　　卢照邻

【原文】

将军出紫塞①，冒顿在乌贪②。

笳喧雁门北，阵翼龙城③南。

雕弓夜宛转，铁骑晓骖驔④。

应须驻白日，为待战方酣。

【注释】

①紫塞：即长城。

②冒顿［mò dú（？—前174年）］：匈奴单于，冒顿是人名，姓挛鞮。单于是匈奴部落联盟的首领称号。冒顿在夺取单于之位后，统一了现在的蒙古草原，建立了强大的匈奴帝国。乌贪：汉代西域乌贪訾离国的省称。西域三十六国之一，在今新疆昌吉回族自治州玛纳斯县、昌吉市以北一带。

③龙城：指匈奴祭祀天地、祖先、鬼神的地方，是匈奴的政治中心地。

④宛转：缠弓的绳。骖驔（diàn）：马奔跑貌。

【作者介绍】

卢照邻（？—695 年），初唐诗人。字升之，自号幽忧子，幽州范阳（今河北省涿州市）人。卢照邻望族出身，曾为王府典签，又出任益州新都（今四川成都附近）尉，在文学上，他与王勃、杨炯、骆宾王以文词齐名，世称"王杨卢骆"，号为"初唐四杰"。一生不得志，贫病交加，终于不堪其苦，自沉颍水而死。有 7 卷本的《卢升之集》、明张燮辑注的《幽忧子集》存世。卢照邻尤工诗歌骈文，以歌行体为佳，不少佳句传诵不绝，如"得成比目何辞死，愿作鸳鸯不羡仙"等，更被后人誉为经典。

【赏析】

唐高宗时期，当局对突厥、高丽、百济、吐蕃等外族边境发动了多次大大小小的战争，很多人以诗文借汉朝之事表达思想。卢照邻这首《战城南》五言律诗，生动地描绘了雁门关城南一场抗击匈奴的激烈的战斗场面。

诗的首联是严整的对句。"将军出紫塞，冒顿在乌贪"指出交战的双方及交战的地理背景。能征善战的单于冒顿，杀父自立，灭东胡，逐月

支，征服丁零，侵入秦之河南（今内蒙古河套一带）地，势力强盛。西汉初年，不时进一步南下侵扰，严重影响西汉王朝。诗中利用字词的形、义及色彩在人们心中的定式，巧妙地造成一种邪不压正的气势，既为下文作铺垫，又表现出必胜的信心。

颔联"笳喧雁门北，阵翼龙城南"照应首句，指出"将军出紫塞"的原因。敌人如此猖狂，汉军自然要奋起抗敌，不但正面迎击，还左右包围，两翼的战阵已达"龙城南"——直捣敌巢。足见汉军之强大，英勇抗击外敌的浩然正气充斥字里行间。

颈联"雕弓夜宛转，铁骑晓骖驔"，进一步描写抗敌将士的战斗生活。他们严阵以待夜不释弓，晨不离鞍，随时准备飞矢跃马，追奔逐北，既恰当地表现了前方将士紧张而又镇定自若的心情，又充满了必胜的信心。

尾联"应须驻白日，为待战方酣"是流传千古的名句。诗里虽没具体说明这次交锋是什么时候开始的，但白日即将结束，战斗还在激烈地进行，生动地表现了将士们高昂的斗志。结尾以"战方酣"三字，并未直说战争的胜负，但孰胜孰负已然明了，因为第二联已表明直捣敌巢——"阵翼龙城南"了。

总体来说，这是一首以乐府入律的佳作。全诗表现了唐军同仇敌忾，誓与敌人血战到底的坚定决心。诗人也通过赞颂汉军将士讨伐匈奴的英勇顽强精神，表达了自己的爱国热情和渴望建功立业的决心。

芳树　　李爽

【原文】

芳树①千株发，摇荡三阳时②。

气软来风易，枝繁度鸟迟。

春至花如锦，夏近叶成帷③。

欲寄边城客，路远谁能持。

【注释】

①芳树：指春天的树木。

②摇荡：形容风中起舞的美妙姿态。三阳时：太阳高照的日子，这里指炎炎夏日。三阳：早阳、正阳、晚阳。均含阳光明媚、生机勃勃之意。

③帷：帷帐，帷幕。

【作者介绍】

《芳树》本为汉鼓吹《铙歌十八曲》之一，《乐府诗集》将其归入《鼓吹曲辞·汉铙歌》类。作者李爽，南北朝时人，生平不详。

【赏析】

诗人李爽作此诗时在代州古城（今雁门关附近）任职。这首诗是诗人借季节的变迁而抒发自己久居在外、无法归乡的苦闷之情。

这首《芳树》，是用乐府旧题写的一首新词，实际上是一首写思妇怀念征人的诗。诗中描写了思妇望见春末夏交芳树争发、叶绿花红的情景，不由引发了对远方人的怀念，进而抒发了她想折花以寄，而又"路远谁能持"的忧郁之情。

　　此诗以乐景写哀情，极言春光明媚生机勃勃之景，反衬自己长年漂泊在外思归不得归的浓厚悲凉的思乡之情。本诗前面六句通过自己细微观察，描写初春之时，芳树千株竞相发芽的生机勃勃之景，再运用比喻手法，描写阳春之时鲜花怒放，晚春之时，枝繁叶茂，就连鸟儿也流连在芳树花丛之间不愿离开。最后，诗人笔锋陡转，写出长年漂泊在外的边城游子，想寄平安信到家中，可是山长水阔，恐怕这份思乡之情也无法到达。诗人极力渲染春光明媚，芳树蓬勃生机之景，而在这物候变化中，作者体会到的是这美好春光又将过去，而自己却依然漂泊在外的思乡的痛苦伤感之情。诗人以客观景物与主观感受的不同来对照反衬乡思之深厚，别具韵致。

上之回　　　　李白

【原文】

三十六离宫①，楼台与天通。

阁道②步行月，美人愁烟空。

恩疏宠不及，桃李伤春风。

淫乐意何极，金舆向回中③。

万乘出黄道④，千旗扬彩虹。

前军细柳⑤北，后骑甘泉⑥东。

岂问渭川老⑦，宁邀襄野童⑧。

但慕瑶池宴⑨，归来乐未穷。

【注释】

①离宫：指上林苑有离宫三十六所，有建章、承光等一十一宫，平乐等二十五馆。

②阁道：即复道，高楼之间架空的通道。

③金舆：天子的车驾。回中：汉宫名。

④黄道：古人想象中太阳绕地运行的轨道。

⑤细柳：指军营。

⑥甘泉：汉宫名。故址在今陕西淳化西北甘泉山。

⑦渭川老：指渭水河畔垂钓的吕尚。

⑧襄野童：黄帝出访圣人，到了襄阳城迷路，就向一个牧童问路，又问他治国之道。牧童以"除害马"为喻作答，被黄帝称为"天师"。后来就用以歌咏皇帝出巡。

⑨瑶池宴：瑶池是古代神话中神仙居住之地，在昆仑山上。西王母曾于此宴请远道而来的周穆王。

【作者介绍】

李白（701—762年），字太白，号青莲居士，唐代伟大的浪漫主义诗人。李白祖籍陇西成纪（今甘肃省天水附近），隋末其先人流寓碎叶

（今吉尔吉斯斯坦北部托克马克附近）。李白幼年时随父亲迁居绵州昌隆县（今四川江油）青莲乡，二十五岁时"辞亲远游"，仗剑出蜀。天宝初年（742年），在贺知章的引荐下，李白供奉翰林，因遭权贵谗毁，仅一年时间就离开长安。"安史之乱"中，李白曾为永王璘幕僚，因李璘谋反被远谪夜郎。李白晚年投奔其族叔当涂令李阳冰，后卒于当涂。李白生活在唐代极盛时期，他的大量诗篇既反映了那个时代的繁荣气象，也揭露和批判了统治集团的荒淫和腐败，表现出蔑视权贵，反抗传统束缚，追求自由和理想的积极态度。李白的诗风豪放飘逸，想象丰富，语言流转自然，音律和谐多变，善于从民间文艺和神话传说中吸取营养和素材，构成其特有的瑰玮绚烂的色彩，达到盛唐诗歌艺术的巅峰，被后世的评论家称为"诗仙"。存世诗文千余篇，有《李太白集》30卷。

【赏析】

这首诗当作于李白待诏翰林期间。此诗借美人的失宠表达了对唐明皇巡幸游仙，不关心国家之事、不重用人才的愤懑之情，以及诗人希望能够得到重用、建功立业的情怀和功成身退的思想。此诗不仅有借古讽今之意，还有怀才不遇之叹。

全诗十六句，分为三层。前六句为第一层，明写美人失宠，为下一层转出恣意淫乐之意作铺垫，实则以美人自况，叹己不遇。中间六句为第二层，即写汉武帝出游回中声势之壮。第三层笔锋一转，揭示汉武帝游回中的真实用意。全诗立意高古典雅，结构回环相生，语言华丽缤纷，堪称佳作。

这首诗借汉武帝讽唐明皇，因此其忧患是深沉的，而全诗的风格却是"悲欢含蓄而不伤，美刺婉曲而不怨"（《诗法家数》）。诗中描写汉武帝极意淫乐，喜好神仙是极力烘托，反复渲染。先着力写宫馆之众，楼台之高，阁道之壮，佳人之美都管不住汉武帝，烘托出淫乐之极，后以"万乘""前军"两联的工整对仗，渲染出汉武帝出游的声势之威，好仙之极。这一连串的描写，空间阔大，景象壮观，极力驰骋，意绪骏快。最后笔锋一转，"岂问"两句陵地跌宕，使极力驰骋的思绪猛然一顿，在大起大落之中使其刺时叹己的主题得到了强化，其鲜明如红梅映雪，空谷传音。可以说此诗蕴含深厚，豪中见悲是其最鲜明的特点。而在结构上上下回环，层层相生；语言上华丽缤纷，气势直下；在立意上高古典雅，超迈逸群。

战城南　　　　　　李白

【原文】

去年战，桑干①源；今年战，葱河②道。

洗兵条支③海上波，放马④天山雪中草。

万里长征战，三军尽衰老。

匈奴以杀戮为耕作，古来唯见白骨黄沙田。

秦家筑城⑤备胡处，汉家还有烽火燃。

烽火燃不息，征战无已时。

野战格斗死，败马号鸣向天悲。

乌鸢⑥啄人肠，衔飞上挂枯树枝。

士卒涂草莽，将军空尔为⑦。

乃知兵者是凶器，圣人不得已而用之。

【注释】

①桑干：即桑干河，在山西大同城南六十里，源出马邑县北洪涛山。

②葱河：葱河即发源于西域葱岭的河，在今新疆境内。

③洗兵：洗去兵器上的污秽。条支：边疆地名，唐朝时所设的条支都督府在今塔吉克斯坦一带。

④放马：放牧战马。

⑤秦家筑城：指秦始皇时修筑万里长城。

⑥鸢（yuān）：即老鹰，属于鹰科的一种体形较小的鹰，常啄食腐尸烂肉。

⑦涂：污染。空尔为：指空忙一场。

【赏析】

《战城南》是唐代伟大诗人李白借乐府古题创作的旨在抨击封建统治者穷兵黩武的一首古体诗。萧士赟说："开元、天宝中，上好边功，征伐无时，此诗盖以讽也。"所评颇切。

天宝年间，唐玄宗轻动干戈，逞威边远，而又几经失败，给人民带来了深重的灾难。一桩桩严酷的事实，汇聚到诗人胸中，同他忧国忧民的情怀产生激烈的矛盾。悲愤沉思之下，内心的呼喊倾泻而出，遂铸成这一名篇。

全诗分三段：开头八句为第一段，先从征伐的频繁和广远方面落笔；中间六句是第二段，进一步从历史方面着墨；最后六句为第三段，集中从战争的残酷性上揭露不义战争的罪恶。此诗不拘泥于古辞，从思想内容到艺术形式都表现出很大的创造性：内容上更丰富，使战争性质一目了然；艺术上则由质朴无华变为

逸宕流美，更加凝练精工，更富有歌行奔放的气势，显示出李白诗歌的独特风格。

千载以来，《战城南》已成为描写战场冷寂荒凉的绝唱，亦是士卒厌兵厌战的代名词。

将进酒^① 李白

【原文】

君不见黄河之水天上来^②，

奔流到海不复回！

君不见高堂明镜悲白发，

朝如青丝暮成雪！

人生得意^③须尽欢，

莫使金樽空对月。

天生我材必有用，

千金散尽还复来。

烹羊宰牛且为乐，

会须^④一饮三百杯。

岑夫子，丹丘生^⑤，

将进酒，杯莫停。

与君歌一曲，

请君为我侧耳听；

钟鼓馔玉^⑥不足贵，

但愿长醉不愿醒；

古来圣贤皆寂寞，

唯有饮者留其名。

陈王昔时宴平乐⑦，

斗酒十千恣欢谑⑧。

主人何为言少钱，

径须沽取对君酌⑨。

五花马⑩，千金裘，

呼儿将出换美酒，

与尔同销万古愁。

【注释】

①将进酒：属乐府旧题。将（qiāng），请。

②君不见：乐府中常用的一种夸语。天上来：黄河发源于青海，因那里地势极高，故称。

③得意：适意高兴的时候。

④会须：正应当。

⑤岑夫子：岑勋。丹丘生：元丹丘。二人均为李白的好友。

⑥钟鼓馔玉：指鸣钟鼓，食珍馐。形容富贵豪华的生活。钟鼓，富贵人家宴会中奏乐使用的乐器。馔（zhuàn）玉，形容食物如玉一样精美。

⑦陈王：指陈思王曹植。平乐：观名。在洛阳西门外，是汉代富豪显贵的娱乐场所。

⑧斗酒十千：一斗酒值十千钱（即万钱），形容酒美价高。恣：纵情任意。谑（xuè）：戏。

⑨径须：干脆，只管。沽：买。

⑩五花马：指名贵的马。一说毛色作五花纹，一说颈上长毛修剪成

五瓣。

【赏析】

《将进酒》原是汉乐府短箫铙歌的曲调，属汉乐府《鼓吹曲·铙歌》旧题。大诗人李白沿用乐府古体写的《将进酒》，影响最大。《将进酒》一诗的写作时间大约是天宝十一年（752年），对政治前途失意的李白这时已经离开长安，漫游天下。在嵩山颍阳元丹丘的家中，李白与好友开怀畅饮。酒酣耳热之际，写下了这首流传千古的《将进酒》。

唐玄宗天宝初年，李白由道士吴筠推荐，被唐玄宗招进京，命为供奉翰林。不久，因权贵的谗毁，李白于天宝三载（744年）被排挤出京，唐玄宗将其赐金放还。此后，李白在江淮一带盘桓，思想极度烦闷，又重新踏上了云游祖国山河的漫漫旅途。李白作此诗时距其被"赐金放还"已有八年之久。这一时期，李白多次与友人岑勋（岑夫子）应邀到嵩山另一好友元丹丘的颍阳山居为客，三人登高饮宴，借酒放歌。诗人在政治上被排挤、受打击，理想不能实现，常常借饮酒

来发泄胸中的郁积。人生快事莫若置酒会友，作者又正值"抱用世之才而不遇合"之际，于是满腔不合时宜借酒兴诗情抒发出来。

此诗思想内容非常深沉，艺术表现非常成熟。诗由黄河起兴，感情发展也像黄河之水那样奔腾激荡，不易把握。诗通篇都讲饮酒，字面上诗人是在宣扬纵酒行乐，而且诗中用欣赏肯定的态度，用豪迈的气势来写饮酒，把它写得很壮美，也确实有某种消极作用，反映了诗人当时找不到对抗黑暗势力的有效武器。酒是他个人反抗的兴奋剂，有了酒，像是有了千军万马的力量，但酒也是他的精神麻醉剂，使他在沉湎中不能做正面的反抗，这些都表现了时代和阶级的局限。理想的破灭是黑暗的社会造成的，诗人无力改变，于是把冲天的激愤之情化作豪放的行乐之举，发泄不满，排遣忧愁，反抗现实。诗中表达了作者对怀才不遇的感叹，又抱着乐观、通达的情怀，也流露了人生几何当及时行乐的消极情绪。全诗洋溢着豪情逸兴，具有出色的艺术成就。

诗一开始就从广袤的空间和转瞬即逝的时间上展开。"君不见黄河之水天上来，奔流到海不复回"，诗人以写景起兴，实中有虚，虚中有实。实景是黄河之水滔滔东去，虚景则是"到海不复回"的想象。这种由天倾海的壮观景象被诗人在广袤的空间里极力夸张，水的流逝引发了诗人对岁月流逝的感慨。依然由"君不见"起句，"高堂明镜悲白发，朝为青丝暮成雪"，岁月流逝是何等的迅速，人生苦短的悲哀跃然纸上。

"人生得意须尽欢，莫使金樽空对月。"岁月太无情，人生真苦短，及时行乐似乎成为理所当然的事情了。刚才还在说"明镜悲白发"，现在怎么突然就变成了"人生得意"了呢？其实"悲"所体现的是大众的心理，"人生得意"恰是诗人的风骨使然，历经了几多次人生挫折的李白早已超脱了大众的"渺小"的"悲"，进入了一个超凡脱俗的境界，高歌人生得意，开怀痛饮，不可辜负这"金樽对月"的美好时光，才是诗人的真情实感。"天生我材必有用，千金散尽还复来"，这是对"人生得意"的承接，只有如此，方见得诗人高歌"人生得意"，何等痛快，何等淋漓。酒逢知己的豪情被诗人发挥到了极致，引出了下文对怀才不遇的感慨。

由"岑夫子，丹丘生"开始，诗人的情绪显得异常激昂。刚才那畅快淋漓的曲调不见了，接踵而来的是急促激越的曲调，失意的人生悲歌终于拉开了序幕。"钟鼓馔玉何足贵"，诗人蔑视权贵，富贵荣华并非诗人的追求，一腔抱负的施展才是诗人的目的。可惜苍天不能遂人愿，当年还高歌"我辈岂是蓬蒿人"的诗人而今饱尝志向不能实现之痛苦。在现实中这种痛苦时刻困扰着诗人，"但愿长醉不愿醒"，只有在最后才能摆脱这样的痛苦，激愤之情终于喷薄而出。"古来圣贤皆寂寞，惟有饮者留其名"，诗人纵观今古，得出了自己的命运感悟，对现实有了更多的愤慨和蔑视。"陈王昔时宴平乐，斗酒十千恣欢谑"，当年的曹植面对政治上的失意，只能借酒消愁，诗人李白在借酒消愁的同时更进了一步，那就是睥睨现实，傲然挺立。虽然谁都知道"万古愁"不可能消除，但是诗人依然发出了"与尔同销万古愁"的慷慨高歌。这里面或许有些悲愤，但是悲愤中显示的是诗人无比豪迈、无比乐观的人生态度，这样的豪情壮志可以横扫一切烦恼与忧愁！

这首诗非常形象地表现了李白桀骜不驯的性格：一方面对自己充满自信，孤高自傲；一方面在政治前途出现波折后，又流露出纵情享乐之情。在这首诗里，他演绎庄子的乐生哲学，表示对富贵、圣贤的藐视。而在豪饮行乐中，实则深含怀才不遇之情。全诗气势豪迈，感情奔放，语言流畅，具有很强的感染力，李白"借题发挥"借酒浇愁，抒发自己的愤激情绪。

《将进酒》篇幅不算长，却五音繁汇，气象不凡。它笔酣墨饱，情极悲愤而作狂放，语极豪纵而又沉着。诗篇具有震动古今的气势与力量，这诚然与夸张手法不无关系。比如诗中屡用巨额数目字表现豪迈诗情，同时又不给人空洞浮夸感，其根源就在于它那充实深厚的内在感情，那潜在酒话底下如波涛汹涌的郁怒情绪。此外，全篇大起大落，诗情忽翕忽张，由悲转乐、转狂放、转愤激、再转狂放、最后结穴于"万古愁"，回应篇首，如大河奔流，有气势，亦有曲折，纵横捭阖，力能扛鼎。宋人严羽评价李白这首诗时说："一往豪情，使人不能句字赏摘。盖他人作诗用笔想，太白但用胸口一喷即是，此其所长。"

君马黄   李白

【原文】

君马黄，我马白。

马色虽不同，人心本无隔。

共作游冶盘①，双行洛阳陌。

长剑既照曜，高冠何赩赫②。

各有千金裘，俱为五侯③客。

猛虎落陷阱，壮夫时屈厄。

相知在急难④，独好⑤亦何益。

【注释】

①游冶：出游寻乐。盘：快乐。

②赩（xì）赫：赤色光耀貌；显赫盛大貌。

③五侯：河平二年（公元前 27 年），汉成帝同日封其舅王谭、王商等五位为侯，世称五侯。

④急难：指兄弟相救于危难之中。

⑤独好：独占好处。

【赏析】

《君马黄》是唐代大诗人李白借乐府旧题创作的古诗。在这首诗里，作者意在阐明人之相交无论贵贱，贵在急难，抒发的是知己难得的苦闷之情。

关于这首诗的写作时间，学术界迄今尚无定论。一说作于唐玄宗天宝十载（751年），是年李白由南阳北上洛阳，返梁园，经邺中游河东及关内道，徘徊于邠州、坊州之间；一说大约写于唐肃宗至德二年（757年），是年李璘兵败，李白坐罪下狱寻阳，正处于危难之时。

此诗叵分三段。前四句为比兴文字，喻身份虽不同，但心意却可以不隔，为"相知在急难"作铺垫；"共作"六句言双方俱显达时，能同游同乐，同显赫，同富贵；末四句言人之相知贵在急人之难，道出诗歌主旨。

李白感情充沛，瞬息万变。为适应感情表达的需要，他的诗在结构上也变幻多端。此诗也是如此，言事抒情既一气呵成，又抑扬有致。开头至"俱为五侯客"，是平叙，但调子步步升高，至"长剑"以下四句蓄势已足，然后突然一转——"猛虎落陷阱"，好似由高山跃入深谷，诗调变为低沉。最后两句调子又一扬，既承且转，似断实连。全诗一波三折，跌宕生姿。

这首诗虽然以乐府为题，写汉地言汉事，但诗的主旨却是为了以汉喻唐，即通过咏史来抒发诗人贵相知、重友谊的襟怀和赞颂朋友间彼此救助的美好情操。全诗一气呵成，抑扬有致，语言活泼明快，格调清新自然，具有鲜明的民歌色彩，充分体现了李白诗歌所特有的豪放风格。

将进酒　　李贺

【原文】

琉璃钟^①，琥珀^②浓，小槽酒滴真珠红^③。

烹龙炮凤^④玉脂泣，罗帏绣幕围香风。

吹龙笛，击鼍鼓^⑤；皓齿歌，细腰舞。

况是青春日将暮，桃花乱落如红雨。

劝君终日酩酊^⑥醉，酒不到刘伶^⑦坟上土。

【注释】

①琉璃钟：形容酒杯之名贵。

②琥珀：借喻酒色透明香醇。

③真珠红：真珠即珍珠，这里借喻酒色。

④烹龙炮凤：指厨肴珍异。

⑤龙笛：一种传统横吹木管乐器，由竹制成。鼍（tuó）鼓：用鼍皮蒙的鼓，其声亦如鼍鸣。鼍，又名中华鳄，扬子鳄，俗名土龙，猪婆龙。分布于长江中下游，是中国的特产动物。

⑥酩酊（mǐng dǐng）：指醉得迷迷糊糊的。

⑦刘伶（约221—300年）：字伯伦，沛国（今安徽宿州）人，魏晋时期诗人。平生嗜酒，曾作《酒德颂》，宣扬老庄思想和纵酒放诞之情趣，蔑视传统"礼法"，是"竹林七贤"中社会地位最低的一个。罢了官以后的刘伶，日日"醉乡路稳宜频到"，终于嗜酒寿终。

【作者介绍】

李贺（790—816年），唐代诗人。字长吉，福昌（今河南宜阳西）人。唐皇室远支，家世早已没落，生活困顿，仕途偃蹇。曾官奉礼郎。因避家讳，被迫不得应进士科考试。早岁即工诗，见知于韩愈、皇甫湜，并和沈亚之友善，死时仅二十六岁。其诗长于乐府，多表现政治上不得意的悲愤。善于熔铸词采，驰骋想象，运用神话传说，创造出新奇瑰丽的诗境，在诗史上独树一帜，严羽《沧浪诗话》称为"李长吉体"。有些作品情调阴郁低沉，语言过于雕琢。有《昌谷集》。

【赏析】

这是一首讽喻诗，既形象夸张地反映了统治者的豪华奢侈，又从跳跃的蒙太奇镜头中开拓了读者的联想，并写出了自己对生活"死既可悲，生也无聊"的苦闷心理。作者用大量篇幅烘托及时行乐的情景，似乎不遗余力地搬出华艳词藻、精美名物，将一个宴饮歌舞的场面写得缤纷绚烂，有声有色，形神兼备，并且以精湛的艺术技巧表现了诗人对人生的深切体验。

这首诗以幽邃朦胧、瑰艳凄冷的意境，生动灵澈、神奇超常的意象，构设意与境的美学特质，充分表达诗人身处病态社会的烦闷、压抑、凄凉与愤激心绪，给读者以深刻的精神启示和审美感受。

《将进酒》一题在乐府诗史上最大的贡献便是开创了劝酒诗的母题，而其本身却有太多疑问，后人已无从解答。到底是诗先产生，还是酒先出现，我们不用去追溯，只需知道二者已经融入了华夏民族古老的血液里。"将进酒"时，不能不"放故歌"，而所谓的"歌"便是"诗"，是最能"言志""抒情"的载体。

自汉乐府后，历代皆有文人据此题而敷衍成篇，例如诗仙李白与诗鬼李贺的作品就是脍炙人口、经久不衰的佳作。李白诗扩大了"将进酒，乘大白"的本义，将怀才不遇的愤慨寄托在"呼儿将出换美酒，与尔同销万古愁"的豪情逸兴当中。在他笔下，不需担心"诗审博"还是"诗悉索"，似乎只要"将进酒，杯莫停"，诗思便如同奔泉一样一泻千里，读之令人酣畅淋漓。而李贺所作的《将进酒》，同样也是远承汉乐府和《古诗十九首》而来，强调的是生的快乐和死的悲哀，而在生死的对比中，充分表现了苦短人生所铸就的生命悲愁。相较乐府旧题，作者有了更多的发挥与突破，我们传诵的不仅仅是"琉璃钟，琥珀浓，小槽酒滴真珠红"的精致，还有末句引用古人以反语结束的绝妙："劝君终日酩酊辞，酒不到刘伶坟上土！"

卷三　横吹曲辞

木兰辞   无名氏

【原文】

唧唧复唧唧，木兰当户织。不闻机杼声，惟闻女叹息①。

问女何所思，问女何所忆②？女亦无所思，女亦无所忆。

昨夜见军帖，可汗大点兵。军书十二卷，卷卷有爷名③。

阿爷无大儿，木兰无长兄。愿为市鞍马，从此替爷征④。

东市买骏马，西市买鞍鞯，南市买辔头，北市买长鞭⑤。

旦辞爷娘去，暮宿黄河边，不闻爷娘唤女声，但闻黄河流水鸣溅溅。

旦辞黄河去，暮至黑山头，不闻爷娘唤女声，但闻燕山胡骑鸣啾啾。

万里赴戎机，关山度若飞。朔气传金柝，寒光照铁衣。将军百战死，壮士十年归⑥。

归来见天子，天子坐明堂。策勋十二转，赏赐百千强⑦。

可汗问所欲，木兰不用尚书郎，愿驰千里足，送儿还故乡。

爷娘闻女来，出郭相扶将；阿姊闻妹来，当户理红妆；小弟闻姊来，磨刀霍霍向猪羊。

开我东阁门，坐我西阁床，脱我战时袍，著我旧时裳。

当窗理云鬓，对镜帖花黄⑧。

出门看火伴⑨，火伴皆惊忙：同行十二年，不知木兰是女郎。

雄兔脚扑朔，雌兔眼迷离；双兔傍地走，安能辨我是雄雌⑩？

【注释】

①唧（jī）唧：纺织机的声音。当户：对着门。机：指织布机。杼（zhù）：织布梭子。

②忆：思念，惦记。

③军帖：征兵的文书。可汗（kè hán）：古代西北地区民族对君主的称呼。十二卷：指征兵的名册有很多卷。十二，表示很多，不是确指。

④阿爷：和下文的"爷"一样，都指父亲。市：买。鞍马：泛指马和马具。

⑤鞯（jiān）：马鞍下的垫子。辔（pèi）头：驾驭牲口用的嚼子、笼头和缰绳。

⑥戎机：指战争。朔气：北方的寒气。金柝（tuò）：即刁斗。古代军中用的一种铁锅，白天用来做饭，晚上用来报更。

⑦明堂：明亮的厅堂，此处指宫殿。策勋：记功。转：勋级每升一级叫一转，十二转为最高勋级。十二转不是确数，形容功劳极高。百千：形容数量多。强：有余。

⑧云鬓：像云那样的鬓发，形容好看的头发。帖：通"贴"。花黄：古代妇女的一种面部装饰物。

⑨火伴：古时一起打仗的人用同一个锅吃饭，后意译为同行的人。

火：通"伙"。

⑩扑朔：爬搔。迷离：眯着眼。傍：贴着。

【作者介绍】

此诗作者不详。查《木兰辞》，《乐府诗集》收入《横吹曲辞·梁鼓角横吹曲》中。据《乐府诗集》编者宋代的郭茂倩说，此诗最早著录于南朝陈智匠（梁武帝时任乐官）的《古今乐录》。至唐代已广为传诵，唐人韦元甫有拟作《木兰歌》，可以为证。所以，学者们大都认为，《木兰辞》产生于北朝后期。

【赏析】

关于木兰身处年代的说法，主要有两种说法：一是北魏太武帝向北大破柔然期间；二是隋恭帝义宁年间，突厥犯边。

关于木兰的姓名也有不同看法，一般认为姓花，名木兰。千年来，花木兰替父从军的故事脍炙人口，妇孺皆知。

《木兰辞》是中国南北朝时期北方的一首长篇叙事民歌，也是一篇乐府诗，记述了木兰女扮男装，代父从军，征战沙场，凯旋回朝，建功受封，辞官还家的故事，诗歌充满传奇色彩。

这首诗具有浓郁的民歌特色。全诗以"木兰是女郎"来构思木兰的传奇故事，富有浪漫色彩。繁简安排极具匠心，虽然写的是战争题材，但着墨较多的却是生活场景和儿女情态，富有生活气息。诗中以人物问答来刻画人物心理，生动细致；以众多的铺陈排比来描述行为情态，神气跃然；以风趣的比喻来收束全诗，令人回味。这就使作品具有强烈的艺术感染力。

第一段写木兰决定代父从军。诗以"唧唧复唧唧"的织机声开篇，展现"木兰当户织"的情景。然后写木兰停机叹息，无心织布，不禁令人奇怪，引出一问一答，道出木兰的心事。木兰之所以"叹息"，不是因为儿女心事，而是因为天子征兵，父亲在被征之列，父亲既已年老，家中又无长男，于是决定代父从军。

第二段写木兰准备出征和奔赴战场。"东市买骏马"四句排比，写木兰紧张地购买战马和乘马用具，表示对此事的极度重视，只用了两天就结束了，夸张地表现了木兰行进的神速、军情的紧迫、心情的急切，使人感到紧张的战争氛围。其中写"黄河流水鸣溅溅""燕山胡骑鸣啾啾"之声，还衬托了木兰的思亲之情。

第三段概写木兰十来年的征战生活。"万里赴戎机，关山度若飞"，概括上文"旦辞……"八句的内容，夸张地描写了木兰身跨战马，万里迢迢，奔往战场，飞越一道道关口，一座座高山。寒光映照着身上冰冷的铠甲。"将军百战死，壮士十年归"，概述战争旷日持久，战斗激烈悲壮。将士们十年征战，历经一次次残酷的战斗，有的战死，有的归来。而英勇善战的木兰，则是有幸生存、胜利归来的将士中的一个。

第四段写木兰还朝辞官。先写木兰朝见天子，然后写木兰功劳之大，天子赏赐之多，再说到木兰辞官不就，愿意回到自己的故乡。"木兰不用尚书郎"而愿"还故乡"，固然是她对家园生活的眷念，但也自有秘密在，即她是女儿身。天子不知底里，木兰不便明言，颇有戏剧意味。

第五段写木兰还乡与亲人团聚。先以父母姊弟各自符合身份、性别、年龄的举动，描写家中的欢乐气氛，展现浓郁的亲情；再以木兰一连串的行动，写她对故居的亲切感受和对女儿妆的喜爱，一副天然的女儿情态，表现她归来后情不自禁的喜悦；最后作为故事的结局和全诗的高潮，是恢复女儿装束的木兰与伙伴相见的喜剧场面。

第六段用比喻作结。以双兔在一起奔跑，难辨雌雄的隐喻，对木兰女扮男装、代父从军多年未被发现的奥秘加以巧妙的解答，妙趣横生而又令人回味。

《木兰辞》是一首乐观、机智、幽默的叙事诗，同时也是一出充满想象、夸张、铺排和悬念迭出的多幕喜剧，具有强烈的浪漫主义色彩。沈德潜《古诗源》盛赞此诗："事奇，诗奇，卑靡时得此，如凤凰鸣，庆云见；为之快绝。"它不仅是北朝民歌中的杰作，也是中国诗歌史上的杰作。它不仅代民族立言，代妇女立言，同时代自己淳朴善良的人性立言。在民族存亡、国家危难的紧急关头，在阿爷年龄已老、自己又没有兄长的情况下，花木兰挺身而出，女扮男装，替父从军，为保家卫国进行英勇的战斗；打破了战争让女人走开的偏见，成功地阐释了男人做到的，女人也能做到，而且能做得更好的信念。战争结束后，她对功名利禄的鄙视，辞去了"尚书郎"和各种物质的赏赐，是对当时男尊女卑和功名利禄思想的辛辣嘲讽。

通观全诗，木兰这位女英雄的形象是完整的，她有着坚韧不拔的独特个性，也有着普通妇女的丰富情感，所以显得质朴真实，生动感人。另外，洋溢在字里行间的那种明快昂奋的情调，也让人心魄震动。

折杨柳

李白

【原文】

垂杨拂绿水，摇艳东风年①。

花明玉关②雪，叶暖金窗③烟。

美人结长想④，对此心凄然。

攀条折春色，远寄龙庭⑤前。

【注释】

①摇艳：美丽的枝条随风飘扬。年：时节。

②玉关：玉门关。泛指边塞。

③金窗：闺房之窗。

④长想：又作"长恨"。

⑤龙庭：又叫龙城，是匈奴祭天、大会诸部之地。

【赏析】

《折杨柳》，乐府《横吹曲辞》旧题。这首乐府诗作于唐玄宗开元十七年（729年）春，李白游越中时。此首诗抒写的是女子在春光明媚的日子里触景生情，引起了对征戍在外的丈夫的思念之情。

全诗可分两段：

前四句写景。古有"春女思，秋士悲"的说法。春景极易引起女子之思春。所以上段写景为下段抒情作铺垫。春景有垂杨、绿水、红花。绿叶，极具代表性。地域涉及玉关、金窗。玉关，泛指征人戍边之所；金窗，代指闺人栖居之处。"花明玉关雪，叶暖金窗烟"，这两句是说，

思妇看见春日柳色，激起一片思夫之情——花明叶暖，春意正浓，柳烟拂窗，闺妇思远，此刻边塞之上还是白雪纷飞。一暖一寒，触景生情，怎能不激起人的思念之苦、凄然之心？看似写景，实乃写情，情因景生，景为情使，委婉含蓄，韵味悠长。

后四句叙事。"对此"之"此"，指上段所描写的春色。其心理活动——长想、凄然；其行为动作——折柳、远寄，女子便以此表达对丈夫的思念之情。不说折柳，而言"折春色"，是为了表达"思春"之意。

此诗实写闺中女子思念远戍的丈夫，同时也包含有厌战之意。

紫骝马　李白

【原文】

紫骝①行且嘶，双翻碧玉蹄。

临流不肯渡，似惜锦障泥②。

白雪③关山远，黄云④海戍迷。

挥鞭万里去，安得念⑤春闺。

【注释】

①紫骝：暗红色的马，即枣红马。

②障泥：披在马鞍旁以挡溅起的尘泥的马具。

③白雪：唐代戍名，在蜀地，与吐蕃接壤。

④黄云：唐代戍名，其地不详。海：喻广阔。

⑤念：又作"恋"。

【赏析】

《紫骝马》，乐府《横吹曲辞》旧题，为盛唐著名诗人李白所著的五言古诗。这首诗表达的是诗人即将远赴边塞时的矛盾心情。他十分渴望立功边塞，但踏上遥远的征途时总不免对家乡有些恋恋之情。

前四句写征人所乘之紫骝马，以马的行为烘托人的感情。马嘶鸣，引起人的酸楚；马临流迟疑，陪衬人的留恋不舍。后四句写征人想念在家的妻子。"念春闺"是全诗之眼。"关山远"，"海戍迷"，写戍边环境的空旷辽远，以表现征人离家空虚的心情。"挥鞭万里去，安得念春闺"，不仅路途遥远，奔波也忙碌，故言不得念春闺。说是无暇念春闺，实则谓虽然路途遥远，奔波忙碌，但总是放不下春闺之思。"挥鞭"句用倒卷之笔，本应冠于"白雪"句之前。但那样就显得平直无波，缺少起伏了。

全诗生动鲜明地描述了一位即将远戍而又思念在家的妻子的征人形象。

梅花落   鲍照

【原文】

中庭①多杂树，偏为梅咨嗟②。

问君何独然？念其霜中能作花③，露中能作实④。

摇荡春风媚春日，念尔零落逐风飚⑤，徒有霜华⑥无霜质。

【注释】

①中庭：庭院中。

②咨嗟：赞叹声。

③作花：开花。

④作实：结实。以下是诗人的回答。这两句是说梅花能在霜中开花，露中结实，不畏严寒。

⑤尔：指杂树。飚（biāo）：指暴风。形容声势大，速度快。

⑥霜华：霜中的花。华，同"花"。

【作者介绍】

鲍照（约415—466年），南朝宋文学家，与颜延之、谢灵运合称"元嘉三大家"。字明远，汉族，祖籍东海（治所在今山东郯城西南，辖区包括今江苏涟水，久居建康（今南京））。家世贫贱，临海王刘子顼镇荆州时，任前军参军。刘子顼作乱，照为乱兵所杀。

鲍照长于乐府诗，其七言诗对唐代诗歌的发展起了很重要的作用。有《鲍参军集》。

【赏析】

《梅花落》属汉乐府"横吹曲"。鲍照沿用乐府旧题，创作了这首前所未见的杂言诗。

诗的起句开门见山："中庭多杂树，偏为梅咨嗟"。这里的"杂树"和"梅"具有象征意义。杂树，"亦指世间悠悠者流"，即一般无节操的士大夫；"梅"，指节操高尚的旷达贤士。庭院中有各种树木，而诗人最赞赏的是梅花，观点十分鲜明。

下面是诗人与杂树的对话。"问君何独然？"这句是假托杂树的问话：你为什么单单赞赏梅花呢？诗人答道："念其霜中能作花，露中能作实。摇荡春风媚春日，念尔零落逐寒风，徒有霜华无霜质。"全句意为，因梅花不畏严寒，能在霜中开花，露中结实，而杂树只能在春风中摇曳，在春日下盛开，有的虽然也能在霜中开花，却又随寒风零落而没有耐寒的品质。在此，诗人将杂树拟人，并将它与梅花放在一起，用对比的方式加以描绘、说明，通过对耐寒梅花的赞美，批判了杂树的软弱动摇。两者在比较中得到鉴别、强化，可

谓相得益彰。

　　本诗主要是托讽之辞，采用杂言，音节顿挫激扬，富于变化，其一褒一贬，表现了诗人鲜明的态度。这与作者个人经历有着密切的关系。鲍照"家世贫贱"（鲍照《拜侍郎上疏》），在宦途上饱受压抑。他痛恨门阀士族制度，对刘宋王朝的统治深为不满，因此，他那质朴的诗句中明确表示了对节操低下的士大夫的蔑视和对旷达之士的赞扬，其中还包含着寒士被压抑的义愤和对高门世族垄断政权的控诉。诗歌中充沛的气势、强烈的个性、明快的语言，给读者以强烈的震撼。

卷四　相和歌辞

江南

无名氏

【原文】

江南可①采莲，莲叶何田田②，鱼戏莲叶间。

鱼戏莲叶东，鱼戏莲叶西，鱼戏莲叶南，鱼戏莲叶北。

【注释】

①可：在这里有"适宜""正好"的意思。

②何：多么。田田：莲叶长得茂盛相连的样子。

【作者介绍】

此诗为江南民歌，作者不详。

【赏析】

这是一首采莲歌，反映了采莲时的情景和采莲人欢乐的心情，在汉乐府民歌中具有独特的风味。

全诗以简洁明快的语言，回旋反复的音调，优美隽永的意境，清新明快的格调，勾勒了一幅充满生活气息的图画。以劲秀迎风的莲叶，鱼戏其间的欢乐自在，描绘了水乡明丽如画的风光和采莲人嬉戏的情景。一望无际的碧绿的荷叶，莲叶下自由自在、欢快戏耍的鱼儿，还有那水上划破荷塘的小船上采莲的壮男俊女的欢声笑语，悦耳的歌声，多么秀丽的江南风光！多么宁静而又生动的场景！人、舟、水、鱼、莲，互为背景映衬为一体；鱼之乐，人不知；人之乐，鱼不知；在对莲塘景色动态的描绘中，景在鱼而情在人。

其实，我们还可以从情歌的角度来理解，诗中隐含着青年男女相互嬉戏、追逐爱情的意思。

诗中没有一字是写人的，但是我们又仿佛如闻其声，如见其人，如临其境，感受到了一股勃勃生机的青春与活力，领略到了采莲人内心的欢乐和青年男女之间的欢愉和甜蜜。我们感受着诗人那种安宁恬静的情怀的同时，自己的心情也随着变得轻松起来。这就是这首民歌不朽的魅力所在。

这首诗在乐府分类中属《相和歌辞》，"相和歌"本是两人唱和，或一个唱、众人和的歌曲，故"鱼戏莲叶东"四句，可能为和声。故此诗的前两句可能为男歌者领唱，第三句为众男女合唱，后四句当是男女的分组和唱。如此，则采莲时的情景更加活泼有趣，因而也更能领会到此歌表现手法的高妙。

东光 无名氏

【原文】

东光①乎，苍梧何不乎②。

苍梧多腐粟③，无益诸军粮。

诸军游荡子④，早行多悲伤。

【注释】

①东光：东方发亮，即天明。

②不：同"否"。苍梧地多潮湿，多雾气，所以天迟迟不亮。

③腐粟：陈年积贮已经败坏的五谷粮食。

④游荡子：离乡远行的人。

此诗作者不详。

【赏析】

东光，《相和歌辞》之一。汉武帝时期，今广东一带的南越国相作乱，杀害国王和太后及汉朝使者。汉武帝元鼎五年（112年），朝廷不顾臣民反对，发动了征讨南越的战争。汉武帝派人从今湖南等地出兵讨伐，进攻苍梧，即今广西梧州。梧州地方潮湿，多瘴气，出征士兵多有不满。又因为战争的性质是侵略战争，所以尽管朝廷以重赏高爵鼓励人们从军，仍然激不起人民参战的热情，这样，朝廷只好征集了大量罪犯充当士兵。《东光》这首诗，就是以这次战争为背景，通过描写出征军人路途的悲怨哀苦，反映了人民的厌战情绪。

"东光"意思就是东方光明。"东光乎？苍梧何不乎？"开头两句说，东方亮了吗？苍梧为什么还不亮呢？苍梧又称梧州，即今广西苍梧县，是去南越必经之地，那里早晨瘴雾浓重，不见太阳，这对北方人来说是很不习惯的。"何不乎"三字中包含着行伍军士的疑虑和不满。"苍梧多腐粟，无益诸军粮。"中间两句，进一步抒写军士的怨愤情绪。苍梧一带雨水多，空气潮湿，仓库中的存粮又多，粮食很容易

腐烂，用这样的粮食供应"诸军"，也就是"各路军队"，大家当然十分厌恶，所以说"无益"。"诸军游荡子，早行多悲伤。"结尾二句反映出清晨行军时军人们的心情，用"悲伤"二字点明题旨，表达人们的厌战情绪。"游荡子"这里指离家在四方游荡的人，无贬义。

这首诗主题鲜明，感情色彩浓郁，语言平易，造句质朴凝练，颇有韵味，感染力极强。

饮马长城窟行　　　　无名氏

【原文】

青青河畔草，绵绵思远道①。

远道不可思，宿昔②梦见之。

梦见在我傍，忽觉在他乡③。

他乡各异县，辗转不相见④。

枯桑知天风，海水知天寒⑤。

入门各自媚，谁肯相为言⑥。

客从远方来，遗我双鲤鱼⑦。

呼儿烹鲤鱼，中有尺素书⑧。

长跪⑨读素书，书中竟何如。

上言加餐食，下言长相忆⑩。

【注释】

①绵绵：这里义含双关，由看到连绵不断的青青春草，而引起对征人的缠绵不断的情思。远道：远行。

②宿昔：指昨夜。

③觉：睡醒。

④辗转：不定。这里是说在他乡作客的人行踪无定。

⑤这两句是说：枯桑虽然没有叶，仍然感到风吹，海水虽然不结冰，仍然感到天冷。比喻那远方的人纵然感情淡薄也应该知道我的孤凄、我的想念。

⑥入门：指各回自己家里。媚：爱。言：问讯。

⑦双鲤鱼：指藏书信的函。就是刻成鲤鱼形的两块木板，一底一盖，把书信夹在里面。

⑧烹鲤鱼：指打开书函。尺素：古人写文章或书信用长一尺左右的绢帛，称为"尺素"。素，生绢。书：信。

⑨长跪：伸直了腰跪着。古人席地而坐，坐时两膝着地，臀部压在脚后跟上。跪时将腰伸直，上身就显得长些，所以称为"长跪"。

⑩上、下：指书信的前部与后部。

【作者介绍】

此诗是一首汉乐府民歌，作者不详。

【赏析】

乐府民歌是社会下层群众的歌谣，最基本的艺术特色是它的叙事性，通常反映下层人民生活。中国古代征役频繁，游宦之风盛行。野有旷夫，室有思妇，文学作品中也出现了大量的思妇相思诗。这些诗表现了妇女们独守空闺的悲苦和对行人的思念，大多写得真挚动人。

这首诗最早见于南朝梁昭明太子萧统所编的《文选》，归入"乐府·古辞"。关于诗题的由来，《文选》注曰："长城，秦所筑，以备胡者。其下有泉窟，可以饮马。征人路于此而伤悲矣。言天下征役，军戎未止，妇人思夫，故作是行。"所以，诗题又称"饮马行"。

此篇不写长城窟饮马，而写思妇对长城饮马人的眷念。诗分两部分：

首以春草起兴。自《楚辞·招隐士》后，汉人离别喜用春草，因为春草代表时节，代表滋生；代表由河畔一直延绵到天涯的道路，代表了从这条道上远去的伊人。此承楚骚传统，笔致细腻，体贴入微而思绪动荡流走：由春草及于远道，突然回锋"远道不可思"；由"不可思"变成"梦见"，梦见情景又忽远忽近，忽真忽幻。

第二部分突然振起，并改变叙述方式：由前"横写"相思断面，改为"直述"收到双鲤鱼的惊喜过程，以激荡的情思、流走的韵律把两部分连成整体。末二语其实是归纳：一及妻，一及己；一劝妻子努力加餐，保重身体；二表达自己永远的思念。渺然不言归期，以诀别语作叮咛语，将欢乐与悲伤、希望与失望交织在一起让人悬想。最令人感动的是结尾。好不容易收到来信，"上言加餐食，下言长相忆"，却偏偏没有一个字提到归期。归家无期，信中的语气又近于永诀，蕴含深意。这大概是寄信人不忍明言，读信人也不敢揣想的。如此作结，余味无尽。

这首诗以思妇第一人称自叙的口吻写出，多处采用比兴的手法，语言清新通俗，语句上递下接，气势连贯，很有特色。全诗语言简短质朴，通俗易懂，但具有强烈的艺术感染力。

全诗波澜迭起，跌宕生姿，既有文人诗的细腻缠绵，又有民歌的清新自然，不假雕琢，对后世五言诗影响甚大。陈祚明《采菽堂古诗选》以为此诗："流宕曲折，转掉极灵，抒写复快，兼乐府、古诗之长，最宜诵读。子桓（曹丕）兄弟拟古，全用此法。"

长歌行　　　　　　　　　　　无名氏

【原文】

青青园中葵①，朝露待日晞②。

阳春布德泽③，万物生光辉。

常恐秋节④至，焜黄华叶衰⑤。

百川东到海⑥，何时复西归⑦？

少壮⑧不努力，老大徒伤悲⑨。

【注释】

①葵：我国古代重要的蔬菜之一，有紫茎、白茎两种，以白茎为多，叶大花小，花呈紫黄色。

②朝露：清晨的露水。晞（xī）：晒干。

③布：散布。德泽：恩惠。

④秋节：指农历八月十五日中秋节。

⑤焜（kūn）黄：颜色衰败的样子。华：同"花"。衰（cuī）：衰老，衰败。

⑥百川：泛指河流。海：指东海。

⑦西归：指回流。

⑧少壮：年轻的时候。

⑨老大：年老的时候。徒：徒然，白白的。

【作者介绍】

此诗作者不详。

【赏析】

歌行是我国古代诗歌的一种体裁，也叫"歌""行"，有长歌行、短歌行等。长歌行是指"长声歌咏"为曲调的自由式歌行体。

本篇是一首劝学诗。作者借百川归海，一去不回来比喻韶光易逝，感慨"少壮不努力，老大徒伤悲"，劝勉世人要珍惜光阴。

此诗借物言理，托物言志。首先以园中的葵菜作比喻，在春天的阳光雨露之下，万物都在争相努力地生长。因为它们都恐怕秋天到来，百草凋零。诗歌的前六句描绘了一幅春光明媚、花草繁茂、生机盎然的春景图，第七和第八两句以一个巧妙生动的比喻，写出了岁月的无情。"百川东到海，何时复西归？"进一步指出，一个人应该趁年轻力壮，抓住青春年华，珍惜时光，及时努力，勤奋学习、工作，不可虚度光阴，免得到年老时空自悲叹、追悔莫及。结尾两句是诗人从生活中提炼概括出来的至理名言，浑厚有力，深沉含蓄，深深地打动读者的心。诗歌结尾由对宇宙的探寻转入对人生价值的思考，得出"少壮不努力，老大徒伤悲"这一令人振聋发聩的结论结束全诗。

全诗语言通俗质朴，浅显易懂，于平淡无奇中彰显深刻的人生哲理，读过之后令人振奋，引人深思。

这首诗向人们揭示了一个普遍的真理：世界上的一切事物都是发展变化的，都遵循由盛到衰、由少到老、由生到死的客观规律。人生又何尝不是这样？时光短暂，转瞬即逝，所以人们要珍惜青春年华，趁年轻努力工作、积极学习，莫让年华付诸流水。如果不趁着大好时光努力奋斗，让青春白白地浪费，等到年老之时后悔也来不及了。

蒿里

无名氏

【原文】

蒿里①谁家地，聚敛魂魄无贤愚②。

鬼伯一何相催促③，人命不得少踟蹰④。

【注释】

①蒿（hāo）里：魂魄聚居之地。

②无贤愚：无论是贤达之人还是愚昧之人。

③鬼伯：主管死亡的神。一何：何其，多么。

④踟蹰（chí chú）：逗留。

【作者介绍】

此诗作者不详。

【赏析】

"蒿里"，一词，有两种意义：一是地名之称，本山名，在泰山之南，为当地死人之葬地。《汉书·广陵厉王传》："蒿里召兮郭门阅，死不得取代庸，身自逝。"颜师古注曰："蒿里，死人里。"二是指古代丧歌：人死后，送丧时所唱的一种歌曲名。崔豹《古今注》曰："《薤露》《蒿里》，泣丧歌也。本出田横门人，横自杀，门人伤之，为作悲歌。"以"蒿里"作为丧歌之名称的，极可能开始于田横门人，谯周《法训》曰："汉高帝召田横，至尸乡自杀。从者不敢哭而不胜哀，故为挽歌以寄哀音。"但这首丧歌是否为田横门人所作，还是值得怀疑的。

全篇四句，两两设为问答，如随口吟唱，联类成篇。

歌的开头提出疑问："蒿里谁家地？"疑问的提出在于下一句："聚敛魂魄无贤愚。"人间从来等级森严，凡事分别流品，绝无混淆，似乎天经地义。所以人不解：这"蒿里"究竟是怎样一个地方，那里为什么不分贤愚贵贱？人间由皇帝老子、王公大臣及其鹰犬爪牙统治，那么，这另一个世界是"谁家"的天下，归谁掌管呢？人活着的时候绝无平等可言，死后就彼此彼此了，这到底是怎么一回事呢？

后两句"鬼伯一何相催促，人命不得少踟蹰"，是说"鬼伯"对任何人都一视同仁：一旦他叫你去，你想踟蹰一下也不可能。"催促"得那样急，到底为的是什么？求情祷告不行，威逼利诱也不行。人间的万能之物——权势、金钱在这时候完全失去效用，不能代死。这其中的道理又是什么呢？看来，"鬼伯"是最公正廉洁的。然而，他可敬却不可亲，没有人不怕他。不管凤子龙孙，也不管皇亲国戚，他都是一副铁面孔，绝不法外开恩，也不承认特权。无论什么人，都对他无计可施。

这首歌的主旨是否定人生，表达了一种极端消极无为的思想。这是由于时代和科学水平的局限，其认识还不能离开唯心论的前提。

相逢行 　　　　　　　　无名氏

【原文】

相逢狭路间，道隘不容车。

不知何年少？夹毂问君家①。

君家诚易知，易知复难忘；

黄金为君门，白玉为君堂。

堂上置樽酒，作使邯郸倡②。

中庭生桂树，华灯何煌煌③。

兄弟两三人④，中子为侍郎；

五日一来归⑤，道上自生光；

黄金络马头，观者盈道傍。

入门时左顾⑥，但见双鸳鸯；

鸳鸯七十二，罗列自成行。

音声何噰噰⑦，鹤鸣东西厢。

大妇织绮罗，中妇织流黄⑧；

小妇无所为，挟瑟上高堂：

"丈人且安坐，调丝方未央。⑨"

【注释】

①何年少：谁家的少年。夹毂：犹"夹车"。毂（gǔ）：车轮中心的圆木，辐聚其外，轴贯其中。这里代指车。

②置樽酒：指举行酒宴。作使：犹"役使"。邯郸倡：赵国女乐，闻

名当时。邯郸：汉代赵国的都城，在今河北邯郸城西南。倡：歌舞伎。

③中庭：庭中，院中。华灯：雕刻非常精美的灯。

④兄弟两三人：兄弟三人。"两"字无意义。

⑤五日一来归：汉制中朝官每五日有一次例休，称为"休沐"。

⑥左顾：回顾。

⑦嗈嗈（yōng yōng）：音声相和貌，这里形容众鹤和鸣之声。

⑧流黄：或作"留黄""骝黄"，黄间紫色的绢。

⑨丈人：子媳对公婆的尊称。调丝：弹奏（瑟）。丝，指瑟上的弦。
未央：未尽。

【作者介绍】

此诗作者不详。

【赏析】

本篇为汉乐府古辞，一作《相逢狭路间行》，一作《长安有狭斜行》，始见于《玉台新咏》。《乐府诗集》收入《相和歌辞》中的《清调曲》。

全诗可分为三个部分，前面六句是第一部分。两位驾车的少年（由歌者所扮），在长安的狭窄小路上迎面而遇。路实在太窄了，谁也过不去，于是他俩就干脆停下车，攀起话来了。素不相识，没有太多的共同话题好谈，于是就面对酒宴上的主人夸起他家的声势显赫和无比豪富来。这一部分可以算是引子。往下十八句是第二部分。两位少年一唱一和，争着夸说主人家的种种富贵之状。"大妇织绮罗"六句是第三部分，写家中三妇所为，以见这一豪富之家的家礼家风和家庭之乐，同时也暗示媳妇们能有如此才能，把家事操持得井井有条，则家中其他人员的才干也就可想而知了。

这首诗的重点在于对那位主人家的富贵享乐作铺排渲染，写得气氛热烈、生动夸张，笔法犹如汉代大赋，尽管没有佳句妙语，但其气势也足以打动和感染读者。这种玉堂金马的重叠堆积，正是汉代国力强盛的折射反映；而这种层层铺排、极力渲染的笔法，使诗歌充满着力度和厚度，这也正是汉代民族力量浑厚、民族精神旺健的反映，从中读者可以形象地感受到汉代被称为封建社会之"盛世"是信然不诬的。它和《东门行》《妇病行》等反映贫苦人民生活的乐府诗一样，都是后人了解汉代社会真貌的不可缺少的媒介。

该诗极写富贵人家的声势气派与种种享受，极意铺张而气氛热烈，可称为封建社会鼎盛期，典型的官僚富豪家庭的一个缩影，可使我们加深对东汉初年官僚士大夫阶层生活的了解，具有一定的认识价值。写作上，该诗明显受当时赋体文的影响，开头之写法、中间之叙写贵家生活，"繁华甚盛，变宕百出"，与赋之铺陈扬丽、纷衍多变极为相似。

妇病行

无名氏

【原文】

妇病连年累岁，传呼丈人①前一言。

当言未及得言，不知泪下一何翩翩②。

"属累③君两三孤子，莫我儿饥且寒，

有过慎莫笪笞，行当折摇，思复念之④！"

乱曰：抱时无衣，襦复无里⑤。

闭门塞牖，舍孤儿到市⑥。

道逢亲交⑦，泣坐不能起。

从乞求与孤买饵，对交啼泣，泪不可止⑧。

"我欲不伤悲，不能已。"

探怀中钱持授交⑨。

入门见孤儿，啼索其母抱。

徘徊空舍中，"行复尔耳，弃置勿复道⑩！"

【注释】

①传呼：呼唤。丈人：古时对男子的称呼，这里是病妇称她自己的丈夫。

②翩翩：泪流不止的样子。

③属：同"嘱"，嘱托。累：连累，拖累。

④笪笞（dá chī）：鞭打。行当：将要。折摇：即"折夭"，夭折。

⑤乱：古时称乐曲的最后一章。襦（rú）：短衣，短袄。

⑥牖（yǒu）：窗户。舍：放置。

⑦亲交：亲近的朋友。

⑧从：从而。饵：糕饼之类的食品。对交：对着朋友。

⑨探：拿取。持授：交给。

⑩空舍：是说房子里一无所有。行复尔耳：又将如此。尔，如此。
弃置：抛开，丢开。

【作者介绍】

此诗作者不详。

【赏析】

《妇病行》为汉乐府古辞，《乐府诗集》收入《相和歌辞》中的《瑟
调曲》。这首诗是汉乐府民歌中具有强烈现实主义精神的叙事诗之一。对
此篇的本意，清人有不同的说法。张玉谷《古诗赏析》以为"闭门塞牖，
舍孤儿到市"是"刺为父者不恤无母孤儿"；朱乾《乐府正义》以为
"诗中并无一语及后母"，当写病妇死后，丈夫与孤儿贫困生活的惨状。
"读《饮马长城窟行》，则夫妻不相保矣。读《妇病行》，则父子不相
保矣。"

这首诗通过托孤、买饵和索母等细节，描写了一个穷苦人家的悲惨
遭遇。他们的语言行为、动态心态，皆如一出情节生动的短剧。全诗沉
痛凄婉，真切动人，这正是汉乐府"感于哀乐，缘事而发"的现实主义
特色的突出表现。

全诗可分两段。"乱曰"之前写病妇临终托孤。"乱曰"之后写"丈
人"（即丈夫）艰难抚幼。首句由病妇切入，数写其悲：妇久病不治夭
亡，一悲也；丈夫丧妻，二悲也；孤儿索母啼哭，三悲也；生活无着，
贫困交加，四悲也。此诗计场景有三，人物有四。场景依次为：病妇亡
故弥留托孤；丈夫在路上遇亲友哭诉；亲友在病妇家见孤儿啼哭索母。
人物依次是：病妇、病妇的丈夫、亲友和孤儿。在三重场景中，难以舍

割的母子情深以生动的人物对话展开；亲友的作用，乃是家庭悲剧的见证人。一个由病引起，几乎是汉代生活原型的家庭悲剧故事，便随着音乐、剧情的发展而变化，不断递进达到悲怆的高潮。全篇感情强烈，场景在目，撕人心肺。故魏晋后，妇女、孤儿情节便成为诗歌题材。

反映人民生活贫困交加、走投无路，这首诗将此写得颇为沉痛、深刻、感人。全诗只写了一个家庭，但它反映了千千万万个家庭的不幸；只写了病妇去世和去世后尸骨未寒的当天，但它反映了封建社会世世代代劳动人民的共同命运。它以高度的典型性、强有力的概括力以及对现实生活细节的提炼，闪烁着乐府民歌特有的艺术光辉。

白头吟 卓文君

【原文】

皑如山上雪，皎若云间月①。

闻君有两意，故来相决绝②。

今日斗③酒会，明旦沟水头。

躞蹀御沟上，沟水东西流④。

凄凄复凄凄，嫁娶不须啼。

愿得一心人，白头不相离。

竹竿何袅袅，鱼尾何簁簁⑤！

男儿重意气，何用钱刀⑥为！

【注释】

①皑、皎：都是白的意思。

②两意：二心，指情变。决：别。

③斗：盛酒的器具。

④蹀躞（xiè dié）：小步行走貌。御沟：流经御苑或环绕宫墙的沟。东西流，即东流。"东西"是偏义复词。这里偏用东字的意义。

⑤竹竿：指钓竿。袅袅：动摇貌。鲑（shāi）鲑：形容鱼尾像濡湿的羽毛。

⑥钱刀：古时的钱有铸成马刀形的，叫作刀钱，又称为钱刀。

【作者介绍】

关于此篇的作者，有人谓卓文君。晋葛洪《西京杂记》说："司马相如将聘茂陵人女为妾，卓文君作《白头吟》以自绝，相如乃止。"也有人认为是汉代一位被遗弃的妇女对负心人表示决绝的民歌。此处暂从前者。

卓文君（公元前175—公元前121年），原名文后，西汉临邛（今四川邛崃）人，原籍邯郸冶铁家卓氏。汉代才女，中国古代四大才女之一、蜀中四大才女之一。

卓文君为四川临邛巨商卓王孙之女，姿色娇美，精通音律，善弹琴，有文名。卓文君与汉代著名文人司马相如的一段爱情佳话至今被

人津津乐道。她也有不少佳作，如《白头吟》，诗中"愿得一心人，白头不相离"堪称经典佳句。

【赏析】

《白头吟》为汉乐府古辞。最早见于《玉台新咏》，题为《皑如山上雪》。《白头吟》古辞二首，一为晋乐所奏，载于《宋书·乐志》，即大曲《白头吟古辞五解》，与本篇内容相同而篇幅略长；一为本篇，《乐府诗集》收入《相和歌辞》中的《楚调曲》。因其中有"愿得一心人，白头不相离"句，故名《白头吟》。郭茂倩释为"疾人相知，以新间旧，不能白首，故以为名"。

这首诗塑造了一位个性鲜明的弃妇形象，不仅反映了封建社会妇女的婚姻悲剧，而且着力歌颂了女主人公对于爱情的高尚态度和她的美好情操。她重视情义，鄙夷金钱；要求专一，反对"两意"。当她了解到丈夫感情不专之后，既没有丝毫的委曲求全，也没有疯狂的诅咒和软弱的悲哀，表现出了妇女自身的人格尊严。她是把痛苦埋在心底，冷静而温和地和负心丈夫置酒告别，气度何等闲静，胸襟何等开阔！虽然她对旧情不无留恋和幻想，但更多的却是深沉的人生反思。

全诗十六句分四节，每四句一节，每节意思转进一层。首节以高山白雪、云间皎月起兴，以明净素洁的形象自誓并点明决绝的原因。次节正面写决绝。第三节写女子对纯真爱情的憧憬。第四节对只重金钱不重爱情的男子进行谴责。

诗中的女主人公性格特征十分鲜明，既忠贞执着、果断坚强，又温柔委婉、自伤情多。与一般汉乐府古辞用质朴的口语叙事不同的是，此诗多用优美的书面语言，以形象比兴抒情，用叠字如"凄凄""袅袅""簇簇"，在斩钉截铁的语气中回环往复，含蓄精警，将女子品格的贞洁和内在精神的光芒展现得令人仰望。

下面说的内容，可以作为此诗的一个注脚。

司马相如娶得美人归之后，经历一番波折，终于在事业上崭露锋芒，被举荐做官。他久居京城，赏尽风尘美女，加上官场得意，竟然产生了弃妻纳妾之意。曾经患难与共、情深意笃的日子此刻早已忘却，哪里还记得千里之外还有一位日夜倍思丈夫的妻子？文君独守空房，日复一日年复一年地过着寂寞的生活。为此，卓文君便写了这首《白头吟》，表达了她对爱情的执着和向往以及一个女子独特的坚定和坚韧，也为她们的故事增添了几分美丽的哀伤。

终于，某日司马相如给妻子送出了一封十三字的信：一二三四五六七八九十百千万。聪明的卓文君读后，泪流满面。一行数字中唯独少了一个"亿"，"无亿"岂不是夫君对自己"无意"的暗示？她心凉如水，怀着十分悲痛的心情，回了一封凄怨的《怨郎诗》与《诀别书》，其爱恨交织之情跃然纸上。

《怨郎诗》曰：

一别之后，二地相悬。虽说是三四月，谁又知五六年。七弦琴无心弹，八行书无可传，九连环从中折断，十里长亭望眼欲穿。百思想，千系念，万般无奈把郎怨。

万语千言说不完，百无聊赖十倚栏。重九登高看孤雁，八月中秋月圆人不圆。七月半，秉烛烧香问苍天，六月伏天人人摇扇我心寒。五月榴花红似火，偏遇阵阵冷雨浇花端。四月枇杷黄，我欲对镜心意乱。三月桃花飘零随水转，二月风筝线儿断。噫，郎呀郎，巴不得下一世，你为女来我做男。

《诀别书》曰：

春华竞芳，五色凌素，琴尚在御，而新声代故！锦水有鸳，汉宫有水，彼物而新，嗟世之人兮，瞀于淫而不悟！朱弦断，明镜缺，朝露晞，芳时歇，白头吟，伤离别，努力加餐勿念妾，锦水汤汤，与君长诀！

司马相如看完妻子的信，不禁惊叹妻子之才华横溢。遥想昔日夫妻恩爱之情，羞愧万分，从此不再提遣妻纳妾之事。这首诗也便成了卓文君一生的代表作。

卓文君用自己的智慧挽回了丈夫的背弃。她用心经营着自己的爱情和婚姻，终于苦尽甘来。他们之间最终没有背弃最初的爱恋和最后的坚守，这也使得他们的故事千转百回，成为世俗之上的爱情佳话。

薤露行　　曹操

【原文】

惟汉廿二世[①]，所任诚不良。

沐猴而冠带，知小而谋强[②]。

犹豫不敢断，因狩执君王[③]。

白虹为贯日[④]，己亦先受殃。

贼臣持国柄，杀主灭宇京[⑤]。

荡覆帝基业，宗庙以燔丧[⑥]。

播越[⑦]西迁移，号泣而且行。

瞻彼洛城郭，微子为哀伤[⑧]。

【注释】

①惟汉廿二世：汉代自高祖刘邦建国到灵帝刘宏是二十二世。

②沐猴而冠带：猴子穿衣戴帽，究竟不是真人。比喻虚有其表，形同傀儡。常用来讽刺投靠恶势力窃据权位的人。沐猴，猕猴。冠，戴帽子。知小而谋强：智小而想图谋大事。这里指的是何进。知，同"智"。

③狩：原指古代帝王出外巡视。后讳指天子出逃或被掳。这里是指

少帝奔小平津的事情。

④白虹贯日：一种天象，指太阳中有一道白气穿过，古人以为这是上天预示给人间的凶兆，往往应验在君王身上。

⑤贼臣持国柄：指董卓之乱。董卓乘着混乱之际操持国家大权。宇京：指京城。

⑥燔（fán）丧：烧毁。

⑦播越：流亡。

⑧"瞻彼"二句：我瞻望着洛阳城内的惨状，就像当年微子面对着殷墟而悲伤不已。据《尚书·大传》中说，商纣王的庶兄微子在商朝灭亡后，经过殷墟，见到宫室败坏，杂草丛生，便写下了一首名为《麦秀》的诗，以表示自己的感慨与对前朝的叹惋。

【作者介绍】

曹操（155—220年），字孟德，小名阿瞒，沛国谯（今安徽省亳州市）人，政治家，军事家，文学家。政治军事方面，曹操消灭了众多割据势力，统一了中国北方大部分区域，并实行一系列政策恢复经济生产和社会秩序，奠定了曹魏立国的基础。文学方面，在曹操父子的推动下形成了以三曹（曹操、曹丕、曹植）为代表的建安文学，史称"建安风骨"，在文学史上留下了光辉的一笔。魏朝建立后，曹操被尊为"魏武帝"，庙号"太祖"。有集三十卷，已散佚。明人辑有《魏武帝集》。

【赏析】

《薤露行》属于乐府《相和歌·相和曲》歌辞，原先它与《蒿里》都是古人出丧时唱的歌，相传齐国的田横不肯降汉，自杀身亡，其门人作了这两首歌来表示悲丧。"薤露"两字意谓人的生命就像薤上的露水，太阳一晒，极易干掉。曹操用此古调来写时事，开创了以古乐府写新内容的风气。清代沈德潜说："借古乐府写时事，始于曹公。"（《古诗源》）另外，《薤露行》本身还有悲悼王公贵人之死的意思，曹操用此哀叹国家丧乱，君王遭难，百姓受殃，正有悲悼之意。

中平六年（189 年），汉灵帝死，之后太子刘辩即位，灵帝之后何太后临朝，宦官张让、段珪等把持朝政。何太后之兄、大将军何进谋诛宦官，但因何太后的阻止而犹豫不决，只好密召凉州军阀董卓进京，以期铲除宦官势力，收回政柄。然而事情泄露，张让等人杀了何进后，又劫持少帝和陈留王奔小平津。只是董卓率兵进京，再度劫还。然后董卓在这次进军京城中窃取国家大权，旋废少帝为弘农王，不久又将其杀死，立陈留王刘协为汉献帝。董卓为了容易进行统治，更是放火烧毁了洛阳，挟持献帝与官民西迁长安，使得当时哀鸿遍野，民不聊生。此诗歌正是诗人目睹这些惨状后，哀痛感伤，挥笔所作。

诗歌描述的是汉朝末年的政治动乱及其导致的民不聊生的悲惨情景。"瞻彼洛城郭，微子为哀伤"，曹操在结句中，将自己的百感交集凝聚于十字之内，表达的是曹操对汉室倾覆的悲伤与感叹。诗歌风格质朴无华，沉重悲壮，深刻表达了作者身为一个政治家和文学家的忧患意识和哀痛之情。该诗为《蒿里行》的姊妹篇，明代钟惺的《古诗归》将两者并称为"汉末实录，真诗史也"。

蒿里行　　　　　　曹操

【原文】

关东有义士，兴兵讨群凶①。

初期会盟津，乃心在咸阳②。

军合力不齐，踌躇而雁行③。

势利使人争，嗣还自相戕④。

淮南弟称号，刻玺于北方⑤。

铠甲生虮虱，万姓以死亡⑥。

白骨露于野，千里无鸡鸣。

生民百遗一⑦，念之断人肠。

【注释】

①关东：函谷关（今河南灵宝西南）以东。义士：指起兵讨伐董卓的诸州郡将领。讨群凶：指讨伐董卓及其党羽。

②初期：本来期望。盟津：即孟津（今河南孟县南）。相传周武王伐纣时曾在此大会八百诸侯，此处借指本来期望关东诸将也能像武王伐纣会合的八百诸侯那样同心协力。乃心：其心，指上文"义士"之心。咸阳：秦时的都城。此借指长安，当时献帝被挟持到长安。

③踌躇：犹豫不前。雁行（háng）：飞雁的行列，形容诸军列阵后观望不前的样子。此句倒装，正常语序当为"雁行而踌躇"。

④嗣：后来。还：同"旋"，不久。戕（qiāng）：残杀，杀害。

⑤淮南弟称号：指袁绍的异母弟袁术于建安二年（197年）在淮南

寿春（今安徽寿县）自立为帝。刻玺于北方：指初平二年（191 年）袁绍谋废献帝，想立幽州牧刘虞为皇帝，并刻制印玺。

⑥万姓：百姓。以：因此。

⑦生民：百姓。遗：剩下。

【赏析】

此篇是《薤露行》的姊妹篇。清人方东树的《昭昧詹言》中说："此用乐府题，叙汉末时事。所以然者，以所咏丧亡之哀，足当哀歌也。《薤露》哀君，《蒿里》哀臣，亦有次第。"就说明了此诗与《薤露行》既有联系，又各有侧重不同。《蒿里》也属乐府《相和歌·相和曲》，崔豹《古今注》中就说过："《薤露》送王公贵人，《蒿里》送士大夫庶人，使挽枢者歌之，世呼为挽歌。"曹操以《蒿里行》为题，以粗犷凌厉的笔触，在广阔的背景下，描写了汉末动乱的社会现实，对处于颠沛流离中的劳动人民表达了一定程度的哀怜之情，成为此题之作的另体和别调，开阔了乐府诗所表现的题材。如果说《薤露行》主要是写汉朝王室的倾覆，那么《蒿里行》则主要是写诸军阀之间的争权夺利酿成丧乱的历史事实。

此诗前十句勾勒了这样的历史画卷：关东各郡的将领公推势大兵强的渤海太守袁绍为盟主，准备兴兵讨伐焚宫、毁庙、挟持献帝、迁都长安、荒淫无耻、祸国殃民的董卓。当时各郡虽然大军云集，但却互相观望，裹足不前，甚至各怀鬼胎，为了争夺霸权，图谋私利，竟至互相残杀起来。诚之不成便加之笔伐，诗人对袁绍兄弟阴谋称帝、铸印刻玺、借讨董卓匡扶汉室之名，行争霸天下称孤道寡之实给予了无情的揭露，并对因此造成的战乱感到悲愤。诗中用极凝练的语言将关东之师从聚合到离散的过程原原本本地说出来，成为历史的真实记录。

然而，曹操此诗的成功与价值还不仅在此，自"铠甲生虮虱"以下，诗人将笔墨从记录军阀纷争的事实转向描写战争带给人民的灾难，在揭露军阀祸国殃民的同时，表现出对人民的无限同情和对国事的关注和担忧，这就令诗意超越了一般的记事，而反映了诗人的忧国忧民之心。连年的征战，使得将士长期不得解甲，身上长满了虮子、虱子，而无辜的百姓却受兵燹之害而大批死亡，满山遍野堆满了白骨，千里之地寂无人烟，连鸡鸣之声也听不到了，正是满目疮痍，一片荒凉凄惨的景象，令人目不忍睹。最后诗人感叹道：在战乱中幸存的人百不余一，自己想到这些惨痛的事实，简直肝肠欲裂，悲痛万分。诗人的感情达到高潮，全诗便在悲怆愤懑的情调中戛然而止。

此诗比《薤露行》更深刻地揭露了造成社会灾难的原因，更坦率地表现了自己对现实的不满和对人民的同情。曹操本人真正在政治舞台上崭露头角还是从他随袁绍讨伐董卓开始，故此诗中所写的事实都是他本人的亲身经历，较之《薤露行》中所述诸事，诗人更多直接感性的认识，故诗中反映的现实更为真切，感情更为强烈。

作品从叙事入手，以质朴的语

言，叙述了袁绍等军阀讨伐董卓不成，转而互相攻战的史实，形象地揭示了军阀混战给百姓带来的深重灾难，深刻地反映了东汉末年动乱的社会现实。表现了作者对割据势力的痛恨和对人民苦难的同情，同时也暗含着作者要削平战乱，建立一个统一国家的愿望。就诗作的内容讲，它又是一篇对封建军阀、割据势力进行讨伐的战斗檄文！

短歌行·对酒当歌　　　曹操

【原文】

对酒当歌，人生几何①！

譬如朝露，去日苦多②。

慨当以慷③，忧思难忘。

何以解忧？唯有杜康④。

青青子衿，悠悠我心⑤。

但为君故，沉吟⑥至今。

呦呦鹿鸣，食野之苹⑦。

我有嘉宾，鼓瑟吹笙。

明明如月，何时可掇⑧？

忧从中来，不可断绝。

越陌度阡，枉用相存⑨。

契阔谈讌⑩，心念旧恩。

月明星稀，乌鹊南飞。

绕树三匝⑪，何枝可依？

山不厌高，海不厌深⑫。

周公吐哺⑬，天下归心。

【注释】

①对酒当歌：一边喝着酒，一边唱着歌。当：对着。几何：多少。

②去日苦多：跟（朝露）相比一样痛苦却漫长。有慨叹人生短暂之意。

③慨当以慷：指宴会上的歌声激昂慷慨。当以：这里是"应当用"的意思。全句意思是，应当用激昂慷慨（的方式来唱歌）。

④杜康：相传是最早造酒的人，这里代指美酒。

⑤青青子衿（jīn），悠悠我心：出自《诗经·郑风·子衿》。原写姑娘思念情人，这里用来比喻渴望得到有才学的人。子，对对方的尊称。衿，古式的衣领。青衿，周代读书人的服装，这里代指有学识的人。悠悠：长久的样子，形容思虑连绵不断。

⑥沉吟：原指小声叨念和思索，这里指对贤人的思念和倾慕。

⑦呦（yōu）呦：鹿叫的声音。苹：艾蒿。

⑧掇：拾取，摘取。

⑨越陌度阡：穿过纵横交错的小路。陌，东西向田间小路。阡，南北向的小路。枉用相存：屈驾来访。枉，这里是"枉驾"的意思。用，以。存，问候，思念。

⑩讌（yàn）：通"宴"。

⑪匝（zā）：周，圈。

⑫海不厌深：一本作"水不厌深"。这里是借用《管子·形解》中的话，原文是："海不辞水，故能成其大；山不辞土，故能成其高；明主不厌人，故能成其众……"意思是希望尽可能多地接纳人才。

⑬周公吐哺：周公礼贤下士，求才心切，进食时多次吐出食物停下来不吃，急于迎客。后遂以"周公吐哺"等指在位者礼贤下士之典实。哺，

口里含着的食物。

【赏析】

《短歌行》是汉末政治家、文学家曹操以乐府古题创作的诗歌。共有两首，其中第一首诗通过宴会的歌唱，以沉稳顿挫的笔调抒写了诗人求贤如渴的思想和统一天下的雄心壮志；第二首诗表明作者在有生之年只效法周文王姬昌，绝不做晋文公重耳，向内外臣僚及天下表明心迹，使他的内外政敌都无懈可击。

这两首诗是政治性很强的作品，而其政治内容和意义完全熔铸在浓郁的抒情意境中。全诗内容深厚，庄重典雅，感情充沛，尤其是第一首，充分发挥了诗歌创作的特长，准确而巧妙地运用了比兴手法，来达到寓理于情，以情感人的目的，历来被视为曹操的代表作。所以，我们这里选读的是第一首。

这首诗是曹操诗歌中具有代表性的言志之作。气韵沉雄、质朴简洁、太巧若拙是曹操诗歌语言艺术上的主要特点，钟嵘《诗品》谓之曰："曹公古直，颇有悲凉之句。"这首《短歌行》气魄雄伟，想象丰富，古朴自然，慷慨悲凉，正是这种风格的代表作。全诗通过对时光易逝、贤才难得的再三咏叹，抒发了自己求贤若渴的情感，表现出统一天下的雄心壮志和自强不息的进取精神。

此诗写作的背景现在还无定论，但它的主题非常明确，就是希望有大量人才来为自己所用。曹操在其政治活动中，为了扩大他在庶族地主中的统治基础，打击反动的世袭豪强势力，曾大力强调"唯才是举"，为此而先后发布了"求贤令""举士令""求逸才令"等；而《短歌行》实际上就是一曲"求贤歌";又正因为运用了诗歌的形式,含有丰富的抒情成分,所以就能起到独特的感染作用,有力地宣传了他所坚持的主张,配合了他所颁发的政令。

总括全诗,我们可以发现,《短歌行》巧妙地将政治内容和意义完全熔铸在浓郁的抒情意境之中,主要还是为作者当时所实行的政治路线和政治策略服务的。作者对"求贤"这一主题所作的高度艺术化的表现是十分成功的,所以得到了历史与艺术上的双重肯定。

薤露行 　　　　曹植

【原文】

天地无穷极,阴阳转相因①。

人居一世间,忽若风吹尘。

愿得展功勤,输力于明君②。

怀此王佐才,慷慨独不群③。

鳞介④尊神龙,走兽宗麒麟。

虫兽犹知德,何况于士人。

孔氏删诗书,王业粲⑤已分。

骋我径寸翰,流藻垂华芬⑥。

【注释】

①阴阳转相因:寒暑阴阳相互更迭。

②展:舒展,发挥。功勤:犹功劳,指才能。输力:尽力。

③王佐才:足够辅佐帝王的才能。慷慨独不群:指卓越不凡,不同

流俗。

④鳞介：指长有鳞甲的鱼和虫。

⑤粲（càn）：鲜明。

⑥骋：发挥才能。径寸翰：形容大手笔。流藻：周流藻饰。华芬：指美名。

【作者介绍】

曹植（192—232 年），字子建，三国时魏国诗人，魏武帝曹操第三子。生前曾为陈王，去世后谥号"思"，因此又称陈思王。

曹植是三国时期曹魏著名文学家，作为建安文学的代表人物之一与集大成者，他在两晋南北朝时期被推尊到文章典范的地位。其代表作有《洛神赋》《白马篇》《七哀诗》等。后人因其文学上的造诣而将他与曹操、曹丕合称为"三曹"。留有集三十卷，已佚，今存《曹子建集》为宋人所编。

诗歌是曹植文学活动的主要领域，前期与后期内容上有很大的差异。前期诗歌可分为两大类，一类表现他贵介公子的优游生活，一类则反映他"生乎乱、长乎军"的时代感受。后期诗歌，主要抒发他在压制之下时而愤慨时而哀怨的心情。曹植发展了这种趋向，把抒情和叙事有机地结合起来，使五言诗既能描写复杂的事态变化，又能表达曲折的心理感受，大大丰富了它的艺术功能。

曹植的文学成就是多方面的。南朝宋文学家谢灵运有"天下才有一石，曹子建独占八斗"的评价。《诗品》的作者钟嵘亦赞曹植"骨气奇高，词彩华茂，情兼雅怨，体被文质，粲溢今古，卓尔不群"。作为《诗品》全书中品第最高的诗人、中国诗歌抒情品格的确立者，在诗史上具有"一代诗宗"的历史地位。王士祯曾论"汉魏以来两千年间诗家堪称'仙才'者，曹植、李白、苏轼三人耳"。

【赏析】

此篇属相和歌辞。这首诗写于曹植侄儿曹叡（即魏明帝）在位期间。曹叡在曹丕死后仍对曹植加以限制，不以任用，曹植的一腔才情却怀才不遇，极其烦闷之时写下许多诗篇，以表自己的抱负。曹植自认为具备治理国家的才能，怀着输力明君的热烈愿望。但由于政治上的因素，竟使他的意愿没有实现的机会。受立名于世思想的支配，他一反青年时代对于文学创作的轻视态度，转向借著述求得垂名的宿愿。

这首诗主要写世事无常人生短促，应该及时建功立业，传名后世。在诗中曹植不但对自己的政治才能很自信，也颇想在文学上一展才华。

怨歌行　　曹植

【原文】

为君既不易，为臣良独难。

忠信事不显，乃有见疑患。

周公佐成王，金滕功不刊^①。

推心辅王室，二叔反流言^②。

待罪居东国，泣涕常流连^③。

皇灵^④大动变，震雷风且寒。

拔树偃秋稼，天威不可干^⑤。

素服开金滕，感悟求其端^⑥。

公旦^⑦事既显，成王乃哀叹。

吾欲竟此曲，此曲悲且长。

今日乐相乐，别后莫相忘。

【注释】

①金滕：用金属封缄的柜子。这里是运用典故。《尚书》记载，周武王病危，周公曾祭告太王、王季、文王，要求代武王死，其祭祷之文藏在金滕中。功不刊：功劳不被记载。意思是说功绩不可埋没。

②二叔：指管叔和蔡叔。他们制造流言，说周公将不利于周成王。

③待罪居东国：这里是运用典故。指周成王听信谗言后，周公曾因这件事到东方避祸三年。流连：不断。

④皇灵：皇天的神灵。

⑤拔树偃秋稼：据《尚书》记载，大雷电时，风拔掉了大树，吹倒了秋天的庄稼。干：触犯的意思。

⑥素服：丧服，以示认罪。这里是说周成王穿戴素服以探求天变的原因。

⑦公旦：周公名字叫姬旦。

【赏析】

《怨歌行》属《相和歌·楚调曲》歌辞。曹植后期的作品主要反映了曹魏统治集团内部的矛盾，控诉了曹丕父子对他的迫害，抒发了自己备受压抑、有志不得伸的满腔悲愤情绪，表达了自己不甘阶下囚的生活，希冀用世的强烈愿望。这篇《怨歌行》抒发了诗人对曹丕残害手足的满腔悲愤，吐露了朝不保夕的不安心情，反映了统治集团内部残酷的斗争，是诗人后期的"忧生之嗟"，一首借古讽今诗。

首四句借用《论语》成句"为君难，为臣不易"而颠倒"难""易"二字，以突出为臣之难，满腔悲愤，喷薄而出。"周公"以下十四句咏古，其目的是讽今，为了达到预期的效果，诗人尽力叙述得非常平静。但终于压抑不住，在与到"皇灵大动变"几句时，显示了他的无比愤怒，他多么希望当时也来场震雷寒风，偃秋稼而拔巨树，使猜忌者惊悟，使忠烈者昭彰。忽然间，诗人意往神驰，融千载于一瞬，好像十多个世纪前的天罚正降临在眼前，他激动不已，他想在"动变"中奔跑，他想对那些陷害压迫他的人大声疾呼："天怒不干！"真是淋漓尽致，热血澎湃。

然而，"天威"不可期，人心不可测，面对残酷的现实，想到自己对王室的忠诚未必能像周公那样被发现，自己的侄子曹叡未必能像成王那样感悟，不禁又悲从中来。最后这四句本是乐府套语，常与正诗意不关涉，为伶人合乐时所加，但诗人用在这里却"拍合己身，逗点大意，最为含蓄"（张玉谷语）；不仅与正诗浑然一体，而且余意绵长，回照篇首，为全诗增添了无限悲凉。

野田黄雀行　　　曹植

【原文】

高树多悲风^①，海水扬其波。

利剑^②不在掌，结友何须多？

不见篱间雀，见鹞自投罗^③。

罗家^④得雀喜，少年见雀悲。

拔剑捎^⑤罗网，黄雀得飞飞^⑥。

飞飞摩^⑦苍天，来下谢少年。

【注释】

①悲风：凄厉的寒风。

②利剑：锋利的剑。这里比喻权势。

③鹞（yào）：一种非常凶狠的鸟类，鹰的一种，似鹰而小。罗：捕鸟用的网。

④罗家：设罗网捕雀的人。

⑤捎（shāo）：挥击；削破。

⑥飞飞：自由飞行貌。

⑦摩：接近，迫近。

【赏析】

史载，建安二十四年（219 年），曹操借故杀了曹植亲信杨修，次年曹丕继位，又杀了曹植知友丁氏兄弟。曹植身处动辄得咎的逆境，无力救助友人，深感愤忿，内心十分痛苦，只能写诗寄意。《野田黄雀行》就是在这种背景下写出来的，它深刻地反映了曹魏集团内部的斗争。他苦于手中无权柄，故而在诗中塑造了一位"拔剑捎罗网"、拯救无辜者的少年侠士，借以表达自己的心曲。

此诗前四句以比兴开端，影射当时险恶的政治形势，抒写自己无力援救友人的悲慨。"高树多悲风"，隐喻在高位者制造血雨腥风；"海水扬其波"，隐喻天下骚动不安。意象苍茫悲壮，渲染出了浓郁的悲剧气氛，读之撼人心魄，有力地振起了全篇。"利剑不在掌，结友何须多"二句，紧承前两句险恶形势的描写，直抒不能援救蒙难友人的悲慨。"利剑"象征权势。手中无利剑，怎能挑破残暴者的罗网，救出蒙难的友人？比喻生动贴切，与后面少年"拔剑捎罗网"呼应衬托，显得十分熨贴自然。这两句语言警策，悲慨中充溢着劲挺之气。

"不见篱间雀"以下，采用寓言寄托讽喻。"黄雀"比拟无辜的受害者，"鹞鹰"比拟凶暴的迫害者，"少年"比拟仗义的援救者。形象富于象征意义，寓意很显豁。它巧妙地影射了曹丕集团所制造的白色恐怖，婉曲地表达了曹植和他的朋友期望得到援救的急切心情。同时"少年"

救雀的行动又是对自己无力援救友人的反衬，借此烘托出诗人内心的强烈悲慨。尤其是末尾"飞飞摩苍天，来下谢少年"二句，写黄雀重知遇之恩，正反衬出诗人自己受恩不报，不能为友人济难的惭愧心理。妙在含而不露。

此诗采用寓言寄托情志，幻想手握利剑挑破罗网，救出自己的友人，英武之气和壮烈情怀跃然纸上，具有汉乐府民歌的质朴风味。

门有万里客行　　　曹植

【原文】

门有万里客，问君何乡人。

褰裳起从之，果得心所亲①。

挽裳对我泣，太息前自陈②。

本是朔方③士，今为吴越民。

行行将复行，去去适④西秦。

【注释】

①褰（qiān）裳：提起衣服。心所亲：心中所喜悦的友人。

②太息：叹息。陈：述说。

③朔方：汉郡名称。在今内蒙古及宁夏一带。

④适：到。

【赏析】

这首诗写的是战乱中人们流亡四方的悲惨情状，从一个侧面真实地反映了乱离时代的面貌，具有十分深刻的社会意义。

汉魏之际，北方人飘荡异乡，如本诗所说"万里客"的很多。先是农民起义的失败，大批义军流落四方；加之军阀长期混战，很多农民为避役、避荒，四散逃亡，游民已成为当时的社会问题；被迫入伍的士兵，更是骨肉分离，背井离乡、生离死别的惨剧，在到处上演。反映在曹植的创作上，就是描写征夫游子行役、漂泊无定的痛苦生涯的诗篇出现，本篇《门有万里客行》，便是其中有名的一篇。

本诗选取一个特写镜头，形象、生动地反映了当时乱离时代的社会风貌。前一半是问："门有万里客，问君'何乡人？'褰裳起从之，果得心所亲。"门前来了远道的游客，问他是什么地方人？提起衣服的前襟，追上前去一看，果然是自己心爱的人。下一半是回答："挽裳对我泣，太息前自陈：'本是朔方士，今为吴越民。行行将复行，去去适西秦。'"万里客哭泣着长叹一声，对我说，我本是朔方人，今天却成了吴越的臣民，还要游荡到西秦去。这一问一答，一"褰"一"挽"，一"从"一"泣"，由朔方，到吴越，到西秦，短短几句，勾勒出一幅中古时代社会的流民图。这些被驱赶、被役使的人们，回顾往昔，千里流徙，萍飘无寄；展望未来，天涯万里，何处归路？忧心忡忡，凄怆悲伤。这首诗词采华藻，情真意笃，读来令人深为叹惋！

余冠英在《三曹诗选》中说："曹植自己因为封地常常改换，也有飘荡之苦，这诗或许是自况。"看来也有几分道理。

燕歌行·秋风萧瑟 曹丕

【原文】

秋风萧瑟天气凉，草木摇落露为霜，群燕辞归鹄南翔①。

念君客游思断肠，慊慊思归恋故乡，君何淹留寄他方②？

贱妾茕茕③守空房，忧来思君不敢忘，不觉泪下沾衣裳。

援琴鸣弦发清商④，短歌微吟不能长。

明月皎皎照我床，星汉西流夜未央⑤。

牵牛织女遥相望，尔独何辜限河梁⑥。

【注释】

①摇落：凋残。鹄：天鹅。

②慊（qiàn）慊：空虚之感。淹留：久留。

③茕（qióng）茕：孤独无依的样子。

④援：执，持。清商：乐名。清商音节短促。

⑤星汉：银河。夜未央：夜已深而未尽的时候。

⑥尔：指牵牛、织女。河梁：河上的桥。

【作者介绍】

曹丕（187—226年），字子桓，三国时期著名的政治家、文学家，曹魏的开国皇帝，公元220—226年在位。他在位期间，平定边患。击退鲜卑，和匈奴、氐、羌等外夷修好，恢复汉朝在西域的设置。除军政以外，曹丕自幼好文学，于诗、赋、文学皆有成就，尤擅长于五言诗，与其父曹操和弟曹植并称"三曹"，今存《魏文帝集》二卷。另外，曹丕著有《典论》，当中的《论文》是中国文学史上第一部有系统的文学批评专论作品。去世后庙号高祖（《资治通鉴》作世祖），谥为文皇帝，葬于首阳陵。

【赏析】

《燕歌行》一题最早为魏文帝曹丕所创，《乐府诗集》收入《相和歌辞》之《平调曲》。《乐府诗集》解题曰："晋乐奏魏文帝《秋风》《白日》二曲，言时序迁换，行役不归；妇人怨旷，无可诉也。"《乐府广题》曰："燕，地名也。言良人从役于燕，而为此曲。"东汉末年，位处北方边关的燕地不甚太平，征戍频仍，导致诸多父子、夫妻长期别离。因此，《燕歌行》一题所抒，多为离别之情。

这是今存最早的一首完整的七言诗，叙述了一位女子对丈夫的思念。这首诗突出的特点是写景与抒情的巧妙交融，笔致委婉，语言清丽，感情缠绵。

诗歌的开头展示了一幅秋色图：秋风萧瑟，草木零落，白露为霜，候鸟南飞……这萧条的景色牵出思妇的怀人之情，映照出她内心的寂寞；最后几句以清冷的月色来渲染深闺的寂寞，以牵牛星与织女星的"限河梁"来表现思妇的哀怨，都获得了很好的艺术效果。

这篇作品反映的是秦汉以来四百年间的历史现象，同时也是他所亲处的建安时期的社会现实，表现了作者对下层人民疾苦的关心与同情。

诗歌在描述思妇的内心活动时，笔法极尽曲折之妙。很难想象如此细腻悲戚的诗作是出自帝王之手，文帝虽为男子，却以辗转缠绵的笔调摹景抒情，展现出女子在秋凉时节对远在边关的丈夫的深深的思念。

这首诗句句用韵，于平线的节奏中见摇曳之态。王夫之称此诗"古今无两"。此诗实为叠韵歌行之祖，对后世七言歌行的创作具有开创之功，影响很大。

燕歌行·别日何易　　曹丕

【原文】

别日何易会日难，山川悠远路漫漫。

郁陶①思君未敢言，寄声浮云往不还。

涕零雨面毁形颜，谁能怀忧独不叹。

展诗清歌聊自宽，乐往哀来摧肺肝。

耿耿②伏枕不能眠，披衣出户步东西。

仰看星月观云间，飞鸽晨鸣声可怜，留连顾怀不能存。

【注释】

①郁陶：忧思聚集。

②耿耿：犹言炯炯，耿耿不寐的意思。

【赏析】

曹丕的《燕歌行》在诗史上久负盛名，但历来对其一"秋风萧瑟"篇分外垂青，而于此首却问津甚少。其实这两首堪称双璧，两篇对观，更饶有意味。前篇从"霜飞木落""燕雁南归"感物起兴，由时序涉及归鸟，再由鸟归而关联所思之人淹留他方，"情以物迁，辞以情发"，曲曲道来。此首与前篇主题、情思、章法基本相同，构思则另起炉灶，不假外物，直抒胸臆。

从时间上说，第一首是由白天写到深夜；第二首，又由深夜写到第二天的清晨。从空间上说，第一首是由室外写到室内；第二首，又由室内写到室外。从描写的重点上说，第一首着重于借景言情——秋风、燕雁、明月、牛郎织女；第二首着重于主人公的心理活动——相聚时的欢乐回忆与别离后寂苦的对比。

"别日"二句后悔当日轻于离别，以致落得"山川悠悠路漫漫"，千里阻隔"会日难"。"郁陶"六句也是正面概括写相思之苦。"耿耿"以下五句，特写女主人如何在相思的痛苦中熬过一个不眠的长夜。"展诗清

歌"不能自宽之后，女主人上床去睡了，但思念之苦耿耿于怀，辗转反侧不能入睡。伏在枕头上想心事的滋味更不好受，于是她又爬起来，"披衣出户步东西"，到星月之下徘徊去了。但一直到"飞鸽"在清冷的晨风中啼叫的时候，仍"留连顾怀不自存"。整整走了一夜，没有走掉心中的烦恼，没有走出聊以自宽的办法，一直到天亮了还徘徊流连，不愿进屋里去，因为等待着她的仍然是一座空房，一片孤寂，一串愁思……

这两首诗的共同特色，一是善于借景言情表现思妇的复杂微妙的心理。萧瑟的秋天是最易牵动对亲人思念的气节，清冷的秋夜更是游子思妇最难熬的时光。诗人便把思妇置于这典型的背景之中，让秋风落木摇撼她的心怀，让燕雁牛女触动她的情思，让明月琴诗陪伴她去一道熬煎，使景语情语水乳交融，难怪王夫之说："倾情倾度，倾色倾声，古今无两。"第二个特点是语言自然明丽，句句押韵，虽稍嫌单调，却缠绵悱恻，回肠荡气，最适合这两首诗的内容，形成一种特别的情调。

塘上行　　　　　　甄宓

【原文】

蒲生我池中，其叶何离离①。
傍②能行仁义，莫若妾自知。
众口铄黄金，使君生别离。
念君去我时，独愁常苦悲。
想见君颜色，感结伤心脾。
念君常苦悲，夜夜不能寐。

莫以豪贤③故，弃捐素所爱。

莫以鱼肉贱，弃捐葱与薤④。

莫以麻枲贱，弃捐菅与蒯⑤。

出亦复苦愁，入亦复苦愁。

边地多悲风，树木何修修⑥。

从君致独乐，延年寿千秋。

【注释】

①离离：繁荣而茂盛的样子。

②傍：依靠。

③豪贤：豪杰贤达之士。这里是委婉的说法，指曹丕身边的新宠。

④薤（xiè）：藠（jiào）头。为多年生草本百合科植物的地下鳞茎。

⑤麻枲：指麻的种植、纺绩之事。枲（xǐ），麻类植物的纤维。菅（jiān）：茅草。蒯（kuǎi）：蒯草。多年生草本植物，叶条形，花褐色。生长在水边或阴湿的地方，茎可编席，也可造纸。

⑥修修：树木在风中悲鸣的声音。

【作者介绍】

甄宓（183—221年），文昭甄皇后，名不明，又称甄夫人。中山无极（今河北省无极县）人，上蔡令甄逸之女。魏文帝曹丕的正室，魏明帝曹叡之生母。曹叡即位后追尊甄氏为文昭皇后。

【赏析】

甄后原是袁绍次子袁熙之妻，曹操破袁绍，她被随军入邺的曹丕纳为夫人。曹丕称帝，宠郭皇后、阴贵人。甄后失宠居邺，并对曹丕有所抱怨，被赐死。这首诗就是甄后以乐府旧题抒发遭受遗弃的幽怨之作。

全诗以六句为一层，可分作四个层次。第一层写遭谗被弃。诗人先以景物起兴，把自己被弃的原因归结为不予专指的"众口"，实际上是用含蓄的方法指责郭皇后为了争宠，不惜中伤他人。第二层抒写离别相思之苦。诗句于铺陈描叙中，通过语义的递进，表达出相思程度的日渐加深。第三层用三组排比句，规劝曹丕勿以新欢而弃旧爱。前面一层是动之以情，这一层则是晓之以理。第四层再次申说自己的苦况并祝君康寿，显示出甄后对曹丕的一往情深，有怨而无恨。

此诗虽然是表现宫廷争宠斗争失败者的悲苦，却不侧重于冷宫景象的描绘，而重在夫妻离异的情感抒发。它不像通常宫怨诗，更接近于民间的弃妇诗。

短歌行　　　　陆机

【原文】

置酒高堂，悲歌临觞①。

人寿几何，逝如朝霜②。

时无重至，华不再扬③。

苹以春晖，兰以秋芳。

来日苦短，去日苦长④。

今我不乐，蟋蟀在房⑤。

乐以会兴，悲以别章⑥。

岂曰无感，忧为子忘。

我酒既旨，我肴既臧⑦。

短歌可咏，长夜无荒⑧。

【注释】

①觞（shāng）：古代的一种盛酒器具。

②朝霜：早晨的露水。

③华不再扬：指花不能再次开放。

④来日：指自己一生剩下的日子。去日：指已经过去的日子。

⑤蟋蟀在房：这里借用《诗经》的诗句："蟋蟀在堂，岁律其莫。今我不乐，日月其除。"意思是教人及时依照礼制而适当取乐。

⑥兴：起兴，指作诗。章：指音乐。

⑦旨：美好。臧：好。

⑧荒：荒废。

【作者介绍】

陆机（261—303 年），字士衡，吴郡吴县（今江苏苏州）人，西晋著名文学家、书法家。出身吴郡陆氏，为孙吴丞相陆逊之孙、大司马陆抗第四子，与其弟陆云合称"二陆"，又与顾荣、陆云并称"洛阳三俊"。

陆机在孙吴时曾任牙门将，吴亡后出仕西晋，太康十年（289 年），陆机兄弟来到洛阳，文才倾动一时，受太常张华赏识，此后名气大振，时有"二陆入洛，三张减价"之说。历任太傅祭酒、吴国郎中令、著作郎等职，与贾谧等结为"金谷二十四友"。赵王司马伦掌权时，引为相国参军，封关中侯，于其篡位时受伪职。司马伦被诛后，险遭处死，赖成都王司马颖救免，此后便委身依之，为平原内史，世称"陆平原"。太安二年（303 年），任后将军、河北大都督，率军讨伐长沙王司马乂，却大败于七里涧，最终遭谗遇害，被夷三族。

陆机"少有奇才，文章冠世"，诗重藻绘排偶，骈文亦佳。与弟陆云俱为西晋著名文学家，被誉为"太康之英"。与潘岳同为西晋诗坛的代表，形成"太康诗风"，世有"潘江陆海"之称。陆机亦善书法，其《平复帖》是中古期存世最早的名人书法真迹。

【赏析】

《短歌行》属《相和歌辞·平调曲》。吴兢《乐府古题要解》说："魏武帝'对酒当歌，人生几何'；晋陆士衡'置酒高堂，悲歌临觞'皆言当及时为乐。"悲叹人生短暂，主张及时行乐，这是汉魏六朝间乱世诗人共同的心理状态。曹操作为乱世英雄，在"对酒当歌，人生几何"的慨叹中，灌注了热望团结贤才、成就功业的慷慨奋发之气。而陆机此诗虽在用词、构思上明显地模仿曹操的《短歌行》，诗旨却比较浅薄，没有曹操在《短歌行》中表现出的那种建功立业的雄心。

诗的开头化曹诗"对酒当歌"为"置酒高堂，悲歌临觞"八个字，"人寿几何，逝如朝霜"和曹诗"人生几何？譬如朝露"同。"时无"四句，用春苹秋兰以时开落，同一朵花开过之后不会再开，来比喻一个人的生命随时光消逝，倏忽间韶华不再，老景催人。过去的岁月已经很多，未来的时间所余无几。"蟋蟀在堂，岁聿其逝"（《诗经·唐风·蟋蟀》），当蟋蟀在室内悲吟暮秋，诗人也产生了迟暮之悲。"乐以会兴"以下陡转，写由悲极而及时寻乐，一遣愁怀。诗人从和友朋聚、散的两方面写自己的悲欢：乐因会而生，

愁由别而显著。因为别易会难，欢乐无多，所以友朋相聚，更应暂时忘掉忧愁。何况酒已酿得浓郁甘香，鱼肉也美好丰盛，面对美酒佳肴，不夜以继日，短咏长歌，及时为乐，更待何时！

乱离之世，人们常常由于有志难申、嫉俗愤世而不得不在感官的刺激中寻求麻醉心灵创痛的方法。但是，即使他们故作旷达，在追欢买醉中力遣愁怀，还是驱不散心中郁结的悲哀。结末和开头呼应，便可知高堂临觞所作之歌，仍旧是一曲悲歌。和曹操的《短歌行》相比，陆诗只是抒发了当时士人这种普遍的、无可奈何的悲愁，却缺乏曹诗那种以统一天下为己任、惜时爱才的充沛的精神力量。相形之下，未免略逊一筹。

猛虎行　　陆机

【原文】

渴不饮盗泉水，热不息恶木阴①。

恶木岂无枝？志士多苦心。

整驾肃时命，杖策将远寻②。

饥食猛虎窟，寒栖野雀林③。

日归功未建，时往岁载阴④。

崇云临岸骇，鸣条随风吟⑤。

静言幽谷底，长啸高山岑⑥。

急弦无懦响，亮节⑦难为音。

人生诚未易，曷云开此衿⑧？

眷我耿介怀，俯仰愧古今^⑨。

【注释】

①盗泉：水名，在今山东省境内。传说孔子经过盗泉，虽然口渴，但因为厌恶它的名字，没有喝这里的水。热不息恶木阴：比喻志节高尚的人不愿意被牵连到不良的环境中去，以免影响自己的声誉。恶木，形容难看的树。

②整驾：整理马车。肃时命：恭敬地遵奉君主之命。杖策：拿着鞭子，指驱马而行。

③"饥食"二句：见乐府古辞《猛虎行》。这里反用其意，是说时势所迫，饥不择食，寒不择栖。

④岁载阴：岁暮。这里指时光已经逝去，而功业还没建立。

⑤崇：高。骇：起。鸣条：树枝被风吹发出声音。

⑥静言：沉思。高山岑：高山顶。岑，小而高的山。

⑦亮节：节操高尚的人。

⑧"人生"二句：是说人生处世真不容易，如何才能放宽我的胸襟呢？曷，同"何"，怎么。

⑨俯仰愧古今：与古人相比感到十分惭愧。俯仰，低头抬头。这里表示思考。古今，古今之人。这里是偏义词，指古人。

【赏析】

《猛虎行》属《相和歌辞·平调曲》，古辞说："饥不从猛虎食，暮不从野雀栖。"陆机此诗即以古辞为骨，抒情、发论，翻迭成篇。这首诗写作者在外行役的经历，虽然壮志难酬，仍不改"耿介"之怀。一个节操高尚之人，因迫于时命，沉浮世事，结果功名未遂，陷于进退两难之境，其愧悔可想而知。陆机少有才名，后应诏赴洛阳，在西晋混乱的政局中仕宦不能得意，最终陷于王室争夺皇位的斗争，在"八王之乱"中被杀。此诗正是诗人矛盾苦闷心境的真实写照。

诗中"猛虎""野雀"的实指对象究竟为何，我们已无从知晓，但从他宁愿忍饥挨饿，露宿街头，亦不肯从虎觅食，从雀栖息的举动来看，愈发凸显出自己自矜自重的品质，誓与一切"假丑恶"划清界限的决心。这类写作手法在后世同题诗中得到了进一步体现，如谢惠连诗"贫不攻九疑玉，倦不憩三危峰"，储光羲诗"寒亦不忧雪，饥亦不食人"等。

全诗明快爽朗，简洁而不失深度，可以作为人在遭遇逆境时借以励志的篇章来反复吟诵！

从诗歌的艺术手法来看，陆机的《猛虎行》，虽是摹拟乐府歌辞而作，但它既保有古乐府直朴真挚的一面，又注入了新的不同于乐府古辞的委婉曲折的抒情内容，在形式上也由古辞只有杂曲四句的参差句型，改变成整齐冶炼注意修辞手法以五言为主的长诗。在内容上除含有寄寓、比喻等表露感情的因素以外，又把作者自身的坎坷遭际和委屈情怀，作为咏叹的主体，这就在很大程度上丰富了原来乐府体制所能包含的内容，而使之成为咏怀式的诗篇。

全篇以志士保持志节、慎于出处而不得的矛盾为主线，兼用比兴。如其中从随风而吟的鸣条声起兴，写静言、长啸声，又由此而及急弦、亮节声，比喻有高风亮节的耿介之士，发论必亢奋激昂，难为时世之音。以致不为执政者所喜，偃蹇仕途，沦落林窟。转折自然，语意贴切。吴兢《乐府古题要解》说："陆士衡'渴不饮盗泉水'言从远役犹耿介，不以艰难改节。"这种说法不符合诗意。此诗的动人处不是在"不以艰难改节"上，而是在艰难仕途欲守节而不能的矛盾、愧悔之中。

全诗一波三折，起结辉映，在章法上已见设计的匠心，除开头四语之外，已有不受乐府古辞拘束的创新成分，这是此篇的艺术特色之一。另外，此诗对偶整饬，诗歌中间十二句，全行对仗，有流水对、有比喻对、有平列对，其妥帖工稳，有些已达到珠圆玉润的程度，为后来齐梁作家开了先例。

梁甫吟　　　　　陆机

【原文】

玉衡固已骖，羲和若飞凌①

四运循环转，寒暑自相承②。

冉冉年时暮，迢迢天路征③。

招摇东北指，大火西南升④。

悲风无绝响，玄云互相仍⑤。

丰水凭川结，零露弥天凝。

年命时相逝，庆云鲜克乘⑥。

履信多愆期，思顺焉足凭⑦。

慷慨临川响⑧，非此孰为兴。

哀吟梁甫巅，慷慨独抚膺。

【注释】

①玉衡：北斗七星的第五星。这里代指斗柄，北斗的柄随着时节的变换而改变方向。骖：驾三四马。羲和：日神，这里指太阳。凌：升高。

②四运：指四季。承：接替。

③冉冉：逐渐。天路：天象的运行。

④招摇：即北斗第七星。招摇指向东北，时节是农历二月。大火西南升：大火星从西南方升起。这里是指世界变换迅速。

⑤玄：黑色。仍：接连不断。

⑥庆云：一种吉祥的云气。鲜：很少。克：能。

⑦履信：实行忠信的道理。愆（qiān）：耽误；过失。思顺焉足凭：指按正道而行却又哪能靠得住。

⑧临川响：指孔子在水边的叹息。

【赏析】

梁甫是个地名，为泰山脚下一小丘，古人死后多有葬于梁甫山者，遂赋予《梁甫吟》悲凉的葬歌体特征。这首诗中陆机是在感叹岁月的流逝，人生的短促，虽然行为正直，仍然不免有种种忧患。

这首诗最大的艺术特色正在于布局奇特，变化莫测。它通篇用典，但表现手法却不时变换。吕望和郦食其两个故事是正面描写，起"以古为鉴"的作用；接着借助于种种神话故事，寄寓自己的痛苦遭遇；第三段则把几个不相连属的典故交织在一起。正如清人沈德潜说的"后半拉杂使事，而不见其迹"，因而诗的意境显得奇幻多姿，错落有致：时而和风丽日，春意盎然，时而浊浪翻滚，险象纷呈；时而语浅意深，明白如话，时而杳冥惝恍，深不可测。加上语言节奏的不断变化起伏，将诗人强烈而又复杂的思想感情表现得淋漓尽致。

豫章行·苦相篇　　　傅玄

【原文】

苦相身为女，卑陋难再陈^①。

男儿当门户，堕地自生神^②。

雄心志四海，万里望风尘。

女育无欣爱，不为家所珍。

长大逃深室，藏头羞见人。

垂泪适^③他乡，忽如雨绝云。

低头和颜色，素齿结朱唇^④。

跪拜无复数，婢妾如严宾^⑤。

情合同云汉，葵藿仰阳春^⑥。

心乖^⑦甚水火，百恶集其身。

玉颜随年变，丈夫多好新。

昔为形与影，今为胡与秦^⑧。

胡秦时相见，一绝逾参辰^⑨。

【注释】

①苦相：作者虚拟的人名，借此表示妇女的苦难。卑陋：指身份、地位卑贱。

②"男儿"二句：是说男子出生时就被重视，父母希望他建功立业，存有大志。

③适：到；远嫁。

④素齿：牙齿藏在唇内，不敢启齿。这里形容女子出嫁后不敢随便说话。

⑤严宾：庄严尊贵的客人。

⑥云汉：银河。这里借喻天上的牛郎、织女星。葵藿：指葵与藿，均为菜名。

⑦心乖：指男子变了心。

⑧胡：北方少数民族。秦：指汉族。胡与秦地域、种族不同。形容心意相隔。

⑨参辰：指天上的参星和辰星。两颗星星一颗升起时，另一颗就降落，不能同时见于天空。这里比喻二人不相见。

【作者介绍】

傅玄（217—278年），字休奕，北地郡泥阳（今陕西铜川耀州区东南）人，西晋初年的文学家、思想家。出身于官宦家庭，祖父傅燮，东汉汉阳太守。父亲傅干，魏扶风太守。

傅玄博学能文，虽显贵，而著述不废，曾参加撰写《魏书》；又著《傅子》数十万言，书撰评论诸家学说及历史故事。傅玄作诗以乐府诗体见长。今存诗60余首，多为乐府诗。其中虽有一些宗庙乐章和模拟之作，但是也有不少作品继承了汉代乐府民歌的传统，反映了社会现象。其中反映妇女问题的作品最为突出，如本篇《豫章行·苦相篇》。

【赏析】

《豫章行·苦相篇》，属于《相和歌辞》。其最初的内容为树木生在豫章山中，被人砍伐，建造船舟、宫殿，使枝叶分离。傅玄这首诗写的是封建社会妇女备受歧视的情况及其悲惨的命运，是为古代妇女鸣不平，对传统社会中女子的悲惨遭遇寄予了深切的同情。诗歌文字质朴，多用白描的手法。

诗的开头就点明了题意："苦相身为女，卑陋难再陈。"前五字总提女子的苦命，后五字点明苦命的根源在于社会地位的卑陋。"苦相"，本是一种以貌相算命的迷信，认为貌相苦则命苦。诗人却首先点破"身为女"即是"苦相"，而男儿却"堕地自生神"，用对比的手法提出了一个令人深思的问题：人的命运，难道真的是取决于人的貌相、性别，而不是取决于社会地位和社会的伦理、风尚吗？诗人并没有直接来回答这个问题，而是通过对女主人公一系列不幸遭遇的陈述来揭示正确的答案。

在具体描述女子的"卑陋"之前，诗人首先采用扬彼以抑此的对比手法来概写男子的命运："男儿当门户，堕地自生神。雄心志四海，万里望风尘。"当门户即当家，亦即处于家庭经济的支配地位。男子当家，这是由封建宗法制度所决定的。因此，诗歌刚开头，就已经暗示了"命运"与经济地位、与社会意识的关系。接着，诗人通过女子降生成长、出嫁、被遗弃三个阶段来具体叙写她们的不幸。"女育无欣爱"四句，是写女子从一出生便不受欢迎，成长中也备受歧视与约束。"垂泪适他乡"八句，写出了女子出嫁后在婆家的地位。诗歌运用了一连串的比喻来表现主题："忽如雨绝云"，比喻女子出嫁似泼水难收，意味着与家人生离死别；"婢妾如严宾"是说明妇女在婆家地位的卑贱，毫无温暖可言；"情合同云汉，葵藿仰阳春"，是用牛郎织女相会比喻欢爱的难得与短暂，又用葵藿向阳比喻女子对丈夫的仰赖，这就说明夫妻的恩爱既不久长，又不牢靠。最后八句写女子被丈夫厌弃。这一部分又连用了四个比喻：水与火比喻感情背乖，绝不相容；形与影比喻亲密；胡与秦比喻疏远；参与辰比喻永久的隔绝。"形影"与"胡秦"是对比反衬，"胡秦"与"参辰"又是对比递进。这一连串比喻的运用，用简洁凝练的语言准确而生动地写出了主人公的悲惨命运，增强了诗歌的形象性与感染力。

这首诗代妇女立言。设身处地，细致描画，娓娓陈述了妇女由生及长、由婚前及嫁后的苦况，最后归结到封建社会中妇女最大的不幸——被丈夫抛弃上，为"苦相"二字结穴。无论叙事、说理，都入理入情，动人肺腑。

王明君 石崇

【原文】

我本汉家子，将适^①单于庭。

辞决未及终，前驱已抗旌^②。

仆御涕流离，辕马悲且鸣。

哀郁伤五内，泣泪沾朱缨^③。

行行日已远，遂造^④匈奴城。

延我于穹庐，加我阏氏名^⑤。

殊类非所安，虽贵非所荣。

父子见陵辱^⑥，对之惭且惊。

杀身良不易，默默以苟生。

苟生亦何聊，积思常愤盈。

愿假飞鸿翼，弃之以遐征^⑦。

飞鸿不我顾，伫立以屏营⑧。

昔为匣中玉，今为粪上英⑨。

朝华不足欢，甘与秋草并。

传语后世人，远嫁难为情。

【注释】

①适：去往；女子出嫁。

②抗旌：举起旗帜。

③五内：五脏。朱缨：红色的系冠带子。

④造：到达。

⑤穹庐：游牧民族所住的帐篷。阏氏：匈奴君主的妻子的称号。

⑥父子见陵辱：匈奴的习俗是父亲死后儿子以后母为妻。所以这里说父子都来凌辱自己。见，被。

⑦遐征：往远方去。这是昭君幻想自己乘着鸟远飞。

⑧屏营：惶恐。

⑨英：草。

【作者介绍】

石崇（249—300 年），字季伦，小名齐奴。渤海南皮（今河北南皮东北）人。西晋开国元勋石苞第六子，西晋时期文学家、大臣、富豪，"金谷二十四友"之一。

【赏析】

"明君"即昭君。这首诗写昭君远嫁。《王明君》属《相和歌辞·吟叹曲》之一。

这是一首叙事诗。叙述了汉文帝时王昭君远嫁匈奴的故事。《玉台新咏》说："相和歌词吟叹曲古今乐录，明君歌舞者，晋太康中季伦篇所作也。有妓绿珠善舞，以明君曲教之，而自制新歌。"所以这首诗是相和歌的歌词。

诗的开头，对王明君其人，只简单地提了二句，她是汉族人，将要远嫁匈奴。接着是详细描写她的离别。"辞诀未及终，前驱已抗旌。"这是说别离的匆促，她辞别未了，远行队伍已举旗要走了。"仆御涕流离，辕马为悲鸣。哀郁伤五内，泣泪湿朱缨。"这是说，离别时仆御流泪，辕马悲鸣，明君自然更为伤痛，泪湿朱缨了。"行行日已远，遂造匈奴城。"写漫长的旅途生活，只用了这两句。"延我于穹庐，加我阏氏名。"这是说，她来到蒙古后，被加以皇后的尊号。"殊类非所安，虽贵非所荣。"这是写她初抵匈奴时的思想。嫁给一个异族人，虽贵为皇后，也不以为荣。"父子见凌辱，对之惭且惊。"父死儿子娶父亲的妻子，这是匈奴的风俗。这两句说，明君认为这是遭到父子两代的凌辱，使她感到惭愧与惊骇。"杀身良未易，默默以苟生。"她认为一个人要想死也不是容易的事，只好苟且偷生了。"苟生亦何聊，积思常愤盈。"她认为苟且偷生也很不容易，内心积满了无限的忧愤。"愿假飞鸿翼，乘之以遐征。飞鸿不我顾，伫立以屏营。"这四句是说，我很想借着大雁的翅膀远走高飞，可是大雁也不来看我，我只有独自彷徨流泪。"昔为匣中玉，今为粪上英。"这是说，我过去是汉宫中的美玉，现在成了匈奴这个粪土堆上的花朵。"朝华不足欢，甘与秋草并。"这是说，人生如朝华暮落的花朵，有什么可欢悦的呢？我愿随秋草而枯萎。"传语后世人，远嫁难为情。"点明主题：应该告诉后代，远嫁匈奴是最令人难以忍受的事情啊！

其实，无论是作为后宫三千佳丽的一员，宠辱无常、终老宫闱，还是远嫁塞外，在异族蛮夷中度过一生，对于父权社会下的女子来说，都是身不由己的凄惨宿命。当然，从另外一个角度来看，此诗毕竟是后人拟昭君口吻而作，至于她本人对出塞和亲一事的态度、想法，以及她与匈奴王的感情是悲是喜，史料记载不多，唯有留给我们无限的揣摩空间了。

这首叙事诗倾诉了王昭君远嫁匈奴、忍辱含垢的痛苦。此诗除了剪裁的精巧以外，语言生动形象，也达到了炉火纯青的地步，比喻贴切，抒情沉痛委婉，富有强烈的感染力。因此，在众多以远嫁匈奴为题材的诗歌中，这首诗可算是佼佼者了。

白头吟　　　　鲍照

【原文】

直如朱丝绳，清如玉壶冰。

何惭宿昔意，猜恨坐相仍①。

人情贱恩旧，世路逐衰兴。

毫发一为瑕②，丘山不可胜。

食苗实硕鼠，点③白信苍蝇。

凫鹄远成美，薪刍前见凌④。

申黜褒女进，班去赵姬升⑤。

周王日沦惑，汉帝益嗟称⑥。

心赏犹难恃，貌恭岂易凭⑦。

古来共如此，非君独抚膺^⑧。

【注释】

①坐：因为。仍：频繁。

②瑕：玉上的瑕疵，斑点。

③点：同"玷"，玷污。

④凫鹄：野鸭和黄鹄。薪刍：柴草。这里是说君王用人好像堆柴草，后来者居上。

⑤褒女：即褒姒，周幽王因为宠爱她而废掉了申后。班：班婕妤，汉成帝的妃子。赵姬：即赵飞燕，汉成帝因宠爱赵飞燕而疏远班婕妤。

⑥沦惑：迷误。嗟称：叹息。

⑦心赏：心中赞赏，欣赏。貌恭岂易凭：外表恭敬的人不可轻易相信。

⑧抚膺：抚胸叹息以表示愤慨。

【赏析】

这首诗是诗人发出的不平之声，写正直之士虽清如玉壶，但却不容于世。

诗的开首，连用两个比喻，说明自己的正直、高洁。"何惭"一句承上而言，说自己清白正直仍一如往昔，却无端受到接连不断的猜忌怨恨。以上四句写一位高洁的女子的不幸，有自喻之意。"人情"八句，是由不幸遭遇引发的感慨。人情世故，总是好新弃旧；谤议纷纭，总是向着被遗弃的弱者。稍有一丝不慎，比方说无意中得罪了权贵，出现点点裂痕，便会酿成山丘般的怨恨和祸害。诗人切齿痛斥那些进谗的小人，就像食苗的硕鼠和玷白使黑的苍蝇。又悲叹明明有害的野鸭、黄鹄，却因来自远方而蒙受珍爱，言外之意还是说人情总是好新贱旧。传说春秋时田饶事鲁哀公而不被重用，便向哀公发牢骚道：鸡有许多优点，却不在您眼里，天天煮来吃，因为它易于得到；黄鹄啄食您园池中的稻粱鱼鳖却被您所看重，只为它来自远方，不易得到，让您感到稀罕。好吧，我这就离开您远走高飞了。"凫鹄远成美"就是用此典故。"薪刍前见陵"也是用典：西汉汲黯不满武帝重用新进之士，说：陛下用人好比堆积柴草，后来者居上。鲍照在这里也是说人情喜新厌旧。"申黜褒女进"六句，也是借史事发表感慨。申，指周幽王后，系申侯之女。幽王宠爱褒姒，将申后废黜。班，指汉成帝妃班婕妤。成帝后来惑于赵飞燕姐妹，婕好被冷遇。"心赏犹难恃，貌恭岂易凭"，是说真心赏爱的尚且难可凭恃，何况原先就是虚伪的恭敬！这两句的感慨十分深沉，将寒门下士趑趄仕途、惴惴不安的心情表现得更为充分。最后两句，又荡开一层，总结全诗：这种种令人寒心的事实，乃是自古如此，并非您一个人为之捶胸悲慨！这既像是无可奈何的宽慰，又像是绝望的哀叹：这种现象根本不可能有所改变。

诗中表达了作者有才而不被用，反而遭受谗言，无法施展自己的抱负，难以有所作为的悲愤之情。

白头吟

刘希夷

【原文】

洛阳城东桃李花，飞来飞去落谁家？

洛阳女儿惜颜色，坐见落花长叹息。

今年花落颜色改，明年花开复谁在？

已见松柏摧为薪，更闻桑田变成海。

古人无复洛城东，今人还对落花风。

年年岁岁花相似，岁岁年年人不同。

寄言全盛红颜子，应怜半死白头翁。

此翁白头真可怜，伊昔红颜美少年。

公子王孙芳树下，清歌妙舞落花前。

光禄池台文锦绣，将军楼阁画神仙①。

一朝卧病无相识，三春行乐在谁边？

宛转蛾眉能几时？须臾鹤发乱如丝②。

但看古来歌舞地，唯有黄昏鸟雀悲。

【注释】

①光禄：光禄勋。用东汉马援之子马防的典故。《后汉书·马援传》载：马防在汉章帝时拜光禄勋，生活很奢侈。文锦绣：指以锦绣装饰池台中物。将军：指东汉贵戚梁冀，他曾为大将军。《后汉书·梁冀传》载：梁冀大兴土木，建造府宅。

②宛转蛾眉：本为年轻女子的面部化妆，此代指青春年华。须臾：

一会儿。鹤发：白发。

【作者介绍】

刘希夷（约651—？），唐代诗人。一名庭芝，字延之（一作庭芝），汉族，汝州（今河南省汝州市）人。上元进士，善弹琵琶。其诗以歌行见长，多写闺情，辞意柔婉华丽，且多感伤情调。《代悲白头吟》有"年年岁岁花相似，岁岁年年人不同"句，相传其舅宋之问欲据为己有，希夷不允，之问竟遣人用土囊将他压死。延之少有文华，落魄不拘常格，后为人所害，死时年未三十。原有集，已失传。

【赏析】

这是一首拟古乐府诗。《白头吟》古辞原是写一个女子向遗弃她的情人表示决绝，刘希夷这首诗则从女子写到老翁，咏叹青春易逝、富贵无常。全篇构思独创，抒情宛转，语言优美，音韵和谐，艺术性较高，在初唐即受推崇，历来传为名篇。

此诗虽是拟古乐府，但构思精妙，开拓了全新的意境。诗中多处运用对比手法，大量使用重叠语句，循环复沓，再者以四个问句引领，一唱三叹，韶华不再的无奈辛酸在反复追问咏叹中被层层浓重着色，具有强大的穿透力。此诗感伤情调极为浓郁，但并不颓废，风格清丽婉转，曲尽其妙。

此诗融会汉魏歌行、南朝近体及梁、陈宫体的艺术经验，而自成一种清丽婉转的风格。它还汲取乐府诗的叙事间发议论、古诗的以叙事方式抒情的手法，又能巧妙交织运用各种对比，发挥对偶、用典的长处，是这诗艺术上的突出成就。刘希夷生前似未成名，而在死后，孙季良编选《正声集》，"以刘希夷诗为集中之最，由是大为时人所称"（《大唐新语》）。可见他一生遭遇压抑，是他产生消极感伤情绪的思想根源。这首诗浓厚的感伤情绪，反映了封建制度束缚戕害人才的事实。

燕歌行 高适

【原文】

汉家烟尘在东北，汉将辞家破残贼①。

男儿本自重横行，天子非常赐颜色②。

摐金伐鼓下榆关，旌旆逶迤碣石间③。

校尉羽书飞瀚海，单于猎火照狼山④。

山川萧条极边土，胡骑凭陵杂风雨⑤。

战士军前半死生，美人帐下犹歌舞。

大漠穷秋塞草腓，孤城落日斗兵稀⑥。

身当恩遇常轻敌，力尽关山未解围。

铁衣远戍辛勤久，玉箸应啼别离后。

少妇城南欲断肠，征人蓟北空回首。

边风飘飖那可度，绝域苍茫更何有⑦。

杀气三时作阵云，寒声一夜传刁斗⑧。

相看白刃血纷纷，死节从来岂顾勋⑨。

君不见沙场征战苦，至今犹忆李将军⑩。

【注释】

①汉家：汉朝，唐人诗中经常借汉说唐。烟尘：代指战争。

②横行：任意驰走，无所阻挡。非常赐颜色：超过平常的厚赐礼遇。

③摐（chuāng）：敲击；撞击。金：指钲一类铜制打击乐器。伐：敲击。榆关：山海关，通往东北的要隘。旌旆：旌是竿头饰羽的旗。旆

125

是末端状如燕尾的旗。这里都是泛指各种旗帜。逶迤：蜿蜒不绝的样子。碣石：山名。

④校尉：次于将军的武官。羽书：紧急文书。瀚海：沙漠。这里指内蒙古东北西拉木伦河上游一带的沙漠。猎火：打猎时点燃的火光。古代游牧民族出征前，常举行大规模校猎，作为军事性的演习。狼山：又称狼居胥山，在今内蒙古自治区克什克腾旗西北。

⑤极：穷尽。凭陵：仗势侵凌。杂风雨：形容敌人来势凶猛，如风雨交加。

⑥腓（féi）：指草木枯萎。斗兵稀：作战的士兵越打越少了。

⑦飘飖：动荡不安。飖：同"摇"。度：越过相隔的路程，回归。绝域：更遥远的边陲。更何有：更加荒凉不毛。

⑧三时：指晨、午、晚，即从早到晚。阵云：战场上象征杀气的云，即战云。刁斗：军中夜里巡更敲击报时、煮饭时用的两用铜器。

⑨死节：指为国捐躯。节，气节。勋：功勋。

⑩李将军：指汉朝李广，他能捍御强敌，爱抚士卒，匈奴称他为

126

"飞将军"。

【作者介绍】

高适（约704—约765年），字达夫、仲武，汉族，唐朝渤海郡（今河北景县）人，后迁居宋州宋城（今河南商丘睢阳）。唐代著名的边塞诗人，曾任刑部侍郎、散骑常侍、渤海县候，世称高常侍。高适与岑参并称"高岑"，有《高常侍集》等传世，其诗笔力雄健，气势奔放，洋溢着盛唐时期所特有的奋发进取、蓬勃向上的时代精神。开封禹王台五贤祠即专为高适、李白、杜甫、何景明、李梦阳而立。后人又把高适、岑参、王昌龄、王之涣合称"边塞四诗人"。

【赏析】

《燕歌行》虽用乐府旧题，却是因时事而作的，这是乐府诗的发展，如果再进一步，就到了杜甫《丽人行》《兵车行》"三吏""三别"等即事命篇的新乐府了。高适的这首《燕歌行》是写边塞将士生活，他是第一个用燕歌行曲调写此题材的。作者有感于幽州节度使张守珪与奚族作战打了败仗却谎报军情，作诗加以讽刺。

自唐开元十八年（730年）至二十二年（734年）十二月，契丹多次侵犯唐边境。开元十五年（727年），高适曾北上蓟门。开元二十年（732年），信安王李祎征讨奚、契丹，他又北去幽燕，希望到信安王幕府效力，未能如愿。开元二十一年（733年）后，幽州节度使张守珪经略边事，初有战功。但二十四年（736年），张让平卢讨击使安禄山讨奚、契丹，"禄山恃勇轻进，为虏所败"（《资治通鉴》卷二百十五）。开元二十六年（738年），幽州将赵堪、白真陀罗矫张守珪之命，逼迫平卢军使乌知义出兵攻奚、契丹，先胜后败。"守珪隐其状，而妄奏克获之功"（《旧唐书·张守珪传》）。高适对开元二十四年以后的两次战败，感慨颇深，因写此篇。

全诗以浓缩的笔墨写了一个战役的全过程：第一段八句写出师，第二段八句写战败，第三段八句写被围，第四段四句写死斗的结局。各段之间，逐步推进，脉理绵密。最末二句，诗人深为感慨道："君不见沙场征战苦，至今犹忆李将军！"八九百年前威镇北边的飞将军李广，处处爱护士卒，使士卒"咸乐为之死"。这与那些骄横的将军形成多么鲜明的对比。诗人提出李将军，意义尤为深广。从汉到唐，悠悠千载，边塞战争何计其数，驱士兵如鸡犬的将帅数不胜数，备历艰苦而埋尸异域的士兵，更何止千千万万！可是，千百年来只有一个李广，怎不教人苦苦地追念他呢？

全诗气势畅达，笔力矫健，经过惨淡经营而至于浑化无迹。气氛悲壮淋漓，主意深刻含蓄。全诗处处隐伏着鲜明的对比。从贯串全篇的描写来看，士兵的效命死节与汉将的怙宠贪功，士兵辛苦久战、室家分离与汉将临战失职，纵情声色，都是鲜明的对比。而结尾提出李广，则又是古今对比。全篇"战士军前半死生，美人帐下犹歌舞"，"二句最为沈至"（《唐宋诗举要》引吴汝纶评语），这种对比，矛头所指十分明显，因而大大加强了讽刺的力量。

《燕歌行》不仅是高适的"第一大篇"（近人赵熙评语），而且是整个唐代边塞诗中的杰作，千古传诵。

古从军行　　　　　　　　　李颀

【原文】

白日登山望烽火，黄昏饮马傍交河①。

行人刁斗风沙暗，公主琵琶幽怨多②。

野云万里无城郭，雨雪纷纷连大漠。

胡雁哀鸣夜夜飞，胡儿眼泪双双落。

闻道玉门犹被遮，应将性命逐轻车③。

年年战骨埋荒外，空见蒲桃④入汉家。

【注释】

①傍：顺着。交河：古县名，故城在今新疆吐鲁番西面。

②行人：出征战士。公主琵琶：汉武帝时以江都王刘建女细君嫁乌孙国王昆莫，恐其途中烦闷，故弹琵琶以娱之。

③"闻道"二句：是说边战还在进行，只得随着将军去拼命。汉武帝曾命李广利攻大宛，欲至贰师城取良马，战不利，广利上书请罢兵回国，武帝大怒，发使至玉门关，曰："军有敢入，斩之！"

④蒲桃：葡萄。

【作者介绍】

李颀（690—751年），汉族，东川（今四川三台）人（有争议），唐代诗人。少年时曾寓居河南登封。开元十三年（725年）进士，做过新乡县尉的小官。诗以写边塞题材为主，风格豪放，慷慨悲凉，七言歌行尤具特色。

【赏析】

此诗作于天宝（唐玄宗年号，742—756年）初年。据《资治通鉴·天宝元年》记载："是时，天下声教所被之州三百三十一，羁縻之州八百，置十节度、经略使以备边……凡镇兵四十九万人，马八万余匹。开元之前，每岁供边兵衣粮，费不过二百万；天宝之后，边将奏益兵浸多，每岁用衣千二十万匹，粮百九十万斛，公私劳费，民始困苦矣。"由此可知，诗人所歌咏的虽为历史，但是诗的内容却表达了他对唐玄宗"益事边功"的穷兵黩武开边之策的看法。

"从军行"是乐府古题。此诗借汉皇开边，讽玄宗用兵。实写当代之事，由于怕触犯忌讳，所以题目加上一个"古"字。它对当代帝王的好大喜功、穷兵黩武、视人民生命如草芥的行径加以讽刺，悲多于壮。全诗记叙从军之苦，充满非战思想。万千尸骨埋于荒野，仅换得葡萄归种中原，显然得不偿失。全诗一步紧一步，由军中平时生活，到战时紧急情况，最后说到死，为的是什么？这十一句的压力逼出了最后一句的答案："空见蒲桃入汉家。"

"蒲桃"就是葡萄。汉武帝时为了求天马（即阿拉伯马），开通西域，便乱启战端。当时随天马入中国的还有蒲桃和苜蓿的种子，汉武帝把它们种在离宫别馆之旁，弥望皆是。这里"空见蒲桃入汉家"一句，用此典故，讥讽好大喜功的帝王，牺牲了无数人的性命，换到的只有区区的蒲桃而已。言外之意，可见帝王是怎样草菅人命了。

此诗全篇一句紧一句，句句蓄意，步步紧逼，直到最后一句，才画龙点睛，着落主题，显示出此诗巨大的讽喻力。

公无渡河　　　　　　李白

【原文】

黄河西来决昆仑，咆哮万里触龙门①。

波滔天，尧咨嗟。

大禹理百川，儿啼不窥家②。

杀湍湮洪水，九州始蚕麻③。

其害乃去，茫然风沙④。

被发之叟狂而痴，清晨临流欲奚⑤为。

旁人不惜妻止之，公无渡河苦渡之。

虎可搏，河难凭，公果溺死流海湄⑥。

有长鲸白齿若雪山，公乎公乎挂罥⑦于其间。

箜篌所悲竟不还。

【注释】

①昆仑：昆仑山。龙门：即龙门山，在今陕西韩城东北五十里，黄河流经其间。

②理：即治理。唐人避唐高宗讳，改"治"为"理"。窥家：大禹在外治水八年，三过家门而不入。

③杀：即止住。湍（tuān）：急流，急流的水。湮：淤塞，堵塞。九州：指天下。蚕麻：养蚕种麻，此泛指农业生产。

④风沙：此句的意思是水虽不至于有滔天之祸，仍有风沙之害。

⑤奚：何。

⑥凭：徒步渡过河流。海湄：海边。

⑦挂罥（juàn）：拌着，挂住，缠挂。

【赏析】

《公无渡河》，又名《箜篌引》，是乐府古辞。此诗具体作年难以考证。大多数人认为此诗作于安禄山反叛前，李白去幽州（北京）自费侦探的时候。也有人认为可能写在永王李璘被平叛以后，当永王使韦子春带着五百两黄金来三请李白下山的时候。

诗中隐藏着一个凄美悲怆的故事。《古今乐录》曰："张永《技录》相和有四引，一曰箜篌，二曰商引，三曰徵引，四曰羽引。箜篌引歌瑟调，东阿王辞。"崔豹《古今注》载："《箜篌引》者，朝鲜津卒霍里子高妻丽玉所作也。子高晨起刺船而棹，有一白首狂夫，披发提壶，乱流而渡，其妻随呼止之，不及，遂堕河水死。于是，援箜篌而鼓之，作《公无渡河》之歌。声甚凄怆，曲终自投河而死。霍里子高还，以其声语妻丽玉。玉伤之，乃引箜篌而写其声，闻者莫不堕泪饮泣焉。丽玉以其声传邻女丽容，名曰《箜篌引》焉。"李白的《公无渡河》大底即用此意。全诗所表达的正是一种强烈的超越生命的悲剧艺术，虽历经千百年，仍能动人心魄，引发共鸣。诗中所云"旁人不惜妻止之，公无渡河苦渡之"一句，更是对此诗所体现的人生悲剧的完美诠释。

诗歌一开篇就将巨笔伸向了苍茫辽远的往古。诗中以突兀惊呼之语，写它在霎那间冲决力量和气势的象征——横亘天地的昆仑山；随即挟着雷鸣般的"咆哮"，直撞"万里"之外的"龙门"（今山西河津县西北）。诗人只寥寥两笔，就在"昆仑""龙门"的震荡声中展现了"西来"黄河的无限声威，滔天巨浪吞噬了无数生民，茫茫荒古，顿时充斥了帝尧的浩然叹息。

于是，"大禹"出现了。因此节重在描述黄河，故诗中仅以"大禹理百川"四句带过，以表现桀骜狂暴的洪水在这位英雄脚下的驯服。然而，"儿啼不归家"寥寥五个字，就使一位为公忘私、"三过家门而不入"的治水英雄风貌由此跃然纸上。黄河的荒古之害从此驱除，但它的浪波在汹涌归道之际，却在两岸留下了"茫然风沙"。

以上一节，主要还是展现黄河的狂暴肆虐，为下文做足了铺垫。试想，那白发之叟，竟想"凭河"而渡，难道就不怕被它吞没？

诗之后一节，以极大的困惑，向悲剧主人公发出了呼喊："被发之叟狂而痴，清晨临流欲奚为？"这呼喊仿佛是"狂夫"之妻的陡然惊呼！因为诗人紧接狂夫"临流"之后，就急速推出了那位"旁人不惜妻止之"的深情妻子。于是，全诗的情景发生了惊人的突变：在轰然震荡的浪涛声中，诗人自身隐去了，眼前只留下了一位悲恸而歌的蓬发妇人。这景象是恐怖的，其哭声是悲惨的，令人不忍卒听。结尾诗人陡变双行体为单行，似乎被悲愤笼罩，无以复言，便掷笔而叹："箜篌所悲竟不还！"全诗就这样结束了。黄河的裂岸涛浪还在汹涌，"狂夫"之妻的恻怛号泣压过浪波，在长天下回荡！

古歌中"白首狂夫"的渡河故事，经过李白的再创造，带有了更强烈的悲剧色彩。那位"狂而痴"的披发之叟，似乎正苦苦地追求着什么，其中可能就有诗人执着追求理想的影子在其中。

登高丘而望远 李白

【原文】

登高丘而望远海，六鳌骨已霜，三山流安在①？

扶桑②半摧折，白日沉光彩。

银台金阙③如梦中，秦皇汉武空相待。

精卫④费木石，鼋鼍⑤无所凭。

君不见骊山茂陵⑥尽灰灭，牧羊之子⑦来攀登。

盗贼劫宝玉⑧，精灵竟何能⑨。

穷兵黩武今如此，鼎湖飞龙安可乘⑩？

【注释】

①六鳌（áo）、三山：《列子·汤问》中，夏革对汤曰："渤海之东，不知几千亿万里，有大壑焉。其中有五山焉。一曰岱舆，二曰员峤，三曰方壶，四曰瀛洲，五曰蓬莱。五山之根无所连著，常随波上下往还，不得暂峙焉。仙圣毒（忧患）之，诉之于帝。帝恐流于西极，失群圣之居，乃命禺强（神仙名）使巨鳌十五而戴（用头顶）之，迭为三番（往返多次），六万岁一交焉，五山始峙。而龙伯之国有大人，举足不盈数步，而及五山之所。一钓而连六鳌，合负而趣归其国，灼其骨以数（占卜）。于是岱舆、员峤二山流于北极，沉于大海，仙圣播迁者巨亿计。"鳌，传说中海里的大鳖。

②扶桑：神话中树木名，长在日出的地方。

③银台金阙：黄金白银建成的亭台宫阙，指神仙居住的地方。

④精卫：传说中的鸟名。据《山海经》记载，炎帝的小女名叫女娃，因在东海游玩淹死，化为精卫鸟。它不停地从西山衔木石，欲填没东海。

⑤鼋鼍（yuán tuó）：传说周穆王征越国，在九江架鼋鼍为桥渡江。见《竹书纪年》。鼋，大鳖。鼍，鼍龙，俗称猪婆龙，鳄鱼的一种。

⑥骊山：在今陕西临潼县东南，秦始皇的陵墓筑在此中。茂陵：汉武帝刘彻的陵墓，在今陕西兴平县东北。

⑦牧羊之子：《汉书·刘向传》记载，有个牧童在骊山牧羊，有一只羊进入山洞中，牧童用火照明，到洞里去寻羊，以致引起一场大火，把秦始皇的外棺烧掉了。

⑧盗贼劫宝玉：盗贼是作者沿用统治者对农民起义军的诬称。据《晋书·索靖传》记载，赤眉农民起义军曾取走了汉武帝陵园中一部分金银财宝。

⑨精灵：指秦皇、汉武的神灵。

⑩鼎湖飞龙：据《史记·封禅书》记载，黄帝曾在荆山下铸鼎，铸成后，乘龙上天，成为仙人。其地被称为鼎湖。这句是说，已不能像黄帝那样乘龙上天，表示不可能成仙。

【赏析】

这首诗是创作的一首登高怀想诗，作于天宝十年（751年）。诗人从登高望海引出一系列联想，表示对古代仙山琼阁等传说的怀疑，并嘲笑了秦皇、汉武求仙的愚蠢行为。

全诗可分为三段：首二短句为第一段，点明登山望远；中间八句为第二段，写望中想到传说中的神仙境界并不存在，神话传说也为虚妄；末六句为第三段。写望中想到秦始皇、汉武帝穷兵黩武，妄想长生，终归一死。全诗有托古讽今之意，名托刺秦皇汉武迷信求仙、穷兵黩武，实讽唐玄宗荒淫误国。

这首诗主要不是怀古之作，而是感时之作。登高山，望远海，面对着绝好的写诗环境，绝好的诗歌材料，诗人却遥遥想起了历史上两位雄才大略的皇帝的求仙的荒诞，予以严厉抨击。这是对此类皇帝的讽刺和批判，也是对当朝皇帝的暗示。感时伤怀，抨今讽今，说明诗人虽落魄漂零，仍然心系朝廷，心系国运。借古鉴今，借古喻今，借古讽今，才是这首诗真正的主旨。

陌上桑　　　　李白

【原文】

美女渭桥①东，春还事蚕作。

五马如飞龙，青丝结金络②。

不知谁家子，调笑来相谑。

妾本秦罗敷，玉颜艳名都③。

绿条映素手，采桑向城隅。

使君④且不顾，况复论秋胡⑤。

寒螀⑥爱碧草，鸣凤栖青梧。

托心自有处，但怪傍人愚。

徒令白日暮，高驾空踟蹰⑦。

【注释】

①渭桥：泛指汉、唐时期长安附近渭水上的桥梁。

②五马：汉代太守出行时乘坐五马之车，因此以"五马"为太守的代称。这里泛指富人的车驾。金络：即金络头。

③名都：著名的都城。

④使君：州刺史之称。

⑤秋胡：鲁人秋胡成婚五日就赴陈做官，五年后回家，在路上看到一个采桑的妇人。秋胡调戏人家，许以千金，被严词拒绝。到家里才知道那个被自己调戏的采桑妇是自己的妻子。秋胡十分惭愧，他的妻子也因悲愤而投河自杀。

⑥螿（jiāng）：蝉的一种。

⑦踟蹰（chí chú）：双声连绵词，来回走动。此处意为因留恋而不愿离去。

【赏析】

《陌上桑》，乐府《相和歌辞》旧题。这首诗是一首语言优美、风格诙谐的民间叙事诗，写的是秋胡戏妻的故事。诗中赞扬了罗敷的坚贞自洁，诗人也用以寄托自己对国、对君的忠诚。

此诗写一位忠贞女子自有所爱，富贵不能动其心。第一段是诗人叙述，第二段是美女对富家子相谑的回答。全诗分上下两段。"相谑"以上为第一段，写美女采桑，富家子相谑。其中对马匹车驾的描写，用以烘托富家子富匹王侯，是表现主题的伏笔。"妾本"以下为第二段。"妾本罗敷女"四句自言貌美。上二下句虚写，说自己美如古诗中的罗敷女，容貌在都城都很出名。下二句实写，说自己去城边采桑时，白嫩的手在绿叶映衬下，更加漂亮。"使君且不顾，况复论秋胡"表白自己既不倾慕权势，也不为金钱所动。"寒螿"四句说明自己不被权势和金钱所动的道理。她爱自己的所爱，就像寒蝉爱碧草、凤凰爱梧桐一样。自己芳心有向，别人就别瞎费心思了。"托心自有处"，是全诗之纲。

对于此篇的作意，《乐府诗集》引崔豹《古今注》说："《陌上桑》者，出秦氏女子。秦氏，邯郸人，有女名罗敷，为邑人千乘王仁妻。王仁后为赵王家令，罗敷出采桑于陌上，赵王登台见而悦之，因置酒欲夺焉。罗敷巧弹筝，乃作《陌上桑》之歌以自明，赵王乃止。"而吴兢《乐府古题要解》以为："案其歌辞，称罗敷采桑陌上，为使君所邀，罗敷盛夸其夫为侍中郎以拒之。"郑樵《通志》以为《陌上桑》有两首，一为《秋胡行》，一为《艳歌罗敷行》。前咏秋胡，后咏罗敷，都写男子调戏女子遭女子拒绝的故事。

猛虎行 李白

【原文】

朝作猛虎行，暮作猛虎吟。

肠断非关陇头水，泪下不为雍门琴①。

旌旗缤纷两河道②，战鼓惊山欲倾倒。

秦人半作燕地囚③，胡马翻衔洛阳草。

一输一失关下兵，朝降夕叛幽蓟城④。

巨鳌未斩海水动，鱼龙奔走安得宁⑤。

颇似楚汉时，翻覆无定止。

朝过博浪沙，暮入淮阴市⑥。

张良未遇韩信贫，刘项存亡在两臣。

暂到下邳受兵略，来投漂母作主人。

贤哲栖栖古如此，今时亦弃青云士⑦。

有策不敢犯龙鳞⑧，窜身南国避胡尘。

宝书长剑挂高阁，金鞍骏马散故人。

昨日方为宣城客，掣铃⑨交通二千石。

有时六博快壮心，绕床三匝呼一掷⑩。

楚人每道张旭奇，心藏风云⑪世莫知。

三吴邦伯⑫多顾盼，四海雄侠皆相推。

萧曹曾作沛中吏，攀龙附凤⑬当有时。

溧阳酒楼三月春，杨花漠漠愁杀人。

胡人绿眼吹玉笛，吴歌白纻飞梁尘。

丈夫相见且为乐，槌牛挝鼓会众宾⑭。

我从此去钓东海，得鱼笑寄情相亲。

【注释】

①陇头：即陇山。泪下不为雍门琴：雍门子周以琴见孟尝君，孟尝君涕泪涟涟，曰："先生之鼓琴，令文（孟尝君名）若破国亡邑之人也。"

②两河道：指唐代的河北、河南两道。天宝十四年，安禄山反于范阳，河北、河南诸郡相继陷落。

③秦人：指关中的百姓。燕地：在今河北北部及北京市一带，是安禄山叛军的根据地所在。

④一输一失："一输"指的是高仙芝、封常清之败；"一失"指的是唐玄宗在战略上的重大失误。朝降夕叛：指的是河北诸郡纷纷起来抗击安禄山，但不久失事，原来抗击安禄山的人又都归降了安禄山。幽蓟：幽州、蓟州，泛指河北一带。

⑤巨鳌（áo）：指安禄山。鱼龙：指百姓。

⑥"朝过"二句：说的是张良、韩信的故事。秦国消灭韩国，张良因为他的先人五世辅佐韩国，立志为韩报仇，就尽散他的家产，以求刺客。得到一个力士，用铁锤击秦始皇于博浪沙，因失误没有击中。黄石公曾在下邳传授张良兵法。韩信曾寄食于淮阴下乡南昌亭长家，他的妻子为亭长所辱。韩信封为楚王后，召见下乡南昌亭长，曰·"公，小人也，为德不足。"

⑦栖栖：惶惶不安。青云：志向远大的人。

⑧犯龙鳞：指触怒君主。

⑨挈铃：唐代时官府多悬铃于外，出入则牵铃以通报。

⑩六博：玩耍的博戏。床：坐具。

⑪心藏风云：怀藏不平凡的志向与才能。

⑫邦伯：周代官名。此指地方长官。

⑬攀龙附凤：随皇帝建功立业。

⑭椎牛：杀牛。挝鼓：擂鼓。

【赏析】

这首《猛虎行》是李白在避安史之乱途中赠给书法家张旭的诗作。至德元年（756 年）春天，李白因避安史之乱，离开宣城南赴剡中途中，遇大书法家张旭于栗阳（今江苏溧阳），作此诗以赠张。这首诗叙述安禄山攻占东都洛阳，劫掠中原的暴行及诗人眼见河山破碎，社稷危亡，生灵涂炭，自己忧心如焚的思想感情。

全诗可分三段：开头十二句为第一段，叙述安禄山攻占东都洛阳，劫掠中原的暴行及诗人眼见河山破碎，社稷危亡，生灵涂炭，忧心如焚的思想感情；中间十八句为第二段，借张良、韩信未遇的故事，抒发诗人身遭乱世，不为昏庸的统治者任用，虽胸怀匡世济民之术也无处施展，无奈随逃难的人群"窜身南国"的感慨；最后十四句为第三段，先盛赞张旭的才能和为人，再写在溧阳酒楼和众宾客及张旭饮宴的情景，最后写自己欲钓鳌东海的胸襟和抱负，表达自己壮志未已，伺机报国立功的思想。此诗完全不受古乐府的传统束缚，句式已经彻底发生了变化，形成了别具一格的歌行体，结构也颇具匠心，堪称唐诗精品。

对酒行　　　　李白

【原文】

松子栖金华①，安期入蓬海②。

此人古之仙，羽化③竟何在。

浮生速流电，倏忽变光彩。

天地无凋换④，容颜有迁改。

对酒不肯饮，含情欲谁待。

【注释】

①松子：即赤松子，是古代的仙人。金华：山名。在今浙江金华市北。相传赤松子在此山得道，羽化成仙。

②安期：指安期生。传说中的仙人，居住在东海仙山。蓬海：东海蓬莱。

③羽化：成仙。

④凋换：凋零变化。

【赏析】

《对酒行》，属于乐府《相和歌辞》旧题。李白在这首诗里表达的是对天地久长而人生易逝的深沉感慨。

李白自"十五游神仙"始，一直痴迷于道教之中。在天宝三年被

"赐金还山"后，他便请北海高天师授《道箓》于齐州紫极宫（老子庙），自此他便成了一名真正的道士了。他曾真诚地相信服仙药可以羽化而飞升，也曾虔诚地寻仙访道于名山大川。而今当李白"老之将至"之时，他回首求仙访道的历程，殊觉"前说茫无寸验，因思古之所谓仙人如赤松、安期者，亦不复再见于世"（萧士赟语），于是开始反思平生求仙的经历，以及眼见"服食求神仙，多为药所误"（《古诗十九首》中的《驱车上东门》）的事实，对自己沉于道教已开始觉醒。鉴于这种复杂的心态，便创作了这首诗。

全诗有三层意思：前四句表面是说赤松子、安期生这些都修炼成仙走了，无法寻找，实际是说成仙之事荒诞不经，难于实现；中间四句是说人生短促，快如闪电，天地不老，面容易衰；结尾两句，紧扣诗题，揭出主旨。诗人在仙境、人生皆令人幻灭、绝望的情境中，忽辟奇境，面对杯酒而产生种种联想，在欲饮未饮的心灵搏斗中，以尾句中的反诘语气透露出他欲超脱而不能的复杂心态，也表达出了更高远的精神追求。

这首诗看似平淡无奇，实则融游仙、忧生、饮酒、纵情为一体，意蕴丰富，耐人寻味。

从军行（二首）　　　李白

【原文】

其一

从军玉门道，逐虏金微山①。

笛奏梅花曲②，刀开明月环。

鼓声鸣海上③，兵气拥云间。

愿斩单于首，长驱静铁关④。

其二

百战沙场碎铁衣⑤，城南已合数重围。

突营射杀呼延将⑥，独领残兵千骑归。

【注释】

①玉门：指玉门关。金微山：即今天的阿尔泰山。东汉窦宪曾在此击破北匈奴。

②梅花曲：指歌曲《梅花落》，是横吹曲辞。

③海上：瀚海，大漠之上。

④铁关：指铁门关。在今新疆维吾尔自治区境内。

⑤碎铁衣：指身穿的盔甲都支离破碎。

⑥呼延将：指敌军的一员悍将。呼延，匈奴四姓贵族之一。

【赏析】

《从军行》，乐府《相和歌辞》旧题。《从军行二首》是诗人李白的组诗作品，抒发的是在战场上建功立业的强烈愿望。

盛唐时期，国力强盛，君主锐意进取、卫边拓土，人们渴望在这个时代崭露头角、有所作为。武将把一腔热血洒向沙场建功立业，诗人则为伟大的时代精神所感染，用他沉雄悲壮的豪情、谱写了一曲曲雄浑磅礴、瑰丽壮美而又哀婉动人的诗篇。

第一首为五言律诗，写从军战士的作战经历和感想以及征战杀敌实现和平的愿望。

第二首诗为七言绝句，以疏简传神的笔墨，叙写了唐军被困突围的英勇事迹，热情洋溢地歌颂了边庭健儿浴血奋战、保家卫国的爱国主义精神。全诗以短短四句，刻画了一位无比英勇的将军形象。首句写将军过去的戎马生涯。伴随他出征的铁甲都已碎了，留下了累累的刀瘢箭痕，可见他征战时间之长和所经历的战斗之严酷。紧接着写他面临一场新的严酷考验——"城南已合数重围"。战争在塞外进行，城南是退路，但连城南也被敌人设下了重围，全军已陷入可能彻底覆没的绝境。写被围虽只此一句，但却如千钧一发，使人为之悬心吊胆。"突营射杀呼延将，独领残兵千骑归。"这位身经百战的英雄，选中敌军的一员悍将作为目标，在突营闯阵的时候，首先将他射杀，使敌军陷于慌乱，乘机杀开重围，独领残兵，夺路而出。

诗作所要表现的是一位勇武过人的英雄，而所写的战争从全局上看是一场败仗。但虽战败却并不令人丧气，而是败中见出了豪气。"独领残兵千骑归"，"独"字几乎有千斤之力，压倒了敌方的千军万马，给人以顶天立地之感。诗没有对这位将军进行肖像描写，但通过紧张的战斗场景，把英雄的精神与气概表现得异常鲜明而突出，给人留下难忘的印象。

全诗从侧面反映了作者欲报效国家、建功立业的强烈愿望。

豫章行 李白

【原文】

胡风吹代马，北拥鲁阳关①。

吴兵照海雪②，西讨何时还。

半渡上辽津③，黄云惨无颜。

老母与子别，呼天野草间。

白马绕旌旗，悲鸣相追攀。

白杨秋月苦，早落豫章山④。

本为休明人，斩虏素不闲⑤。

岂惜战斗死，为君扫凶顽。

精感石没羽，岂云惮险艰⑥。

楼船若鲸飞，波荡落星湾⑦。

此曲不可奏，三军鬓成斑。

【注释】

①代：古国名，在今山西东北部和河北蔚县一带。其地盛产良马。鲁阳关：古关名，在今河南鲁山，是古代的军事要地。

②吴兵：吴地征来的兵。照海雪：指吴兵旗帜鲜明，照耀如同海中的雪浪。

③上辽津：即卜辽水，今名潦水。源出江西奉新县西，流经永修县，与修水汇合。

④豫章山：泛指豫章境内的高山。

⑤休明人：太平时候的人。素：向来。闲：通"娴"，熟悉。

⑥精：精诚。惮：惧怕。

⑦落星湾：也叫落星湖，在今江西鄱阳湖西北。

【赏析】

上元元年（760年），李白寓居豫章。当时安史余党仍骚扰河南一带，平叛战争正在艰苦地进行。诗人目睹吴地人民应募从军、奔赴战场的悲壮情景，有感而作此诗。此诗一方面对出征的战士以及百姓的苦难寄予深切的同情，另一方面又鼓励征人顾全大局，支持平叛战争，英勇作战。这种矛盾心理构成了全诗凄惨与慷慨，沉痛与激昂交织在一起的格调。

诗开始四句，诗人概写了当时的战局，真实地道出了当时的战局形势和诗人对此难以隐藏的忧虑，暗示出未来的牺牲是巨大的。这一感情上的转折正是下文的引出和过渡。以下八句里，诗人把满腹的哀怨和悲苦都倾注在别离场景的抒写上，这是诗人感情的一个方面。这一层的写作顺序是先写人，再写马，后写树，表面上步步退，实际上收到了步步深入的效果，构成一幅目不忍睹的悲惨画面，奏出一曲耳不忍闻的凄凉乐章，这些都充分体现了诗人对苦难中的人民深切的同情。下面六句表达了诗人感情的另一面：即对多灾多难的祖国赤诚之心和深情的爱恋。诗人转换为征人自述的形式，表现出征兵们慷慨壮烈、为国平叛不畏牺牲的英雄气概，也表达了诗人的强烈的爱国激情。最后四句总括全诗，先扬后抑，以抑煞尾。"楼船若鲸飞，波荡落星湾"遥应"吴兵照海雪"句，写出了唐军的威武雄壮，同时又笼括第三层六句，唐军船队满载着士兵和他们的豪情壮志，浩浩荡荡直奔落星湾（今鄱阳湖西北），再入长江而去。"此曲不可奏，三军发成斑。"诗人一转慷慨豪壮的格调，全诗在凄惨、悲凉的气氛中结束。

《豫章行》古辞专写别离之苦，后人利用这一古辞也没有超出这个范围。李白的《豫章行》，就内容来说，同样也写别离之苦，就形式来说，也有一些与古辞相吻合的句子，但是，李白却冲破了前人"皆伤离别，言寿短景驰，容华不久"（见《乐府诗集》引《古今乐录》）的狭小天地，赋予诗歌充实的社会内容，写出了如此深刻的现实主义杰作。这首诗无论是在思想内容的深度上，还是在表现力的厚度上，都超过了前人的同体裁之作。

上留田行 李白

【原文】

行至上留田，孤坟何峥嵘①。

积此万古恨，春草不复生。

悲风四边来，肠断白杨声。

借问谁家地，埋没蒿里茔。

古老向余言，言是上留田，蓬科马鬣今已平②。

昔之弟死兄不葬，他人于此举铭旌③。

一鸟死，百鸟鸣。一兽走，百兽惊。

桓山④之禽别离苦，欲去回翔不能征。

田比仓卒骨肉分，青天白日摧紫荆。

交柯⑤之木本同形，东枝憔悴西枝荣。

无心之物尚如此，参商⑥胡乃寻天兵。

孤竹延陵⑦，让国扬名。

高风缅邈⑧，颓波激清。

尺布之谣⑨，塞耳不能听。

【注释】

①峥嵘：高峻的样子。

②蓬科：同"蓬颗"，土坟上长满的荒草。马鬣（liè）：坟墓封土的一种形状。亦指坟墓。

③铭旌：古时竖在灵柩前标有死者官衔和姓名的旗幡。

④桓山：在今江苏省铜山县东北。

⑤交柯：交错的树枝。

⑥参商：参星与商星。

⑦延陵：指的是春秋时期吴王寿梦的小儿子季札。

⑧缅邈：久远；遥远。

⑨尺布之谣：刘氏兄弟因争夺王位而互相残害，民间作歌谣来讽刺他们，后遂用"尺布斗粟""尺布之谣""一尺布""一斗粟"来讽喻兄弟间因利害冲突而不能相容。

【赏析】

上留田，古地名。后亦为乐府曲名。晋崔豹《古今注音乐》："上留田，地名也。其地人有父母死，兄不字其孤弟者，邻人为其弟作悲歌，

以讽其兄，故曰《上留田》。"李白诗中"弟死兄不葬""他人举铭旌"之事与前人的记载有所不同，可能诗人在现实中目击类似之事，有感而发，故作《上留田行》以讽刺当时之事。

　　这是一首简短甚至可能是残缺的叙事诗。它讲述的是诗人驾车经过一间屋舍，听到屋中有小孩的啼哭声，于是便掉转车头，上前询问。听完小孩们的哭诉以后，诗人心中顿生无限感慨。其实，在这短短的四句诗中，尚有很多关键信息没有传递给读者。我们似乎仅能察觉出些许悲凉凄惨的味道，但却不知道这些小孩为什么要啼哭？他们的父母长辈去哪了？他们究竟说了些什么，使得诗人长叹不已？这样欲言又止、时断时续的表达，反而更能引起读者的深思与探寻。正如萧涤非先生《汉魏六朝乐府文学史》所说："啼儿答语，更不揭出，语极含蓄。"

　　此诗虽短，却能在有限的文字之内给人以无限的遐想空间，既保留了诗的简洁性，又不破坏其含蓄之美，堪称叙事诗的佳作。

野田黄雀行

李白

【原文】

游莫逐炎洲翠①，栖莫近吴宫燕②。

吴宫火起焚巢窠，炎洲逐翠遭网罗。

萧条两翅蓬蒿③下，纵有鹰鹯④奈若何。

【注释】

①炎洲：海南琼州，其地居大海之中，广袤数千里，四季炎热，故名炎洲，多产翡翠。

②吴宫燕：巢于吴宫之燕。春秋吴都有东西宫。据汉袁康《越绝书·外传记·吴地传》载："西宫在长秋，周一里二十六步，秦始皇帝十一年，守宫者照燕，失火烧之。"后以"吴宫燕"比喻无辜受害者。

③蓬蒿：蓬草和蒿草。亦泛指草丛、草莽。

④鹯（zhān）：古书中说的一种猛禽，似鹞鹰。

【赏析】

《野田黄雀行》是《相和歌辞·瑟调曲》之一。天宝十四年（755年），永王李璘出师东巡，李白应邀入幕，力劝永王勤王灭贼，永王不久即败北，李白也因之被系浔阳狱。这首诗大约是此时所作。诗中李白以鸟雀无处容身为喻，黯然自伤。

这首诗表达了作者淡泊避世之志，远祸全身之术。诗以鸟为喻，唤醒人们切莫趋炎附势，追名逐利；而应淡泊名利，与世无争，以达到老子所说的"夫唯不争，故无尤"的境界。

前四句"游莫逐炎洲翠，栖莫近吴宫燕。吴宫火起焚尔窠，炎洲逐翠遭网罗"，言莫趋炎附势，追名逐利；后二句"萧条两翅蓬蒿下，纵有鹰鹯奈若何"，言避世自能远祸。

此诗实为野田黄雀自幸之语，就是用"野田黄雀"这个题意来赋写的。此诗运用了刻板咏物、反衬之法。黄雀自语不逐炎洲翠游玩，不近吴宫燕栖息，是因为宫燕易被焚巢，洲翠易遭网罗。而今我深栖野田中蓬蒿之下，可以藏身远害，纵有鹰鹯奈若何！这也是赋题法，只是用得如此巧妙。此诗综合运用发挥古意、赋题与以古题寓今事三种方法，可见李白对传统拟乐府方法的创造性发展。

蜀道难   李白

【原文】

噫吁嚱①，危乎高哉！蜀道之难，难于上青天！

蚕丛及鱼凫，开国何茫然②！

尔来四万八千岁，不与秦塞通人烟③。

西当太白有鸟道，可以横绝峨眉巅④。

地崩山摧壮士死，然后天梯石栈相钩连⑤。

上有六龙回日之高标，下有冲波逆折之回川⑥。

黄鹤之飞尚不得过，猿猱欲度愁攀援⑦。

青泥何盘盘，百步九折萦岩峦⑧。

扪参历井仰胁息，以手抚膺坐长叹⑨。

问君西游何时还？畏途巉岩不可攀⑩。

但见悲鸟号古木，雄飞雌从绕林间⑪。

又闻子规⑫啼夜月，愁空山。

蜀道之难，难于上青天，使人听此凋朱颜⑬！

连峰去天不盈尺，枯松倒挂倚绝壁。

飞湍瀑流争喧豗，砯崖转石万壑雷⑭。

其险也如此，嗟尔远道之人胡为乎来哉！

剑阁峥嵘而崔嵬⑮，一夫当关，万夫莫开。

所守或匪亲⑯，化为狼与豺。

朝避猛虎，夕避长蛇；磨牙吮血，杀人如麻。

锦城⑰虽云乐，不如早还家。

蜀道之难，难于上青天，侧身西望长咨嗟！

【注释】

①噫吁嚱（yī xū xī）：惊叹声，蜀方言，表示惊讶的声音。

②蚕丛、鱼凫：传说中古蜀国两位国王的名字。何茫然：难以考证。指古史传说悠远难详，茫昧杳然。何，多么。茫然，渺茫遥远的样子。

③尔来：从那时以来。四万八千岁：极言时间之漫长，夸张之言。秦塞：秦的关塞，指秦地。通人烟：人员往来。

④西当：西对。太白：太白山，又名太乙山，在长安西（今陕西眉县、太白县一带）。鸟道：指连绵高山间的低缺处，只有鸟能飞过，人迹所不能至。横绝：横越。峨眉巅：峨眉山顶峰。

⑤地崩山摧壮士死：指"五丁开山"的故事。《华阳国志·蜀志》载：相传秦惠王想征服蜀国，知道蜀王好色，答应送给他五个美女。蜀王派五位壮士去接人。回到梓潼（今四川剑阁之南）的时候，看见一条大蛇进入穴中，一位壮士抓住了它的尾巴，其余四人也来相助，用力往外拽。不多时，山崩地裂，壮士和美女都被压死。山分为五岭，入蜀之路遂通。摧，倒塌。天梯：非常陡峭的山路。石栈：栈道。

⑥六龙回日：《淮南子》注云："日乘车，驾以六龙。羲和御之。日至此面而薄于虞渊，羲和至此而回六螭（龙）。"高标：指蜀山中可作一方之标识的最高峰。冲波：水流冲击腾起的波浪，这里指激流。逆折：水流回旋。回川：有漩涡的河流。

⑦黄鹤：黄鹄，善飞的大鸟。猿猱（náo）：蜀山中最善攀援的猴类。

⑧青泥：青泥岭，在今甘肃徽县南，陕西略阳县北。盘盘：曲折回旋的样子。百步九折：百步之内拐九道弯。萦：盘绕。岩峦：山峰。

⑨扪参历井：参（shēn）、井是二星宿名。古人把天上的星宿分别指配于地上的州国，叫作"分野"，以便通过观察天象来占卜地上所配州国的吉凶。参星为蜀之分野，井星为秦之分野。扪（mén），用手摸。历，经过。胁息：屏气不敢呼吸。膺：胸。坐：徒，空。

⑩君：入蜀的友人。畏途：可怕的路途。巉岩：险恶陡峭的山壁。巉（chán），山势高峻。

⑪但见：只听见。号古木：在古树木中大声啼鸣。

⑫子规：即杜鹃鸟，蜀地最多，鸣声悲哀，若云"不如归去"。

⑬凋朱颜：红颜带忧色，如花凋谢。凋，使动用法，使……凋谢，这里指脸色由红润变成铁青。

⑭飞湍：飞奔而下的急流。喧豗（huī）：喧闹声，这里指急流和瀑布发出的巨大响声。砯（pīng）崖：水撞石之声。砯，水冲击石壁发出的响声，这里作动词用，冲击的意思。转：使滚动。

⑮剑阁：又名剑门关，在四川剑阁县北，是大、小剑山之间的一条栈道，长约三十余里。峥嵘、崔嵬，都是形容山势高大雄峻的样子。

⑯所守：指把守关口的人。或匪亲：倘若不是可信赖的人。匪，同"非"。

⑰锦城：今四川成都市。成都古代以产棉闻名，朝廷曾经设官于此，

专收棉织品，故称锦城或锦官城。《元和郡县志》卷三十一剑南道成都府成都县："锦城在县南十里，故锦官城也。"

【赏析】

《蜀道难》是汉乐府旧题，属于"相和歌辞"中的"瑟调曲"。郭茂倩《乐府诗集》卷四十引《乐府解题》说："《蜀道难》备言铜梁、玉垒（都是四川山名）之阻。"自梁简文帝至初唐张文琮，曾有不少人用此题目写过诗。李白此诗虽然也沿用了乐府旧题描写蜀道艰难，但内容较前有所丰富，思想意义也比较积极。

对《蜀道难》的写作背景，一般认为这首诗很可能是李白于公元742—744年（天宝元年至天宝三载）身在长安时为送友人王炎入蜀而写的，目的是规劝王炎不要羁留蜀地，早日回归长安。避免遭到嫉妒小人不测之手。

本诗可大致分成三个部分。

第一部分，从"蚕丛及鱼凫"到"然后天梯石栈相钩连"，主要写开辟道路之艰难。诗人从蚕丛、鱼凫开国的古老传说落笔，追溯了蜀秦隔绝、不相交通的漫长历史，指出由于五位壮士付出了生命的代价，才在不见人迹的崇山峻岭中开辟出一条崎岖险峻的栈道。强调了蜀道的来之不易。

第二部分，从"上有六龙回日之高标"到"嗟尔远道之人胡为乎来哉"，主要写跋涉攀登之艰难。这一部分又可分为两层。前八句为一层，强调山势的高峻与道路之崎岖。先例举了六龙、黄鹤、猿猱这些善于飞腾攀登的鸟兽面对蜀道尚且无可奈何的情况，以映衬人要攀越蜀道谈何容易；又特地选择了秦地突出的高山青泥岭加以夸张描绘，显示蜀道之高耸入云，无法通行。"问君西游何时还"以下为第二层，描绘了悲鸟、古树、夜月、空山、枯松、绝壁、飞湍、瀑流等一系列景象，动静相衬，声形兼备，以渲染山中空旷可怖的环境和惨淡悲凉的气氛，慨叹友人何苦要冒此风险入蜀。

第三部分，从"剑阁峥嵘而崔嵬"到"不如早还家"，由剑阁地理形势之险要联想到当时社会形势之险恶，规劝友人不可久留蜀地，及早回归长安。这部分亦可分为两层。前五句为一层，化用西晋张载《剑阁铭》"一夫荷戟，万夫趑趄。形胜之地，匪亲勿居"语句，突出剑阁关隘险要，后六句为一层，以毒蛇猛兽杀人如麻暗喻当地军阀如凭险叛乱则将危害百姓，规劝友人早日离开险地。

全诗主要由以上三部分组成，至于在诗中三次出现的"蜀道之难，难于上青天"两句诗，则是串联各部分的线索。它使全诗首尾呼应，回旋往复，绵连一体，难解难分。

诗人以浪漫主义的手法，展开丰富的想象，艺术地再现了蜀道峥嵘、突兀、强悍、崎岖等奇丽惊险和不可凌越的磅礴气势，借以歌咏蜀地山川的壮秀，显示出祖国山河的雄伟壮丽。全诗感情强烈，夸张极度，想象丰富奇特，无论从哪个艺术角度衡量，《蜀道难》都堪称李白的代表作。它集中体现了李白诗歌的艺术特色和作者的创作个性。

白头吟·锦水东北流

李白

【原文】

锦水①东北流，波荡双鸳鸯。

雄巢汉②宫树，雌弄秦草芳。

宁同万死碎绮翼③，不忍云间两分张④。

此时阿娇⑤正娇妒，独坐长门愁日暮。

但愿君恩顾妾深，岂惜黄金买词赋。

相如作赋得黄金，丈夫好新多异心。

一朝将聘茂陵女，文君因赠白头吟。

东流不作西归水⑥，落花辞条归故林⑦。

兔丝⑧固无情，随风任颠倒。

谁使女萝⑨枝，而来强萦抱。

两草犹一心，人心不如草。

莫卷龙须席，从他生网丝⑩。

且留琥珀枕，或有梦来时。

覆水再收岂满杯，弃妾已去难重回。

古来得意不相负，只今惟见青陵台⑪。

【注释】

①锦水：即锦江，在今四川成都南。

②汉：指长安一带。

③绮翼：鸳鸯美丽的翅膀。

④分张：分离。

⑤阿娇：指汉武帝陈皇后。陈皇后失宠，退居长门宫，愁闷悲思，请司马相如作了一首《长门赋》，以表自己的悲伤之情。

⑥东流不作西归水：用"不见东流水，何时复归西"的语意。

⑦归故林：重返故林。

⑧兔丝：即菟丝，一种寄生植物，茎细如丝，寄生缠绕在其他植物上。

⑨女萝：菟丝有时缠在女萝上，比喻男女的爱情。

⑩龙须席：用龙须草编织的席子。从他生网丝：任它生蛛网。

⑪青陵台：战国时宋康王所筑造，在今河南商丘。康王的舍人韩凭的妻子何氏貌美出众，被康王所夺，夫妻二人先后自杀。康王非常愤怒，把他们分开埋葬，后来两人的坟上长出连理枝，根交于下，枝错于上，人称相思树。树上有鸳鸯一对，头颈悲鸣，声音感人。

【赏析】

《白头吟》是唐代大诗人李白借乐府旧题创作的组诗，共二首，此为其一。这两首诗与相传为卓文君所作的古辞《白头吟》主题相同，亦是从女子的角度表现弃妇的悲哀和对坚贞爱情的渴求，但它又融入了汉武帝陈皇后以千金向司马相如买赋邀宠的故事，说即使是司马相如与卓文君这样美满的婚姻，司马相如还代陈皇后作赋讽谏过汉武帝，也不免有拟娶茂陵女之举，表明人间要保持纯洁爱情的不易。全诗运用比兴手法，多处以物拟人，表达恩怨无常之意旨。在这首诗里，李白借女子的失宠来抒发自己不得志的无奈。

从艺术上说，此诗除开头运用比兴手法，以鸳鸯喻指恩爱夫妻外，诗中还有多处以物拟人，如流水、落花，兔丝、女萝，草、覆水……以感于人的喜新厌旧。世上多少薄情之人，真不如动物中的鸳鸯，也不及植物中的兔丝和女萝，不及一心的两草。古诗中常以夫妻喻君臣，君对臣往往恩怨无常，李白此诗也许有更深层的内涵。

卷五 清商曲辞

拔蒲（二首）　无名氏

【原文】

其一

青蒲衔紫茸①，长叶复从风。

与君同舟去，拔蒲五湖②中。

其二

朝发桂兰渚③，昼息桑榆下。

与君同拔蒲，竟日④不成把。

【注释】

①青蒲：即蒲草，水生植物。嫩者可食，茎叶可供编织蒲席等物。紫茸：紫色细茸花或者细软的绒毛。

②五湖：指太湖。

③渚（zhǔ）：水中小块陆地。

④竟日：一整天。

【作者介绍】

此二首诗作者不详。

【赏析】

《拔蒲》属《西曲歌》，《乐府诗集》收入《清商曲辞》。《古今乐录》记载说："《拔蒲》，倚歌也。""凡倚歌，悉用铃鼓，无弦有吹。"用的是管乐器箫鼓之类作伴奏。在《乐府诗集》中，《拔蒲》今存二首。

这是两首蝉联而下的歌颂劳动者爱情的民歌。

第一首"青蒲衔紫茸"，写青青的蒲，同时写青青的自己；紫茸由青蒲芳心衔出，如一种情愫的萌芽；长叶从风则如长发从风，这是女孩子看到并自然而然体悟出来的感觉：她和碧绿的蒲，正处在同一种风日正好的季节里。与情郎同去"拔蒲"是不是一种隐语？"五湖"是不是他们自由的天地？读民歌和读文人诗，不一样的地方就在于：民歌的文化背景充满了捉摸不透的生命本体的因素。

第二首是第一首的延续。蒲应该是很好拔的，而且一拔就是一把。"不成把"，说明心不在"拔"，甚至根本没有拔；只是借个机会约会，用"拔蒲"掩人耳目，泛舟到没有人看见的"五湖"去谈情说爱罢了。

从题目看，这首诗是写拔蒲；从内容看却恰恰写没拔蒲，写因为爱情而忘了拔蒲。因为诗的主题是反映劳动人民的爱情，是歌颂劳动中产生的爱情，拔蒲不过是用来借以衬托爱情的。借劳动表现劳动者的爱情是很自然的。总之，这是两首充满生活气息的好诗，反映了劳动人民在劳动中产生的热烈而健康的爱情，写景优美，抒情含蓄，人物突出，语言清新，结局出人意料。

七日夜女歌（二首）

无名氏

【原文】

其一

三春怨离泣，九秋欣期歌^①。

驾鸾行日时，月明济长河^②。

其二

长河起秋云，汉^③渚风凉发。

含欣出霄路^④，可笑向明月。

【注释】

①三春、九秋：形容时间非常漫长。期：会面之期。

②驾鸾（luán）：织女驾鸾在天空中飞行。长河：银河。

③汉：云汉，指银河。

④霄路：指云路。

【作者介绍】

此诗作者不详。

【赏析】

牛郎织女，是民间广为流传的故事。不少民歌以此为题材，借以抒发男女相思之情。本组诗比所有以织女为描写对象的诗歌都要精细，叙述了织女同牛郎相会的全过程。

第一首是写已到相会之期。春季三个月故称三春，秋季九十日故称九秋。织女由于长年离别，所以就是在大好春光之时也要哭泣，而七月七日即可与牛郎相会，所以在秋天到来时才欢欣歌唱。"驾鸯行日时"，织女星白日驾车远行；"月明济长河"，等到今日夜晚便可渡过银河和牛郎相会了。

第二首写织女急不可耐的等待。"长河起秋云，汉渚风凉发。"长河和汉渚，都是指天上的银河。渚：河边。起秋云、风凉发，指天色渐晚。在这时，织女"含欣出霄路，可笑向明月"。霄路，云霄上的路。可笑，同宜笑，指笑得很美。天色渐晚，织女急不可耐地走出云端，欣喜地望着明月东升，等待会面时刻的到来。

本组诗篇幅较大，共九首。运用了多种表现手法。其主要特点在于以织女之情为中心展开描写，诗在离乱情绪中给人以清晰的层次，达到情乱而章法不乱的效果。诗中还有许多成功的细节刻画，将织女的形象生动地呈现在人们面前，可谓传神之笔。

玉树后庭花　　　　陈叔宝

【原文】

丽宇芳林对高阁，新装艳质本倾城。

映户凝娇乍①不进，出帷含态笑相迎。

妖姬②脸似花含露，玉树流光照后庭③。

花开花落不长久，落红满地归寂中。

【注释】

①乍：开始，起初。

②妖姬：妖艳的女子。

③玉树：叶形奇特，如碧玉，夏秋季节，繁花盛开，绿白相间，是盆栽的优良植物。树冠挺拔秀丽，茎叶碧绿，顶生白色花朵，十分清雅别致。流光：玲珑剔透，流光溢彩。

【作者介绍】

陈叔宝（553—604 年），字元秀，南朝陈最后一位皇帝（582—589 年在位），史称"陈后主"。在位时大建宫室，生活奢侈，不理朝政，日夜与妃嫔、文臣游宴，制作艳词。隋军南下时，自恃长江天险，不以为然。祯明三年（589 年），隋军入建康，陈叔宝被俘。后病死洛阳城，终年 52 岁，追赠大将军、长城县公，谥号炀。

【赏析】

"后庭花"本是一种花的名，这种花生长在江南，因多是在庭院中栽培，故称"后庭花"。后庭花花朵有红白两色，其中开白花的，盛开之时使树冠如玉一样美丽，故又有"玉树后庭花"之称。《后庭花》又叫《玉树后庭花》，以花为曲名，本来是乐府民歌中一种情歌的曲子。

陈后主所作的《玉树后庭花》为宫体诗，写的是嫔妃们娇娆媚丽，堪与鲜花比美竞妍，其词哀怨靡丽而悲凉，后来成为亡国之音的代称。

"丽宇芳林对高阁，新妆艳质本倾城。"诗的开头概括了宫中环境，并化用汉朝李延年的"一顾倾人城，再顾倾人国"诗句，来映衬美人的美丽。华丽的殿宇，花木繁盛的花园，没人居住的高阁就在这殿宇的对面，在花丛的环绕之中。美人生来就美丽，再经刻意妆点，姿色更加艳丽无比。

"映户凝娇乍不进，出帷含态笑相迎。"写美人们应召见驾时的情态，仪态万千，风情万种。无论是应召时的"乍不进"，还是接驾时的"笑相迎"，都讨得后主的无比欢欣。"妖姬脸似花含露，玉树流光照后庭。"诗的结尾处与开头相呼应，重点描绘了宫中美人的"倾国倾城之貌"，也成了陈后主留恋后宫，贪恋美人的最好注脚。

诗歌在艺术上有以下两个方面的特点：一是着意于从侧面、动态的角度去描写，力求舍形而求神，诗中所用的"似花含露""玉树流光"的描写都极为生动传神；二是全诗结构紧凑，回环照应，景与人相互映衬，意象美不胜收。这首诗在一定程度上代表了宫体诗的最高水平。

陈叔宝穷奢极欲，沉湎声色，是一个典型的昏君。当时，北方强大的隋时时准备渡长江南下，陈这个江南小王朝已经面临着灭顶之灾，可是这个陈后主却整天与宠妾张贵妃、孔贵人饮酒嬉戏，作诗唱和。陈后主不是一个称职的皇帝，但是他在辞赋上确实有很高的造诣，创作出了很多辞情并茂的优秀作品，从《玉树后庭花》这首诗就可以看得出来。

大子夜歌（二首）　　陆龟蒙

【原文】

其一

歌谣数百种，子夜①最可怜。

慷慨吐清音，明转出天然。

其二

丝竹发歌响，假器②扬清音。

不知歌谣妙，声势出口心③。

【注释】

①子夜：乐府曲名，现存四十二首，收于《乐府诗集》中。以五言为形式，以爱情为题材，后来延伸出多种变曲。

②假器：借助于乐器。

③声势出口心：声音出口却表现着歌者的内心。

【作者介绍】

陆龟蒙（？—881年），唐代农学家、文学家，字鲁望，别号天随子、江湖散人、甫里先生，江苏吴县人。曾任湖州、苏州刺史幕僚，后隐居松江甫里，编著有《甫里先生文集》等。他的小品文主要收在《笠泽丛书》中，现实针对性强，议论也颇精切，如《野庙碑》《记稻鼠》等。陆龟蒙与皮日休交友，世称"皮陆"，诗以写景咏物为多。

【赏析】

《大子夜歌》，是《吴声歌曲·子夜歌》的一种变调。据说有个叫"子夜"的女子创制了这个声调。《乐府诗集》收入《清商曲辞》。在《乐府诗集》中，《大子夜歌》今仅存二首。

第一首诗赞美了《子夜歌》声的可爱，前两句是直接议论：在数以百计的歌谣中，《子夜歌》是最可喜爱的。"数百"是概数，强调歌谣之多，也正是为了突出《子夜歌》的出类拔萃、不同凡响。后两句则是具体地赞美《子夜歌》的特色："慷慨吐清音"是讲意气激昂、音色清亮；"明转出天然"是讲曲调明快婉转，感情真挚，没有人工雕琢造作的痕迹。这里只用了十个字，就将《子夜歌》这种江南民歌的特色写得十分准确鲜明，歌曲的声、调、气、情都讲到了。

第二首诗是对《子夜歌》用乐器伴奏的描述和评论。从歌词内容上看，《大子夜歌》的评论性质与《子夜歌》的抒情性质是不同的。它似乎不单独歌唱，而是接在《子夜歌》后面，是《子夜歌》的"送声"——一曲《子夜歌》唱完，就唱《大子夜歌》，表示对刚才《子夜歌》美妙的赞扬。第二首歌就记录了歌唱以及管弦的美妙，是对丝竹管弦与歌喉之间关系的评论。丝竹奏起了曲调，衬托了歌声，歌声借助乐器发出美妙激越的音响。但是歌声的美妙，最终因为它发自内心，唱出了自己的真情。以声情为主，是这首《大子夜歌》的乐论，也是诗论。

所以，就以歌评歌，以工整的五言四句形式评论作品这一点来说，它开了后世论诗绝句的先河；对文学批评史家来说，这两首《大子夜歌》是比一般《子夜歌》更重要的资料。

这两首《大子夜歌》是《子夜歌》的变曲，而它的内容却是对《子夜歌》本身的赞美与评述，完全跳出了《子夜歌》辞的窠臼。可以说，它是我们国家最早的论乐诗，应该在我国诗歌史乃至音乐史上占有一定的地位。

春江花月夜 张若虚

【原文】

春江潮水连海平，海上明月共潮生。

滟滟①随波千万里，何处春江无月明。

江流宛转绕芳甸，月照花林皆似霰②。

空里流霜不觉飞，汀上白沙看不见③。

江天一色无纤尘，皎皎空中孤月轮④。

江畔何人初见月，江月何年初照人。

人生代代无穷已⑤，江月年年只相似。

不知江月待何人，但见长江送流水。

白云一片去悠悠，青枫浦⑥上不胜愁。

谁家今夜扁舟子？何处相思明月楼⑦。

可怜楼上月徘徊，应照离人妆镜台⑧。

玉户帘中卷不去，捣衣砧上拂还来⑨。

此时相望不相闻，愿逐月华⑩流照君。

鸿雁长飞光不度，鱼龙潜跃水成文⑪。

昨夜闲潭⑫梦落花，可怜春半不还家。

江水流春去欲尽，江潭落月复西斜。

斜月沉沉藏海雾，碣石潇湘无限路⑬。

不知乘月几人归，落月摇情满江树⑭。

【注释】

①滟（yàn）滟：波光荡漾的样子。

②芳甸：芳草丰茂的原野。甸：郊外之地。霰（xiàn）：天空中降落的白色不透明的小冰粒。形容月光下春花晶莹洁白。

③流霜：飞霜，古人以为霜和雪一样，是从空中落下来的，所以叫流霜。在这里比喻月光皎洁，月色朦胧、流荡，所以不觉得有霜霰飞扬。汀（tīng）：水边平地，小洲。

④纤尘：微细的灰尘。月轮：指月亮。因为月圆时像车轮，所以称为月轮。

⑤穷已：穷尽。

⑥青枫浦：地名。今湖南浏阳县境内有青枫浦。这里泛指游子所在的地方。

⑦扁舟子：指飘荡江湖的游子。扁舟，小舟。明月楼：月夜下的闺楼。这里指闺中思妇。

⑧月徘徊：指月光偏照闺楼，徘徊不去，令人不胜其相思之苦。离人：此处指思妇。

⑨玉户：形容楼阁华丽，以玉石镶嵌。捣衣砧（zhēn）：捣衣石、捶布石。

⑩月华：月光。

⑪文：同"纹"。

⑫闲潭：幽静的水潭。

⑬碣石：山名。潇湘：水名。一北一南，暗指路途遥远，相聚无望。无限路：极言离人相距之远。

⑭乘月：趁着月光。摇情：激荡情思，犹言牵情。

【作者介绍】

张若虚（660—720年），字不详，扬州（今江苏扬州）人。唐代诗人。张若虚生平事迹不详，按照《旧唐书》的记载，他曾经担任过兖州兵曹的职务。唐中宗神龙年间（705—707年），张若虚与贺知章、贺朝、万齐融、邢巨、包融等人以文辞优美著称于世。他与贺知章、张旭、包融号称"吴中四士"。张若虚的诗仅存二首于《全唐诗》中，其中《春江花月夜》为其代表作。

【赏析】

《春江花月夜》是乐府《清商曲辞·吴声歌曲》旧题。张若虚在唐代诗坛并不是很有名气，但这首《春江花月夜》却被闻一多先生称之为"诗中的诗，顶峰上的顶峰"（《唐诗杂论》），被世人称为"孤篇盖全唐"，一举奠定了张若虚在中国文学史上的不朽地位。

这首诗以春江花月夜为背景，细致、形象而有层次地描绘相思离别之苦，词清语丽，韵调幽美，初步洗脱了六朝宫体诗的脂粉气息。

　　全首诗以美丽、和谐的语言，通俗的文句，歌颂富于哲理的大自然。中间夹叙闺情别绪，增加了哀怨缠绵的感情，突破了哲理诗的枯燥。诗人又善于反复变化，增加了诗的感染性，因而成为千古名篇。

　　全诗紧扣春、江、花、月、夜五个字来写，重点就是"月"。从月开始，以月收结。将画意、诗情与对宇宙奥秘和人生哲理的体察融为一体，创造出情景交融、玲珑透彻的诗境。诗人首先用优美的语言描绘了一幅恬静、明净的画卷：一个春风轻拂的月夜，诗人独伫江边，看到滔滔江水奔向天际，在水天相接的地方一轮明月在潮水中出现。江面上弥漫着一片波光，皎洁的月光照在开满花儿的林子上就像是闪烁着晶莹的雪珠。空中好像有银白色的霜在暗暗地流动，白天看起来很白的沙石在这银色的月光下也看不见了，江天一色，没有一丝杂色。看到这样的美景，不禁触发了诗人对宇宙的思考。人生短暂，人类一代代繁衍下去，只有那月亮还像原来一样皎洁、温柔。诗人感到月亮也是有生命的，它年年月月每到夜晚就会出现，是不是在等待什么人呢？

　　诗人从眼前的景象超脱到无限的宇宙与人生的思考上来，但是并没有得到理想的答案，因为人生是有限的，怎比得上那年年岁岁一个样的月亮呢。在一番感慨之后诗人的思绪又回落到人世中来，在这样美好的月夜里，不知道有多少离人思妇沉浸在相思当中。游子乘舟远行，留给岸上送别人的是长长的牵挂和无限的惆怅。此刻无论是天涯的游子还是闺中的思妇肯定都在凝望着这明月，思念着远方的那一位。游子看着令人怜爱的月亮在天空中慢慢移动，便期望它能够照到佳人的梳妆台上。思念就像那玉户帘中的月光一样，怎么也卷不起来。诗人突发奇想，希望自己能跟随着月光回到佳人的身边。诗人很快便从这浪漫的幻想中脱身而出，两人阻隔太远，便是有鸿雁和鱼龙来送信也送不到。诗人的思绪再一次回到现实，想起自己和那位佳人还是像碣石和潇湘一样天各一方。

在诗中不难看到"江"和"月"这两个意象被反复拓展，不断深化。春江、江流、江天、江畔、江水、江潭、江树这纷繁的意象，和着明月、孤月、江月、初月、落月、月楼、月华、月明复杂的光与色，并通过与春、夜、花、人的巧妙结合，构成了一幅色美情浓而迷离跌宕的春江夜月图。诗中贯穿着一种强烈的宇宙意识，从时间和空间两方面来拓展境界。时间上追溯宇宙的起源，从而引发对人生有限而宇宙无穷的感慨；空间上利用想象幻化了诗人与佳人之间的物理距离，希望自己能跟随着月光回到佳人身旁。这样就极大地丰富了诗歌思想的深度，拓展了情感表现的空间。

诗人人于就以细腻的笔触描绘了格外幽美恬静的春江花月夜，创造了一个神话般美妙的境界。前八句，由大到小，由远及近，笔墨逐渐凝聚在一轮孤月上。面对清明澄澈的天地宇宙，诗人神思飞扬，探索着人生的哲理和宇宙的奥秘。"人生代代无穷已，江月年年只相似。"这里，诗人虽有对人生短暂的感伤，但并不是颓废和绝望，而是从大自然的美景中感受到一种欣慰，表现了对人生的追求与热爱，回荡着初唐时期的强音。

这是一首千年以来使无数读者为之倾倒的杰作。闻一多先生认为"在这种诗面前，一切的赞叹是饶舌，几乎是渎亵"。全诗融诗情、画意、哲理为一体，凭借对春江花月夜的描绘，尽情赞叹大自然的奇丽景色，讴歌人间纯洁的爱情，把对游子思妇的同情心扩大开来，与对人生哲理的追求、对宇宙奥秘的探索结合起来，从而汇成一种情、景、理水乳交融的幽美而邈远的意境，展现出一幅充满着人生哲理和生活情趣的淡雅清幽的水墨画卷。

子夜吴歌　　　　　　李白

【原文】

春歌

秦地罗敷女①，采桑绿水边。

素手青条上，红妆白日鲜②。

蚕饥妾③欲去，五马④莫留连。

【注释】

①秦地：指今陕西省关中地区。罗敷女：乐府诗《陌上桑》有"日出东南隅，归我秦氏楼。秦氏有好女，自名为罗敷。罗敷善蚕桑，采桑城南隅"的诗句。

②素：白色。"红妆"句：指女子盛妆后非常艳丽。

③妾：古代女子自称的谦词。

④五马：据《汉官仪》记载："四马载车，此常礼也，惟太守出，则增一马。"故称五马。这里指达官贵人。

【原文】

夏歌

镜湖①三百里，菡萏②发荷花。

五月西施采，人看隘若耶③。

回舟不待月，归去越王家。

【注释】

①镜湖：一名鉴湖，在今浙江绍兴县东南。

②菡萏（hàn dàn）：未开的荷花花苞；荷花的别称。

③隘：狭窄。此处是使动用法。形容人多。若耶：若耶溪，在今浙江绍兴境内。溪旁旧有浣纱石古迹，相传西施浣纱于此，故又名"浣纱溪"。

【原文】

秋歌

长安一片月，万户捣衣①声。

秋风吹不尽，总是玉关②情。

何日平胡虏，良人罢远征③。

【注释】

①捣衣：把衣料放在石砧上用棒槌捶击，使衣料绵软以便裁缝；将洗过头次的脏衣放在石板上捶击，去浑水，再清洗。

②玉关：玉门关，故址在今甘肃省敦煌县西北，此处代指良人戍边之地。

③良人：古时妇女对丈夫的称呼。罢：结束。

【原文】

冬歌

明朝驿使①发，一夜絮征袍。

素手抽针冷，那堪把剪刀。

裁缝寄远道，几日到临洮②。

【注释】

①驿使：官家送信与文书的人。驿：驿馆。

②临洮：在今甘肃临潭县西南，此泛指边地

【赏析】

《子夜歌》属乐府的吴声曲辞，又名《子夜四时歌》，分为"春歌""夏歌""秋歌""冬歌"。《唐书·乐志》说："《子夜歌》者，晋曲也。晋有女子名子夜，造此声，声过哀苦。"因起于吴地，所以又名《子夜吴歌》。

《春歌》用采桑起兴，吟咏了秦罗敷的故事，赞扬她不为富贵动心，拒绝达官贵人挑逗引诱的高尚品质。

《夏歌》以荷花起兴，借西施来感慨天下人都重视美色。

《秋歌》全诗写征夫之妻秋夜怀思远征边陲的良人，希望早日结束战争，丈夫免于离家去远征。虽未直写爱情，却字字渗透着真挚情意；虽没有高谈时局，却又不离时局。情调用意，都没有脱离边塞诗的风韵。

《冬歌》不写景而写人叙事，通过一位女子"一夜絮征袍"的情事以表现思念征夫的心情。事件被安排在一个有意味的时刻——传送征衣的驿使即将出发的前夜，大大增强了此诗的情节性和戏剧味。结构上一

波未平，一波又起，起得突兀，结得意远，情节生动感人。

《子夜吴歌》古体原为四句，内容多写女子思念情人的哀怨，作六句是李白的独造，而用以写思念征夫的情绪更具有时代之新意。

丁督护歌　　　　　　　　李白

【原文】

云阳①上征去，两岸饶商贾。

吴牛喘月时②，拖船一何苦。

水浊不可饮，壶浆半成土。

一唱都护歌，心摧泪如雨。

万人凿盘石，无由达江浒③。

君看石芒砀④，掩泪悲千古。

【注释】

①云阳：即今江苏丹阳。秦以后为曲阿，天宝初改丹阳，属江南道润州，是长江下游商业繁荣区，有运河直达长江。

②吴牛喘月：吴地天气多炎暑，水牛怕热，见到月亮以为是太阳，故卧地望月而喘。形容天气酷热。比喻因疑心而害怕，也比喻人遇事过分惧怕，而失去了判断的能力。吴牛：指江淮间的水牛。

③江浒：江边。

④芒砀：芒砀山，位于豫、皖、苏、鲁四省接合部的河南省永城市芒山镇，有"仙女峰"之称。

【赏析】

《丁督护歌》又作《丁都护歌》，是《清商曲辞·吴声歌曲》旧题。语出《宋书·乐志》：彭城内史徐逵为鲁轨所杀，宋高祖派都护丁旿收敛殡埋。逵的妻子（高祖长女），呼旿至阁下，亲自问殡送之事，每次问就叹息说："丁都护"，声音很哀婉凄切。后人依其声制了《都护歌》曲。《唐书·乐志》也云："《丁督护歌》者，晋宋间曲也。"按《乐府诗集》所存，《丁督护歌》都是咏叹戎马生活的辛苦和思妇的怨叹。李白用旧题别创新意，但与旧题毫无牵涉，只取其声调之哀怨。

李白反映劳动人民生活的诗作不如杜甫多，此首《丁督护歌》写纤夫之苦，却是很突出的篇章。此诗描绘了劳动人民在炎热的季节里拖船的劳苦情景，揭露了统治阶级穷奢极欲、不顾人民死活的罪行，表现了诗人对劳动人民的苦难命运的深切同情，是一首风格沉郁的现实主义诗篇。全诗描写与议论相结合，突出描写纤夫拖船的痛苦，然后在描写的基础上抒发议论，揭示劳动人民的痛苦没有终结，不仅深化了前面的描写，而且扩展提高了诗的主题意义。诗中的描写和议论都采用现实主义的手法，不加修饰，没有夸张，言近旨远，意蕴深厚，与诗人的浪漫主义诗歌相比，别是一种风格。

全诗层层深入，处处以形象画面代替叙写。篇首以"云阳"二字预作伏笔，结尾以"石芒砀"点明劳役性质，把诗情推向极致，有点睛之奇效。通篇无雕琢痕迹，由于所取形象集中典型，写来自觉"落笔沉痛，含意深远"，实为"李诗之近杜者"。明胡应麟所撰《诗薮》云："李杜才气格调，古体歌行，大概相垺。"言之成理。

采莲曲　　李白

【原文】

若耶溪①傍采莲女，笑隔荷花共人语。

日照新妆水底明，风飘香袂②空中举。

岸上谁家游冶郎③，三三五五映垂杨。

紫骝嘶入落花去，见此踟蹰④空断肠。

【注释】

①若耶溪：在今浙江绍兴市南。

②袂（mèi）：衣袖。

③游冶郎：出游寻乐的青年男子。

④踟蹰（chí chú）：徘徊。

【赏析】

采莲曲，乐府清商曲辞。王琦注："《采莲曲》起梁武帝父子，后人多拟之。"这首诗是李白漫游会稽一带时所作。

此诗通过描写精心装扮的采莲少女们在阳光明媚的春日里快乐嬉戏的旖旎美景与岸上的游冶少年们对采莲少女的爱慕，来表达春日里少年男女之间微妙萌动的爱情，诗人对时光飞逝、岁月不饶人的感叹，以及对美景易逝的无奈之情，寄托着作者因怀才不遇、壮志难酬而发出的愁思，诗人笔下生风，使一曲采莲，景因情而媚，情因景而浓，而毫无堆砌之嫌，清新自然，仍是一如既往的浪漫。

杨叛儿　　　　　　　　李白

【原文】

君歌杨叛儿，妾劝新丰酒①。

何许最关人②，乌啼白门③柳。

乌啼隐④杨花，君醉留妾家。

博山炉中沉香火⑤，双烟一气凌紫霞。

【注释】

①新丰酒：新丰，汉代县名。在今陕西临潼东北。六朝以来以产美酒而著名。

②关人：牵动人心，让人动情。

③白门：本是刘宋都城建康（今南京）城门。因为南朝民间情歌常常提到白门，所以成了男女欢会之地的代称。

④隐：隐没，这里指鸟栖息在杨花丛中。

⑤博山炉：一种炉盖作重叠山形的熏炉。沉香：一种名贵的香木，放到水里就会沉下去，所以又称为沉水香。

【赏析】

"杨叛儿"本是北齐时童谣，后来成为乐府诗题，为乐府西曲歌名。相传南朝齐隆昌时，女巫之子杨旻随母入内宫，长大后，为何后所宠爱。当时童谣云："杨婆儿，共戏来。"讹传为"杨伴儿""杨叛儿"，并演变而为西曲歌的乐曲之一。古词《杨叛儿》只四句："暂出白门前，杨柳可藏乌。君作沉水香，侬作博山炉。"李白此诗与《杨叛儿》童谣的本事无关，而与乐府《杨叛儿》关系十分密切。

此诗运用比兴与象征手法写男女之爱情。全诗形象丰满，生活气息浓厚，风格清新活泼，情感炽烈，生活的调子欢快而浪漫。

诗一开头，"君歌《杨叛儿》，妾劝新丰酒"，比古诗增添了生动的场面，并制造了笼罩全篇的男女慕悦的气氛。第三句"何许最关人"，这是较原诗多出的一句设问，使诗意显出了变化，表现了双方在"乌啼白门柳"的特定环境下浓烈的感情。五句"乌啼隐杨花"，从原诗中"藏乌"一语引出，但意境更为动人。接着，"君醉留妾家"则写出醉留，意义更显明，有助于表现爱情的炽烈。特别是最后既用"博山炉中沉香火"七字隐含了原诗的后半"君作沉水香，侬作博山炉"，又生发出了"双烟一气凌紫霞"的绝妙比喻。这一句由前面的比兴，发展到带有较多的象征意味，使全诗的精神和意趣得到完美的体现。

诗中一男一女由唱歌劝酒到醉留，在封建社会面前是带有解放色彩的。这显然与唐代经济繁荣、社会风气比较解放有关。但文人写性爱或婚外恋，即使喝醉酒的李白，也必须借《杨叛儿》之类来掩饰一二。

大堤曲 李白

【原文】

汉水临襄阳，花开大堤①暖。

佳期②大堤下，泪向南云③满。

春风无复情，吹我梦魂散。

不见眼中人，天长音信断。

【注释】

①大堤：在襄阳城外，东临汉江，西至万山。

②佳期：指美好的春日。

③南云：指思念家乡或是怀念亲人之词。陆机的《思亲赋》中有："指南山以寄款，望归风而效诚。"

【赏析】

《大堤曲》，南朝乐府旧题，属于《清商曲辞》。李白此诗作于唐玄宗开元二十年（732），当时李白曾一度离开安陆（今属湖北）北游襄阳（今属湖北）。这首诗当作于李白游襄阳之时，是怀人之作。

诗中写恋人失约之痛，诗人触景伤情，抒发的是作者久别家乡，对家乡的无限思念之情。

"佳期大堤下""不见眼中人"是全诗的脉络。首二句写景，与失约之痛成反衬；三四句言本相约大堤，不见对方赴约，故南望而流泪；五六句言不唯不见，就连相见之梦也不做，而归罪于春风"吹散"；末二句言因不见恋人，觉时光过得很慢。

全诗意似直述，笔实曲折，显示出情深意远、婉转流丽的特点。

卷六　舞曲歌辞

观沧海 曹操

【原文】

东临碣石①，以观沧海②。

水何澹澹③，山岛竦峙④。

树木丛生，百草丰茂。

秋风萧瑟，洪波涌起。

日月之行，若出其中；

星汉灿烂，若出其里。

幸甚至哉⑤，歌以咏志。

【注释】

①临：登上，有游览的意思。碣（jié）石：山名。碣石山，河北昌黎碣石山。公元207年秋天，曹操征乌桓得胜回师时经过此地。

②沧：通"苍"，青绿色。海：指渤海。

③何：多么。澹（dàn）澹：水波摇动的样子。

④竦峙（sǒng zhì）：耸立。竦：通"耸"，高。

⑤幸甚至哉：太值得庆幸了！

【赏析】

《观沧海》是曹操《步出夏门行》组诗中的一章，也叫一解。同《龟虽寿》《短歌行》等一样，也是脍炙人口的名篇。曹操的诗，不但具有沉郁直朴、苍茫悲凉的风格，还具有直抒胸臆、博大雄伟的特点。《观沧海》就是后者的代表作之一。

《观沧海》当是曹操建安十二年（207年）北征乌桓凯旋时所作。这时曹操经过擒吕布，降张绣，在官渡打败了他的主要敌手袁绍；接着诛袁谭，平高干，北征乌桓又一举获胜，统一了北部中国，确立并巩固了河北根据地，正可以南征孙、刘，实现统一，完成宏业。眼下铠甲未除，征尘未洗，伫立峰巅，面对大海，自然要心情激荡，浮想联翩。《观沧海》便是他当时思想感情的抒发。

《观沧海》是借景抒情，把眼前的海上景色和自己的雄心壮志很巧妙地融合在一起。《观沧海》的高潮放在诗的末尾，它的感情非常奔放，思想却很含蓄。不但做到了情景交融，而且做到了情理结合、寓情于景。因为它含蓄，所以更有启发性，更能激发我们的想象，更耐人寻味。过去人们称赞曹操的诗深沉饱满、雄健有力，"如幽燕老将，气韵沉雄"，从这里可以得到印证。全诗的基调是苍凉慷慨的，这也是建安风骨的代表作。

汉代乐府诗一般无标题，"观沧海"这个题目是后人加的。乐府诗原来是可以歌唱的，诗的最后两句"幸甚至哉！歌以咏志"是和乐时加的，是诗的附文，跟诗的内容没有联系。

曹操是我国历史上杰出的政治家、军事家、文学家。他生于世积乱离的东汉末年，有志于统一国家，救民涂炭。他现存的诗作，都是直接或间接抒发他的政治胸怀的。《观沧海》看似写景，实则述志。志在容纳，以海自比。从点题直起，至"水何澹澹"六句，铺写沧海正面，转就日月星汉，想象其包含度量。写沧海，正是写自己。正如钟惺在《古诗归》中所说的："《观沧海》直写其胸中眼中，一段笼盖吞吐气象。"曹操的诗与一般骚人雅士的诗是不能等同的。他在政治上是叱咤风云的英雄，在文学上表现出吞吐宇宙的气象。他的诗既有艺术的魅力，能给人以艺术享受；又有深刻含意，能鼓舞人积极进取，增强胜利信心。范文澜曾给以恰当的评价："他是拨乱世的英雄，所以表现在文学上，悲凉慷慨，气魄雄豪。特别是四言乐府，立意刚劲，造语质直，《三百篇》以后，只有曹操一人号称独步。"（《中国通史简编》）

东海有勇妇　　李白

【原文】

梁山感杞妻，恸哭为之倾①。

金石忽暂开，都由激深情。

东海有勇妇，何惭苏子卿②。

学剑越处子③，超然若流星。

损躯报夫仇，万死不顾生。

白刃耀素雪，苍天感精诚。

十步两躩跃④，三呼一交兵。

斩首掉国门，蹴踏五藏行⑤。

割此伉俪愤，粲然大义明^⑥。

北海李使君^⑦，飞章奏天庭。

舍罪警风俗，流芳播沧瀛^⑧。

名在列女籍，竹帛已光荣。

淳于免诏狱，汉主为缇萦^⑨。

津妾^⑩一棹歌，脱父于严刑。

十子若不肖，不如一女英。

豫让^⑪斩空衣，有心竟无成。

要离杀庆忌^⑫，壮夫所素轻。

妻子亦何辜，焚之买虚声^⑬。

岂如东海妇，事立独扬名。

【注释】

①此二句说杞梁妻哭倒城墙之事。梁山：今山东东平境内。杞妻：春秋齐大夫杞梁之妻，即传说中的孟姜女。

②苏子卿：苏武。一说当为苏来卿之误。据曹植《精微篇》："关东有贤女，自字苏来卿。壮年报父仇，身没垂功名。"

③越处子：春秋时越国一位女剑侠。

④躩跃：跳跃。躩（jué）：跳跃或快步走。

⑤掉：悬挂。国门：都城门。蹴：踢也。五藏：即五脏。

⑥伉俪（kàng lì）：夫妻。粲然：明白貌；明亮貌。

⑦北海：即青州。唐天宝中改加北海郡。治所在今山东益都县。李使君：李邕（678—747 年），即李北海，也称李括州，唐代书法家。

⑧沧瀛：沧洲和瀛洲。

⑨淳于免诏狱：淳于公。西汉人，为齐太仓令，有罪当刑。系之长安。其有五女，无男。临行时留其女曰："生子不生男，缓急无可使者！"其少女缇萦感寓言，乃随父西入长安，上书天子，愿没入为官婢，为父

赎罪。天子怜悲其意，遂下令除肉刑。

⑩津妾：名娟，赵河津吏之女。赵简子南击楚，与津吏约期渡河，至其时，津吏醉酒而不能渡，赵简子欲杀之。津吏之女说其父是为祈祷河神而被巫祝灌醉的。自己情愿代父罪而死。简子不许。后又请其父酒醒后再杀。简子许其请。后河工少一人，津吏女自请上船摇橹，至中流而歌《歌激》之歌。歌中为其父陈情并对赵简子祝福，赵简子大悦，免其父罪，并娶其为妻。事见《列女传·辩通》。

⑪豫让：战国时刺客。知伯对豫让有宠，后知伯为赵襄子所杀。豫让欲为知伯报仇，自漆身为厉，吞炭为哑音，减须去眉，变其形容，两次刺杀赵襄子不成，为襄子所擒。豫让请求曰："今日之事臣故伏诛。然愿请君之衣而击之，虽死不恨。"襄子使人将其衣与之，豫让拔剑三跃，呼天而击之。曰："而可以报知伯矣。"遂伏剑而死。事见《战国策·赵策》。

⑫要离：春秋时吴国刺客。吴王阖闾欲刺杀吴王僚之子庆忌。庆忌时在邻国。要离请往杀之。为了取得庆忌之信任，乃诈以负罪出奔，使吴王焚其妻、子于市，庆忌始信要离。于是与之同返吴。船至中流，要离刺死庆忌。要离自省其非仁、非义、非勇，遂自杀而死。事见《吴越春秋·阖闾内传》。

⑬虚声：虚名。

【赏析】

此诗大概是李白于天宝五载（746年）夏游山东临淄时所作。他在太守李邕的陪同下游览了孟姜庙、杞梁墓和淳于意墓等胜迹，并听闻了辖区内的一些民间侠女的事迹。李白有感于"三妇"的英烈事迹，写了这首诗。诗中提到的杞妻便是春秋时期齐国大将杞梁的妻子孟姜。杞梁战死于莒，其妻在齐城下枕尸而哭，十天之后城墙被她哭倒。

这首诗是即事命题，在一定程度上反映了当时社会的现实生活及风俗习尚。诗中以热情的语言和夸张的笔法，描述了一位勇敢侠义的妇女为丈夫报仇的事迹。李白力赞齐贤女孟姜对丈夫忠贞不渝的爱情。

全诗分为四段。"梁山"四句为第一段，是比兴性文字，作为发端。言夫妇之深情可以感动无情的土石。前两句言事，后二句言情。"东海"以下"大义明"以上十四句为第二段，写东海勇妇"捐躯报夫仇"。其义，可比报父仇的苏来卿；其勇，可比战胜妖精白猿公的剑客越处子。"超腾""蹑跃"呼喊，斩仇首，抛国门，剖仇腹，踏内脏，皆言其勇。"大义明"与"报夫仇"相呼应。

"北海"以下"已光荣"以上六句为第三段，写东海勇妇的义举感动朝野，非但免除了其死罪，而且美誉流传，名列史册。末十四句为第四段，用类比和对比的手法，写东海勇妇义举的突出。她的举动可比脱父于肉刑的淳于缇萦和救父免死刑的津吏女；胜过心有余而力不足，空击仇衣的豫让和为刺庆忌，焚妻子、买虚名、为士所轻的要离。"捐躯报夫仇，万死不顾生"为全诗之纲，前者言事，后者言情。

在这首诗里，李白以高度的热情，讴歌了齐地勇妇不辞万死为夫报仇的义勇行为，流露出诗人除暴安良的侠义思想。同时，对那些为达到目的不择手段的所谓的"任侠"行为，又予以强烈的谴责。

白纻辞（三首）　　　李白

【原文】

其一

扬清歌，发皓齿，北方佳人东邻子①。

且吟白纻停渌水②，长袖拂面为君起。

寒云夜卷霜海空，胡风吹天飘塞鸿③。

玉颜满堂乐未终，馆娃日落歌吹濛④。

其二

月寒江清夜沉沉，美人一笑千黄金。

垂罗舞縠扬哀音，郢中白雪且莫吟，子夜吴歌动君心⑤。

动君心，冀君赏。

愿作天池双鸳鸯⑥，一朝飞去青云上。

其三

吴刀剪彩缝舞衣，明妆丽服夺春晖⑦。

扬眉转袖若雪飞，倾城独立世所稀。

激楚结风醉忘归，高堂月落烛已微，玉钗挂缨君莫违⑧。

【注释】

①扬：飞扬，升高。清歌：高亢清亮的歌曲。发：启，开。皓：洁白。北方佳人东邻子：二者皆泛指美人。《汉书·孝武李夫人传》："（李）延年侍上起舞，歌曰：'北方有佳人，绝世而独立，一顾倾人城，再顾倾人国。宁不知倾城与倾国，佳人难再得。'"司马相如《美人赋》：

"臣之东邻有一女子，云发丰艳，蛾眉皓齿。颜盛色茂，景曜光起。恒翘翘（高起貌）而相顾，欲留臣而共止。"

②渌水：古舞曲名。

③胡风：北风。塞鸿：塞外的鸿雁。

④玉颜：形容美丽的容貌，多指美女。馆娃：春秋吴宫名。吴王夫差作宫于砚石山以馆西施。吴人称美女为娃。故址在今江苏吴县西南灵岩山。濛（méng）：一作"中"。

⑤罗：轻软细密的丝织品。縠（hú）：绉纱。哀音：哀伤动人的乐声。郢（yǐng）：春秋楚国都城。白雪：古乐曲名。

⑥天池：天上仙界之池。谓不受世俗约束之地。

⑦吴刀：吴地出产的剪刀。彩：一作"绮"，彩色的丝织品。妆：服装。夺：胜过。

⑧激楚、结风：皆歌曲名。缨：男子冠带。

【赏析】

白纻辞，古乐府题名，一作"白苎辞"。《乐府古题要解》：《白苎辞》，古辞，盛称舞者之美，宜及芳时行乐。其誉白苎曰："质如轻云色如银，制以为袍余作巾，袍已光驱巾拂尘。"清王琦注：旧史称白苎，吴地所出。白苎舞，本吴舞也。梁武帝令沈约改其辞为四时之歌，若"兰叶参差桃半红"，即其春歌也。

这三首诗当作于李白漫游金陵（今江苏南京）时期，时间大约在唐玄宗开元十四年（726 年）之后不久。

第一首诗盛称歌者相貌美，歌声美，舞姿美，即使在寒苦的塞外，阴冷的霜夜，也给满堂听众带来无限欢乐。诗分两段。前五句正面描写歌者。后四句以环境反衬诸美的客观效果：胡地之秋夜如此寒冷，唯有塞鸿飘飞到国中。满堂的美女玉颜，乐曲没有终散，日落时分在馆娃宫中传来了阵阵美妙的歌声。

第二首诗写一位歌女舞姿优美，歌声感人。她的目的是想打动她所心爱的人，欲与其共结伉俪，双飞双栖。

第三首诗写一位美丽的歌伎，歌舞至夜深人静时，情绪激动，歌舞节拍急迫迅疾，加之月落烛微，便与听者相拥一起，难舍难分。

这组诗意境美妙，歌舞缠绵，情韵无尽。

卷七　琴曲歌辞

渌水曲　　　　　　　　　　李白

【原文】

渌水①明秋月，南湖采白蘋②。

荷花娇欲语，愁杀荡舟人③。

【注释】

①渌（lù）水：即绿水，清澈的水。

②南湖：即洞庭湖。白蘋：一种水生植物，又称"四叶菜""田字草"，是多年生浅水草本，根茎在泥中，叶子浮在水面之上。

③愁杀：即"愁煞"，愁得不堪忍受的意思。杀，用在动词后，表示极度。荡舟人：这里指思念丈夫的女子。

【赏析】

《渌水曲》，本古曲名，李白借其名而写渌水之景，述劳作之事，语言清新自然，内容含蓄深婉。

此诗描写的是一幅迷人的胜似春光的秋景。首句写景，诗人就其所见先写渌水，南湖的水碧绿澄彻，以至映衬得秋月更明。一个"明"字，写出南湖秋月之光洁可爱。次句叙事，言女子采白苹。三四句转折，写这位采蘋女子的孤独寂寞之感。这两句诗的大意是：含苞待放的荷花简直就像一位娇媚多情的少女就要开口说话一样，半开半含，欲言犹止，羞羞答答，十分妩媚动人。这美丽的奇景触发了这位荡舟女子的情思，她不免神魂摇荡，无限哀婉惆怅起来。诗至此戛然而止，但其深层的意蕴却在不断地延续，撞击着读者的心扉，引起其遥思遐想。

　　这位女子看到娇艳的荷花就要"愁杀"，不言而喻，这是触景生情的缘故。良辰美景最容易引发人的情思，更容易惹起对恋人的向往和思念。这位少女独自在空荡荡的湖面上，披着明月的素辉，这情景已经够令人寂寞难耐的了，当她再看到那美妍的荷花含苞待放的情景时，不能不引起她的怀春之心。她或许是在痴情地憧憬着，如果将来有那么一天，自己能和心上人在一起共同享受领略这旖旎迷人的风光，该是何等的幸福啊！这一切诗人都未明说，给读者留下了驰骋想象的广阔空间，显得更加含蓄委婉，余味盎然。

山人劝酒　　　李白

【原文】

苍苍云松，落落绮皓①。

春风尔来为阿谁②，蝴蝶忽然满芳草。

秀眉霜雪颜桃花，骨青髓绿长美好③。

称是秦时避世人，劝酒相欢不知老。

各守麋鹿志④，耻随龙虎争⑤。

欻起佐太子，汉王乃复惊⑥。

顾谓戚夫人，彼翁羽翼成⑦。

归来商山下，泛若⑧云无情。

举觞酹巢由，洗耳何独清⑨。

浩歌望嵩岳，意气还相倾⑩。

【注释】

①落落：豁达、开朗。绮皓：指商山四皓，秦末汉初隐居的四名高士东园公、角（lù）里先生、绮里季、夏黄公。因四人年皆八十余岁，须发皓白隐居在商山（又名地肺山、楚岫，在今陕西商县东南），故号称"商山四皓"。

②阿谁：谁人。

③颜桃花：谓面容有青春之色。骨青髓绿：即《黄庭内景经》所说的"骨青筋赤髓如霜"，道家谓筋骨强健。

④麋鹿志：指隐居山野的志向。

⑤龙虎争：龙争虎斗，这里指刘邦和项羽的楚汉之争。

⑥欻（xū）：忽然，突然。太子：指吕后子汉惠帝刘盈。汉王：指汉高祖刘邦。

⑦彼翁：指四皓。羽翼：辅佐力量。

⑧泛若：好像。

⑨酹（lèi）：用酒洒地以祭拜。巢由：巢父、许由，传说为唐尧时的两位隐士。洗耳：尧召许由，欲将帝位传给他，许由不想听，就洗耳于颍水之滨。

⑩相倾：指意气相投。

【赏析】

《山人劝酒》，乐府《琴曲歌辞》旧题。在这首诗里，诗人借隐逸之士来抒发自己的归隐之意以及对仕途不顺的无奈和感伤。

全诗可分为三段。"龙虎争"以上为第一段。写商山四皓的仪表风度及节操。"羽翼成"以上为第二段。写商山四皓力回高祖心意，稳固刘盈太子地位的成就。最后六句为第三段。用形象赞颂商山四皓归来的豪壮气概。情若白云，气若嵩岳，楷模巢、由，举觞浩歌。此诗表达"功成身退"的志向，亦是诗人李白一生的追求。

此诗通过对商山四皓稳固刘盈太子地位这一史实的概括，高度赞赏商山四皓不受屈辱、甘为隐沦的气节，以及出山后扭转乾坤功成身退、不为名利所牵的气度。诗人以此来表达自己的志向与襟怀。

雉朝飞　　　　李白

【原文】

麦陇青青三月时，白雉①朝飞挟两雌。

锦衣绣翼何离褷②，犊牧采薪③感之悲。

春天和，白日暖。

啄食饮泉勇气满，争雄斗死绣颈断。

雉子班奏急管弦，倾心酒美尽玉碗。

枯杨枯杨尔生稊④，我独七十而孤栖。

弹弦写恨意不尽，瞑目归黄泥。

【注释】

①白雉：白色羽毛的野鸡。古时以之为瑞鸟。

②离褷（shī）：毛羽始生貌。

③犊牧采薪：喻指老而无妻的人。

④稊（tí）：树木再生的嫩芽。

【赏析】

《雉朝飞》，乐府古琴曲。全诗可分为两段。前八句写鳏夫采薪所见，后六句写奏乐所悲。其中流传着一个故事：牧犊子终年放牧打柴，直至

暮年仍是孤身一人，他见雄鸟都是成双成对地愉快飞翔，非常羡慕，愈加感到自己的孤独凄凉，伤心地唱道："雉朝飞兮鸣相和，雌雄群兮于山阿。我独伤兮未有室，时将暮兮可奈何？"据《乐府古题要解》记载，魏武帝时有个卢姓宫女，擅长此曲，可见它是源远流长的古曲。

李白此诗似寄寓年岁迟暮，仕宦无望的感慨。歌词叙述一位名叫犊牧的鳏夫在田间采薪时，看见一只雄白雉领着两只美丽的雌雉，在风和日暖的春野啄食饮水，后来两只雌雉为争夺这只雄雉而两败俱伤，惨不忍睹。这位鳏夫见此情景，十分感伤。回家后，一边饮酒，一边用琴弹奏出自己心中的郁闷与不平。感叹枯杨尚能生出嫩芽，而自己七十孤栖。

卷八　杂曲歌辞

伤歌行

无名氏

乐府诗集 全鉴 典藏诵读版

【原文】

昭昭素明月，辉光烛我床。

忧人不能寐，耿耿①夜何长。

微风吹闺闼②，罗帷③自飘扬。

揽衣曳长带，屣履④下高堂。

东西安所之⑤，徘徊以彷徨。

春鸟翻南飞，翩翩独翱翔。

悲声命俦匹⑥，哀鸣伤我肠。

感物怀所思，泣涕忽沾裳。

伫立吐高吟，舒愤诉穹苍⑦。

【注释】

①耿耿：心中难以忘怀的样子。

②闺闼（tà）：妇女所居内室的门户。

③罗帷：丝制的帷幔。

④屣履：穿上鞋子。屣（xǐ），鞋子。

⑤安所之：到哪里去。

⑥俦（chóu）匹：文中指鸟的伙伴。

⑦穹苍：天空。

【作者介绍】

本篇为乐府古辞，作者不详。

【赏析】

本篇为乐府古辞，是一首闺怨诗，《乐府诗集》收入《杂曲歌辞》，其题解说："《伤歌行》，侧调曲也。古辞伤日月代谢，年命道尽，绝离知友，伤而作歌也。"此诗情景寂寥，情绪细腻，洋洋清绮。

全诗分为两段。上一段到"徘徊以彷徨"为止，写忧人夜不能寐；下一段写夜不能寐的原因。

这首诗在艺术上有一个很显著的特色：它是以女主人公的感情冲动为线索层层展开，步步升华的。"昭昭素明月"，起句平平，看不出什么。"辉光烛我床"，原来她醒着。醒而卧，卧而起，起而徘徊。先是悲，由悲到泣，由泣而吟，由吟而愤，由愤到诉。感情越来越强烈，行动越来越大胆。正是这种强烈的感情，大胆的行动，使古代许多优秀的女子冲破了封建礼教的牢笼。这首《伤歌行》的重点不是写伤，而是在礼赞闺中女子的愤怒的呼喊。沈德潜《古诗源》说："不追琢，不属对，和平中自有骨力。"

悲歌　　　　无名氏

【原文】

悲歌可以当泣，远望可以当归①。

思念故乡，郁郁累累②。

欲归家无人，欲渡河无船。

心思③不能言，肠中车轮转④。

【注释】

①可以：聊以。当：代替。

②郁郁累累：形容忧思很重。郁郁，愁闷的样子。累累，失意的样子。

③思：悲。

④肠中车轮转：形容内心十分痛苦。

【作者介绍】

这首古辞收在《乐府诗集·杂曲歌辞》中，作者不详。

【赏析】

这是一首描写游子思乡不得归的悲哀之曲，是一首征人久戍无家可归亦无计可归的绝唱。

"悲歌可以当泣"，诗一开头，劈头劈脑拦腰斩断许多内容，不难理解，这位悲歌者在此之前不知哭泣过多少回了，由于太伤心，以至最后以放声悲歌代替哭泣，他为何这样悲哀？

"远望可以当归"，原来是一位游子，他远离故乡，无法还乡，只好以望乡来代替还乡了。真的"远望可以当归"吗？只是聊以解忧，无可奈何罢了。这两句把许许多多人的生活体验作了典型的艺术概括，是最能引起读者共鸣的，所以成为千古名句。

"思念故乡，郁郁累累"，这是承接"远望"写远望所见，见到了故乡吗？没有。茫茫的草木，重重的山岗遮住了望眼，故乡何在？亲人何在？

"欲归家无人，欲渡河无船。"这两句是写思乡而未还乡的原因。家里已经没有亲人了，哪里还有家？无家可归。即便是有家可归，也回不去，因为"欲渡河无船"。所谓"欲渡河无船"，不仅仅是指眼前无船可渡，而是说自己处处受阻，前途坎坷，走投无路。

"心思不能言，肠中车轮转。"他的思乡之情，他的痛苦遭遇，很想向人诉说，但有许多难言之隐，不敢乱说，只好闷在心中，万分痛苦，就像车轮在肠子里转动一般，阵阵绞痛。

这首诗和《古歌·秋风萧萧愁杀人》在思想内容上相似。最后两句均是"心思不能言，肠中车轮转"。但一是触景生情，情由景生；一是直抒胸臆，真切沉痛，各臻其妙。

西洲曲　　　　　　　　　　　　　　　无名氏

【原文】

忆梅下西洲，折梅寄江北①。

单衫杏子红，双鬓鸦雏色②。

西洲在何处？两桨桥头渡③。

日暮伯劳飞，风吹乌臼树④。

树下即门前，门中露翠钿⑤。

开门郎不至，出门采红莲。

采莲南塘秋，莲花过人头。

低头弄莲子，莲子清如水。

置莲怀袖中，莲心彻底红。

忆郎郎不至，仰首望飞鸿⑥。

鸿飞满西洲，望郎上青楼。

楼高望不见，尽日栏杆头。

栏杆十二曲，垂手明如玉。

卷帘天自高，海水摇空绿。

海水梦悠悠，君愁我亦愁。

南风知我意，吹梦到西洲。

【注释】

①下：往。西洲：当指在女子住处附近。江北：当指男子所在的地方。

②鸦雏（chú）色：像小乌鸦一样的颜色。形容女子的头发乌黑发亮。

③两桨桥头渡：从桥头划船过去，划两桨就到了。

④伯劳：鸟名，仲夏始鸣，喜欢单栖。这里一方面用来表示季节，一方面暗喻女子孤单的处境。乌臼：现在写作"乌桕"。

⑤翠钿：用翠玉做成或镶嵌的首饰。

⑥望飞鸿：这里暗含有望书信的意思。因为古代有鸿雁传书的说法。

【作者介绍】

南朝民歌，作者不详。

【赏析】

《西洲曲》，是南朝乐府民歌中少见的长篇。全文感情十分细腻，充满了曼丽婉曲的情调，可谓这一时期民歌中最成熟最精致的代表作之一。

全篇为五言三十二句，首句由"梅"而唤起女子对昔日与情人在西洲游乐的美好回忆以及对情人的思念。自此，纵然时空流转，然而思念却从未停歇。接下来是几幅场景的描写：西洲游乐，女子杏红的衣衫与乌黑的鬓发相映生辉、光彩照人；开门迎郎，满怀希望继而失望，心情跌宕；出门采莲，借采莲来表达对情人的爱慕与思念；登楼望郎，凭栏苦候，寄情南风与幽梦，盼望与情人相聚。这其中时空变化，心情也多变，时而焦虑，时而温情，时而甜蜜，时而惆怅，全篇无论是文字还是情感都流动缠绵。

诗中描写了一位少女从初春到深秋，从现实到梦境，对钟爱之人的苦苦思念，洋溢着浓厚的生活气息和鲜明的感情色彩，表现出鲜明的民族特色和纯熟的表现技巧。

全诗用蝉联而下的接字法，顶真勾连。接字是在两句之间，用同样的字把两句连接起来。如"风吹乌臼树——树下即门前""低头弄莲子——莲子清如水""仰首望飞鸿——鸿飞满西洲"。勾句是用相同或相近的词语，把前后两句或两章连接起来。如"出门采红莲——采莲南塘秋""尽日栏杆头——栏杆十二曲""海水摇空绿——海水梦悠悠"等，如此勾连，句式便流走连贯，过渡自然，细腻缠绵。运用"吴声西曲"

中常用的同音双关，如以"莲"谐"怜"，以"梅"谐"媒"。全诗技法之"巧"，真令人拍案叫绝。沈德潜《古诗源》说："续续相生，连蹁接萼，摇曳无穷，情味愈出"；"似绝句数首，攒簇而成；乐府中又生一体。初唐张若虚、刘希夷七言古，发源于此。"

同声歌　　　　张衡

【原文】

邂逅承际会，得充君后房①。

情好新交接，恐栗若探汤②。

不才勉自竭，贱妾职所当。

绸缪主中馈，奉礼助蒸尝③。

思为苑蒻席，在下蔽匡床④。

愿为罗衾帱⑤，在上卫风霜。

洒扫清枕席，鞮芬以狄香⑥。

重户结金扃⑦，高下华灯光。

衣解巾粉御，列图⑧陈枕张。

素女⑨为我师，仪态盈万方。

众夫所希见，天老教轩皇⑩。

乐莫斯夜乐，没齿焉可忘。

【注释】

①际会：机遇。得充：能够。后房：妻子。

②交接：移交和接替。此处也有"交合"之意。探汤：把手伸进滚

开的水中。这里比喻诚惧之意。

③绸缪：系好衣服的带结。比喻整顿好仪表。主中馈：主管厨中飨客的菜肴。蒸尝：祭祀。冬天祭祀叫蒸，秋天祭祀叫尝。

④菀蒻（ruò）：细嫩的蒲草，可以做成席子。匡床：方正安适的床。

⑤罗衾帱：绸做的被子。帱：床帐。

⑥鞮（dī）：古代一种皮制的鞋。狄香：外国来的香料。

⑦重户：犹重门，内室的门。金扃（jiōng）：黄金饰的门。

⑧图：指春宫图。

⑨素女：天上的仙女。

⑩天老：皇帝的辅臣。轩皇：指黄帝。

【作者介绍】

张衡（78—139 年），字平子，汉族，南阳西鄂（今河南南阳市石桥镇）人，我国东汉时期伟大的天文学家、数学家、发明家、地理学家、制图学家、文学家、学者，在汉朝官至尚书，为我国天文学、机械技术、地震学的发展作出了不可磨灭的贡献。由于他的贡献突出，联合国天文组织曾将太阳系中的 1802 号小行星命名为"张衡星"。

【赏析】

《乐府解题》曰："《同声歌》，汉张衡所作也。言妇人自谓幸得充闺房，愿勉供妇职，不离君子。思为莞簟，在下以蔽匡床；衾帱在上以护霜露。缱绻枕席，没齿不忘焉。以喻臣子之事君也。"大约张衡以《同声歌》为题时，原本就含有君臣应如夫妻般同心同德的寓意吧。

全诗纯以一个新婚女子的自述口吻写出。开首四句，叙述自己有幸得遇君子，以及新交相合时的惶恐心情。

"不才"以下四句，叙述自己将竭尽全力完成好家庭主妇的职守。"思为"以下四句，是以"在上""在下"之物作比，组成两个长长的排比句，形象地表明自己甘做丈夫的贴身依托和护卫的决心。这四句，深情奇想，上下言之，很有点浪漫主义色彩和民歌情调。"洒扫"四句，是写新婚之夜庭堂洒扫，卧具整洁，重门落锁，华灯尽燃，香气融融的情景。"衣解"以下数句，殊不易解，可能是借典以言房中之事。

全诗以一个新嫁娘的口吻，叙述了她幸得君子宠爱，甘愿勉力妇职，以及夫妇相得的难忘快乐。细味此诗情调，看来是有所寄托的。诚如《乐府解题》所言，它是以夫妻喻君臣的。

如果我们把这新妇视为新近得宠之臣，把那郎君视为君主，把他们没齿难忘的新婚之夜视为君臣相得的风云际会，岂不就是一幅君臣相得图吗？况且，"天老"，本为黄帝之臣；"轩皇"，即是圣明的黄帝，"天老教轩皇"，岂不也含有君臣相谈，如鱼得水的意思吗？所以，我们不妨明白地说，它是以夫妻相得来象征君臣相得的，是寄托着作者圣君贤臣两不相忘的希望的。

此诗感情诚挚，词采绮丽，情辞并茂，颇具乐府民歌的情调。

定情诗　　　　　　　　　　　繁钦

【原文】

我出东门游，邂逅承清尘①。

思君即幽房，侍寝执衣巾②。

时无桑中契③，迫此路侧人。

我既媚④君姿，君亦悦我颜。

何以致拳拳？绾臂双金环⑤。

何以致殷勤？约指⑥一双银。

何以致区区⑦？耳中双明珠。

何以致叩叩⑧？香囊系肘后。

何以致契阔？绕腕双跳脱⑨。

何以结恩情？美玉缀罗缨。

何以结中心？素缕连双针⑩。

何以结相于？金薄画搔头⑪。

何以慰别离？耳后玳瑁钗。

何以答欢忻？纨素三条裙。

何以结愁悲？白绢双中衣。

与我期何所？乃期东山隅。

日旰⑫兮不来，谷风吹我襦。

远望无所见，涕泣起踟蹰。

与我期何所？乃期山南阳。

日中兮不来，飘风吹我裳。

逍遥莫谁睹，望君愁我肠。

与我期何所？乃期西山侧。

日夕兮不来，踯躅长叹息。

远望凉风至，俯仰正衣服。

与我期何所？乃期山北岑。

日暮兮不来，凄风吹我襟。

望君不能坐，悲苦愁我心。

爱身以何为，惜我华色时。

中情既款款，然后克密期⑬。

褰衣⑭蹑茂草，谓君不我欺。

厕此丑陋质，徙倚⑮无所之。

自伤失所欲，泪下如连丝。

207

【注释】

①清尘：车马扬起的灰尘。这里是用以指代对方。

②"思君"二句：是说女子表示愿意在对方入室就寝时手持衣巾侍候。即：到。

③桑中契：指男女约会之事。契，约会。

④媚：爱的意思。

⑤拳拳：眷恋不忘的意思。绾（wǎn）：缠绕。

⑥约指：套在手指上的一双银戒指。

⑦区区：诚挚的心意。

⑧叩叩：真诚的心意。

⑨契阔：这里是偏义词，指契，指两人的亲密之意。契，指聚合。阔，指分别。跳脱：手镯。

⑩连双针：用双针连贯，象征同心相连。

⑪金薄：即"金箔"，是用黄金锤成的薄片。搔头：一种首饰。用金箔装饰的搔头，形容十分珍贵。

⑫旰：晚。

⑬款款：忠诚。克：约定。

⑭褰衣：挽起衣服。

⑮徙倚：徘徊迟疑。

【作者介绍】

繁钦（？—218）字休伯，东汉颍川（今河南禹县）人。曾任丞相曹操主簿，以善写诗、赋、文章知名于世。

【赏析】

《定情诗》，最初见于《玉台新咏》，《乐府诗集》收录其到《杂曲歌辞》中。此诗是写女子私下爱上一个男子，拿下自己的饰物来致意，但男子却失约了，女子于是感到懊丧悔恨。

　　"定情"就是"安定其情"的意思。自从东汉张衡作《定情赋》之后，文士们纷纷模仿，竞相学步。繁钦的《定情诗》固然也是仿作，但却与以往的此类作品不同。第一，他把这类题材的"赋"演化成了"诗"；第二，以前同类题材的"赋"所"定"的多为"男性"之"情"，繁作所"定"的乃是"女性"之"情"，是写女性主动追求男性终被遗弃所引起的痛苦，既受已往同类题材的"赋"的影响，又有所创新。

　　这首《定情诗》可分为三段来读。第一段共六句，是追述初识时的情况。诗采用"赋"的手法，直陈其事，而又以第一人称让女主人公直接陈述。诗人之所以在这里用重笔反复交代，是为了表明这一偶然的机缘，却在两人的心田里撒下了爱情的种子，又在女性的心扉上刻下了深深的伤痕。第二段从"我既媚君姿"至"白绢双中衣"，共二十四句，写这一对青年在热恋过程中频繁地互赠着具有象征意义的礼物，既表现了他们对未来的爱情生活的美好向往，也反映了他们之间的情绪波动：有合有离，有欢有悲，有喜有忧。在写法上，粗读似杂乱无章，细品则始知其抑扬顿挫、起伏变化之妙。它不仅真实地再现了青年男女在热恋过程中瞬息万变的情绪波动，而且也十分切合女主人公被弃之后痛定思痛、回忆往事时的心绪：酸、甜、苦、辣，一起涌上心头。第三段从"与我期何所"全"泪下如连丝"共三十四句，是写女子被弃失恋的情况及由此产生的痛苦心情。这一段的写法与上段略同，也是模仿"赋"的铺陈手法。虽是铺陈，却并非一味堆砌，显得冗长沉闷，而是时间有递进，场景有变迁；有直抒胸臆，有景物烘托；有动有静，有声有色，颇富变化。

　　这首《定情诗》是我国古代诗苑中一朵奇葩，无论思想性还是艺术性都达到了相当高的水平。

董娇饶　　　　宋子侯

【原文】

洛阳城东路，桃李生路旁。

花花自相对，叶叶自相当①。

春风东北起，花叶正低昂。

不知谁家子，提笼行采桑。

纤手折其枝，花落何飘飏②。

请谢彼姝子③，何为见损伤。

高秋八九月，白露变为霜。

终年会飘堕，安得久馨香。

秋时自零落，春月复芬芳。

何如盛年去，欢爱永相忘。

吾欲竟此曲，此曲愁人肠。

归来酌美酒，挟瑟上高堂④。

【注释】

①相当：指叶叶相交通，叶子稠密连到了一起。

②飏：同"扬"。

③彼姝（shū）子：那美丽的女子。

④高堂：高大的厅堂，宽敞的房屋。

【作者介绍】

宋子侯，东汉人，生平事迹不详。

【赏析】

《董娇饶》，始见于《玉台新咏》，《乐府诗集》收入《杂曲歌辞》。董娇饶，女子名，疑是当时的著名歌伎。在后来的唐人诗中多作为美女典故用，并且都是歌伎一类。此诗是以花拟人，设为问答，感叹青春易逝，伤悼女子命不如花，是惜花、惜时、惜人的诗篇。

全诗可分三部分：首六句描写洛阳城东桃李盛开的春景，渲染气氛，也为故事提供了时间、背景；中十四句写采桑女折花，引起女子和桃李花之间一番充满诗意的问答，运用对比象征的方法，充满想象和浪漫的奇思。末四句写感叹人不如花，好景不长的无奈，只能借酒浇愁停止歌唱。

整首诗构思精巧，刻画、描写、问答，自然流畅，清新质朴，部分词句运用"顶针格"，增加了阅读时的流利度，故被誉为"开建安风骨，为曹子建所宗"。全篇文字可以说是一波三折，层见叠出，含蓄蕴藉，婉转动人，有别

于乐府民歌的质直和单纯，清人沈德潜评此诗说"婀娜其姿，无穷摇曳"（《古诗源》）。

羽林郎　　　　辛延年

【原文】

昔有霍家①奴，姓冯名子都。

依倚将军势，调笑酒家胡②。

胡姬年十五，春日独当垆③。

长裾连理带，广袖合欢襦。

头上蓝田④玉，耳后大秦珠。

两鬟何窈窕，一世良所无。

一鬟五百万，两鬟千万余。

不意金吾子，娉婷过我庐⑤。

银鞍何煜爚，翠盖空踟蹰⑥。

就我求清酒，丝绳提玉壶。

就我求珍肴，金盘脍鲤鱼。

贻我青铜镜，结我红罗裾。

不惜红罗裂，何论轻贱躯。

男儿爱后妇，女子重前夫。

人生有新故，贵贱不相逾。

多谢金吾子，私爱徒区区⑦。

【注释】

①霍家：指西汉大将军霍光之家。

②酒家胡：指卖酒的少数民族女子，因两汉通西域以来，西域人有居内地经商者。

③当垆（lú）：守垆卖酒。垆，旧时酒店里安放酒瓮的土台子，亦指酒店。

④蓝田：地名，在长安东南三十里。古代蓝田以出产美玉出名。

⑤不意：没有料想到。金吾子：即执金吾，是汉代掌管京师治安的禁卫军长官。这里是语含讽意的"敬称"。娉婷：形容姿态美好，这里指豪奴为调戏胡姬而做出婉容和色的样子前来酒店拜访。

⑥煜爚：光彩照射的意思。翠盖：代指饰有翠羽的马车。空：等待，停留。

⑦私爱：即单相思。区区：意谓拳拳之心，恳挚之意。

【作者介绍】

辛延年（公元前220—？），秦汉著名诗人，生平不详。作品存《羽林郎》一首，为汉诗中优秀之作。

【赏析】

羽林郎，汉代所置官名，本是皇家禁卫军军官，后为乐府曲名。此诗始见于《玉台新咏》，《乐府诗集》将它归入《杂曲歌辞》，与《陌上桑》相提并论，誉为"诗家之正则，学者所当揣摩"（费锡璜《汉诗总说》）。诗中描写的是一位卖酒的胡姬，义正词严而又委婉得体地拒绝了一位权贵家奴的调戏，谱写了一曲反抗强暴凌辱的赞歌。朱乾《乐府正义》疑此诗为讽刺窦宪兄弟。东汉和帝时，外戚窦宪为大将军，权倾朝野，声势显赫，尤以任执金吾的弟弟窦景掌管羽林军，横行京师，纵容部下抢夺民财，百姓避之如仇寇，痛恨之极，故借霍氏喻窦氏。

全诗可分四部分：首四句介绍人物，叙述故事的梗概；次十句另换笔墨，塑造美妙少女胡姬的形象；再十句写霍家奴死皮赖脸缠住少女胡姬，并动手动脚非礼的经过；末八句写胡姬反抗，霍家奴自讨没趣的狼狈。

这首诗在立意、结构和描写手法上，与《陌上桑》有异曲同工之妙。在汉乐府中，此与《陌上桑》为姊妹篇。《陌上桑》写农村陌上桑间，此写城市酒垆；《陌上桑》写太守，此写霍家奴；都是民间女子反抗权贵凌辱，伸张人间正义的故事。从表现手法上看，两者都用夸张铺陈的方法，正面描写，侧面烘托，既歌颂女主人公的善良美丽，又赞美她们的机智敏捷，胆略过人。只是《陌上桑》的故事性更强，对女主人公的容貌服饰、语言和性格冲突的描写也更夸张诙谐，表现了浓郁的民歌特点；此诗叙述较多，结构匀称，句式整齐，音调协和，文人气较重，可以视为文人学习民歌的作品。

美女篇 曹植

【原文】

美女妖且闲①，采桑歧路间。

柔条纷冉冉，叶落何翩翩。

攘袖见素手，皓腕约金环②。

头上金爵钗，腰佩翠琅玕③。

明珠交玉体，珊瑚间木难④。

罗衣何飘飘，轻裾随风还⑤。

顾盼遗光彩，长啸气若兰。

行徒用息驾⑥，休者以忘餐。

借问女安居，乃在城南端。

青楼临大路，高门结重关⑦。

容华耀朝日，谁不希令颜⑧？

媒氏何所营？玉帛⑨不时安。

佳人慕高义，求贤良独难。

众人徒嗷嗷⑩，安知彼所观？

盛年处房室，中夜起长叹。

【注释】

①妖：妖娆。闲：同"娴"，举止优雅。

②攘袖：捋起袖子。约：缠束。

③金爵钗：雀形的金钗。爵：同"雀"。琅玕（láng gān）：形状像珠子的美玉或石头。

④木难：碧色珠，传说是金翅鸟沫所成。

⑤还：通"旋"，转。

⑥息驾：停车休息。

⑦青楼：涂饰青漆的楼，指显贵之家，和以青楼为妓院的意思不同。重关：两道闭门的横木。

⑧希令颜：慕其美貌。

⑨玉帛：指珪璋和束帛，古代用来订婚行聘。

⑩嗷嗷：形容众声喧杂。

【赏析】

《美女篇》为三国时期魏国曹植所作，《乐府诗集》收入《杂曲歌辞》之《齐瑟行》。《乐府诗集》解题曰："《歌录》《名都》《美女》《白马》，并《齐瑟行》也，皆以首句名篇。……美女者，以喻君子，言君子有美行，愿得明君而事之，若不遇时，虽见征求，终不屈也。"

　　这是一首寓托色彩很浓的抒情诗。曹植以"美女"自比，以"盛年处房室"的孤苦暗喻自己虽有才能却无可施展。这种寄托的手法在文人乐府诗中，可视为一种大胆且成功的尝试。诗歌开篇运用铺陈的手法，从服饰、神情、所居之地等方面入手，细致、生动地把一个美丽而娴静的采桑女子展现在读者面前。诗的高妙之处不仅仅在于以正面描写的手法，铺陈出美女的服饰、容貌之美，而通过"行徒用息驾，休者以忘餐"一句，更从侧面着笔，突出了采桑女子那种惊世骇俗的美。此一手法直接来自《陌上桑》中"行者见罗敷，下担捋髭须。少年见罗敷，脱帽著帩头。耕者忘其犁，锄者忘其锄。来归相怨怒，但坐观罗敷"一段，然而较《陌上桑》更为简洁凝练。诗歌最后一段则叙述了美女悲惨的命运：没有媒人来行聘礼，而她又爱慕品德高尚之人，这种理想也不是世俗人可以理解的，因此她只能一个人独守空房，夜半长叹了。这段叙述正寄托了作者怀才不遇，无人赏识，又不肯苟合于世的抑郁情感。

　　这首诗语言华美、流丽，清代叶燮推为"汉魏压卷"之作，并且评论说："《美女篇》，意致幽眇，含蓄隽永，音节韵度皆有天然姿态，层层摇曳而出，使人不可仿佛端倪，固是空千古绝作。"（《原诗·外篇下》）这一评论，虽未免有些过誉，却不无道理。

白马篇　　　　曹植

【原文】

白马饰金羁，连翩西北驰①。

借问谁家子？幽并游侠儿②。

少小去乡邑，扬声沙漠垂③。

宿昔秉良弓，楛矢何参差④！

控弦破左的，右发摧月支⑤。

仰手接飞猱，俯身散马蹄⑥。

狡捷过猴猿，勇剽若豹螭⑦。

边城多警急，虏骑数迁移⑧。

羽檄从北来，厉马登高堤⑨。

长驱蹈匈奴，左顾凌鲜卑⑩。

弃身锋刃端，性命安可怀⑪？

父母且不顾，何言子与妻？

名编壮士籍，不得中顾私⑫。

捐躯赴国难⑬，视死忽如归。

【注释】

①金羁（jī）：金饰的马笼头。连翩（piān）：连续不断，原指鸟飞的样子，这里用来形容白马奔驰的俊逸形象。

②幽并：幽州和并州。在今河北、山西、陕西一带。游侠儿：同"游侠"，泛指古代称豪爽好交游、轻生重义、勇于排难解纷的人。

③去乡邑：离开家乡。扬声：扬名。垂：同"陲"，边境。

④宿昔：早晚。秉：执、持。楛（hù）矢：用楛木做成的箭。何：多么。参差（cēn cī）：长短不齐的样子。

⑤控弦：开弓。的：箭靶。摧：毁坏。月支：箭靶的名称。

⑥接：接射。飞猱：飞奔的猿猴。猱（náo）：猿的一种，行动轻捷，攀缘树木，上下如飞。散：射碎。马蹄：箭靶的名称。

⑦狡捷：灵活敏捷。勇剽（piāo）：勇敢剽悍。螭（chī）：传说中形状如龙的黄色猛兽。

⑧虏骑（jì）：指匈奴、鲜卑的骑兵。数（shuò）迁移：指经常进兵入侵。数，多次，经常。

⑨羽檄（xí）：军事文书，插鸟羽以示紧急，必须迅速传递。厉马：扬鞭策马。

⑩长驱：向前奔驰不止。蹈：践踏。顾：看。陵：压制。鲜卑：中国东北方的少数民族，东汉末成为北方强族。

⑪弃身：舍身。怀：爱惜。

⑫籍：名册。中顾私：心里想着个人的私事。中，内心。

⑬捐躯：献身。赴：奔赴。

【赏析】

从汉献帝建安到魏文帝黄初年间（196—226年），是中国诗歌史上的一个黄金时代。由于曹氏父子的提倡，汉乐府诗"感于哀乐，缘事而发"的现实主义精神得到了继承和发扬。这一时期最有价值的文学作品，除了那些反映人民苦难的篇目外，就是抒发渴望为国家建功立业的理想篇章。这方面的代表作当属曹植的《白马篇》。

《白马篇》又名《游侠篇》，是曹植创作的乐府新题，属《杂曲歌·齐瑟行》，以开头二字名篇，是曹植前期的代表作品。此诗以曲折动人的情节描写边塞游侠儿捐躯赴难、奋不顾身的英勇行为，塑造了边疆地区一位武艺高超、渴望卫国立功甚至不惜牺牲生命的游侠少年形象，表达了诗人建功立业的强烈愿望。

在这篇英雄少年的"理想之歌"中，诗人浓墨重彩地塑造了一位武艺精绝、忠心报国的白马英雄的形象。开头两句以奇警飞动之笔，描绘出驰马奔赴西北战场的英雄身影，显示出军情紧急，扣动读者心弦；接着以"借问"领起，以铺陈的笔墨补叙英雄的来历，说明他是一个什么样的英雄形象；"边城"六句，遥接篇首，具体说明"西北驰"的原因和英勇赴敌的气概；末八句展示英雄捐躯为国、视死如归的崇高精神境界。全诗风格雄放，气氛热烈，语言精美，称得上是情调兼胜，诗中的英雄形象既是诗人的自我写照，又凝聚和闪耀着时代的光辉。

这首诗是一曲英雄的乐章。全诗以忠勇为意脉，采用铺叙手法，前半段写少年的外在美，即勇，飒爽英姿；后半段写他的忠，即心灵美，以身许国的牺牲精神。读罢诗作，掩卷凝思，一股浩然之气扑面盈怀，使人振奋；一股强烈的爱国激情荡气回肠，催人向上。它所以感人，是因为它反映了当时的时代精神。

《白马篇》是曹植前期诗歌中的名作，它在写法上显然受到汉乐府的

影响。曹植诗的"赡丽""尚工""致饰",还有曹植的"雅好慷慨"（《前录自序》）以及其诗歌的"骨气奇高"（钟嵘《诗品》上），使曹植常常表现出一种慷慨激昂的热情，其诗歌的思想感情也因此显得高迈不凡。从《白马篇》来看，确实如此。

壮士篇   张华

【原文】

天地相震荡，回薄①不知穷。

人物禀常格②，有始必有终。

年时俯仰过，功名宜速崇③。

壮士怀愤激，安能守虚冲④？

乘我大宛马，抚我繁弱弓⑤。

长剑横九野，高冠拂玄穹⑥。

慷慨成素霓，啸咤起清风。

震响骇八荒，奋威曜四戎⑦。

濯鳞⑧沧海畔，驰骋大漠中。

独步圣明世，四海称英雄。

【注释】

①回薄：指天地生生息息，不停运动的过程。

②禀常格：遵从宇宙间的自然规律。

③速崇：指功名应该尽快建立并使之崇高。

④虚冲：守于虚无。

⑤繁弱弓：名为"繁弱"的大弓。

⑥九野：九州的土地。玄穹：天空；苍天。

⑦八荒：也叫八方，指东、西、南、北、东南、东北、西南、西北八个方向，指离中原极远的地方。后泛指周围、各地。四戎：指周边的敌国。

⑧濯鳞：这里代指壮士。

【作者介绍】

张华（232—300 年），字茂先。范阳方城（今河北固安）人。西晋时期政治家、文学家、藏书家。西汉留侯张良的十六世孙，唐朝名相张九龄的十四世祖。张华工于诗赋，词藻华丽。编纂有中国第一部博物学著作《博物志》。《隋书·经籍志》有《张华集》十卷，已佚，明人张溥辑有《张茂先集》。张华雅爱书籍，精通目录学，曾与荀勖等人依照刘向《别录》整理典籍。《宣和书谱》载有其草书《得书帖》及行书《闻时帖》。

【赏析】

《壮士篇》是张华的一首五言诗，这是一首抒发豪情壮志的诗。

全诗二十句，可分五节。第一节四句言天地宇宙时刻不停地在运动，人和万物都受自然规律支配，有生就有灭，有始就有终。第二节四句说，岁月俯仰之间就过去了，功名要赶快建立，使之崇高，壮士心怀愤激之情，不能恬淡无为。这是一种积极进取的人生态度，壮士觉得时不我待，所以及时努力，这与当时泛滥的老庄那"守虚冲"的人生哲学正相反对。第三节四句写到壮士的立功行动："乘我大宛马，抚我繁弱弓。长剑横九野，高冠拂玄穹。"其豪迈自得情态宛然可见。第四节四句写壮士参加战斗的英雄气概，表现了壮士赴敌时高昂的斗志，使敌国为之震慑。真是刀兵未加已声威远播，其立功是指日可待了。第五节四句写功成名就，横行天下，天下无敌手，四海赞誉。

这首诗表现壮士的英风豪气，自然也表现了自己的胸襟、抱负，可说是一首"风云"之作。

东飞伯劳歌 萧衍

【原文】

东飞伯劳①西飞燕，黄姑②织女时相见。

谁家女儿对门居，开颜发艳照里闾③。

南窗北牖挂明光④，罗帷绮帐⑤脂粉香。

女儿年几十五六，窈窕无双颜如玉。

三春⑥已暮花从风，空留可怜与谁同。

【注释】

①伯劳：鸟的一种，属雀形目，伯劳科。除西藏无记录外，遍布全国。

②黄姑：牵牛星。

③发艳：艳光照人。闾（lú）：乡里。

④牖（yǒu）：窗户。明光：阳光。

⑤绮帐：帷幔。

⑥三春：农历正月称孟春，二月称仲春，三月称季春。

【作者介绍】

萧衍（464—549年），字叔达，小字练儿，南兰陵郡武进县东城里（今江苏省丹阳市访仙镇）人，南北朝时期梁朝政权的建立者。萧衍是兰陵萧氏的世家子弟，为汉朝相国萧何的二十五世孙。父亲萧顺之是齐高帝的族弟，封临湘县侯，官至丹阳尹，母张尚柔。他原来是南齐的官员，南齐中兴二年（502年），齐和帝被迫"禅位"于萧衍，南梁建立。萧衍在位时间达四十八年，在南朝的皇帝中列第一位。前期任用陶弘景，在位颇有政绩，在位晚年爆发"侯景之乱"，都城陷落，被侯景囚禁，死于台城，享年八十六岁，葬于修陵，谥号武皇帝，庙号高祖。

萧衍多才多艺，于经史、诗赋、书法、绘画皆有成就。萧衍的诗赋文才也有过人之处，为"竟陵八友"之一。萧衍现存诗歌有80多首，按其内容、题材可大致分为四类：言情诗、谈禅悟道诗、宴游赠答诗、咏物诗。萧衍的言情诗集中在新乐府辞中，又称拟乐府诗，数量几乎占了其全部诗作的一半。

【赏析】

自南朝齐武帝永明二年（484年），萧衍担任王俭东阁祭酒，到39岁继承帝位，前后将近二十年时光，萧衍都是漂泊四方，出入西邸，辗转江南。当时其虽贵为将军，但与家人离多聚少，与当时许多普通的夫妇恋人有许多相似之处。因此，他在这一时期写出的这类诗歌凄切感人，具有极强的感染力。从这首诗的风格和比兴意境来看，如果说它确定为萧衍所做的话，可以认为是他出任雍州之前的作品，不太像他在位48年间，身居深宫时期所作。

这是歌颂一位绝顶美丽少女的感怀诗，其深意远在文字之外。前两句是比："伯劳"，亦称博劳，又名鵙，是一种健壮的益鸟。"黄姑"是河鼓的转音，即牵牛星。以东来西去的鵙与燕，以隔河相对的牵牛与织女，比喻彼此常常相见却不得相亲相近的情景。接下来的四句，是作者以诗中男子的立场，即目即事所作的实景描写："对门居住的是谁家的女儿呀？那张笑脸和乌亮的头发照亮了整个儿闾里。那姑娘容光焕发，无论她是站在南窗内还是北牖下，都像是在那挂一个明亮的小太阳，且连那罗帐和细绫制的绣帘都溢散着脂粉的芳香。那姑娘年仅十五六岁，窈窕无双，面如美玉，堪称绝代佳人。"诗的最后两句，是由此引起的兴叹："哎，如此隔街相望下去，一旦那佳丽三春已暮，花从风落，岂不空留下一片可怜！那时她又将随何人而去？"全诗在感叹声中结束，留给人们以无尽的思索。

此诗以"实理实心"描写了一位男子对一位少女的恋慕之情，肝胆剖露，不事浮饰。作者把光阴比作好友，一去再也不回来；把人生最美妙、精力最充沛的时期比作一位妙龄美女，生动而形象地用当嫁就嫁的道理，晓示人们要抓住大好时机建功立业，千万不要蹈遗恨无穷的覆辙。

古离别　　　　　　　江淹

【原文】

远与君别者，乃至雁门关。

黄云蔽千里，游子何时还。

送君如昨日，檐前露已团①。

不惜蕙草②晚，所悲道里寒。

君在天一涯，妾身长别离。

愿一见颜色③，不异琼树枝④。

菟丝⑤及水萍，所寄⑥终不移。

【注释】

①团：聚集，集合。

②蕙（huì）草：一种香草。

③颜色：表情，神色。

224

④琼树枝：这里指女子洁丽的容颜。

⑤菟（tù）丝：旋花科植物菟丝子。

⑥寄：寄托。

【作者介绍】

江淹（444—505 年），字文通，南朝著名文学家、散文家，历仕三朝，宋州济阳考城（今河南省商丘市民权县）人。江淹少时孤贫好学，六岁能诗，十三岁丧父。二十岁左右在新安王刘子鸾幕下任职，开始其政治生涯，历仕南朝宋、齐、梁三代。江淹在仕途上早年不甚得志。泰始二年（466 年），江淹转入建平王刘景素幕，后来受广陵令郭彦文案牵连，被诬受贿入狱，在狱中上书陈情获释。刘景素密谋叛乱，江淹曾多次谏劝，刘景素不纳，贬江淹为建安吴兴县令。宋顺帝升明元年（477 年），齐高帝萧道成执政，把江淹自吴兴召回，并任为尚书驾部郎、骠骑参军事，大受重用。江淹突出的文学成就表现在他的辞赋方面，他是南朝辞赋大家，与鲍照并称。南朝辞赋发展到“江、鲍”，达到了一个高峰。江淹的《恨赋》《别赋》与鲍照的《芜城赋》《舞鹤赋》可说是南朝辞赋的佳作。

【赏析】

这首诗是江淹《杂体》诗三十首中的第一首。这三十首《杂体》诗分别有意识地模仿自汉至刘宋时的二十九位著名诗人的不同风格，而这首《古离别》诗则是模仿古诗的风格。

这是一首思妇诗，它紧紧抓住思妇的心理进行细致刻画。具体来说，思妇的心理是通过自然界时序变化的描写、双方距离的遥远和思妇渴望重新团圆的强烈愿望这三个主要方面来描写的。

诗歌开头对离别作了极为简略的交代：“远与君别者，乃在雁门关。”接着先写思妇殷切盼望千里之外的“游子”能早日归来的愿望。与之相对应，诗歌的最后四句又描写这种强烈愿望：“愿一见颜色，不异琼树枝。菟丝及水萍，所寄终不移。"思妇以"琼树枝"比喻"君"的美好可爱，在她心里，任何人都无法与自己的"君"相比，"君"是世上最可爱的。诗歌采用首尾呼应的手法，表现了思妇希望与"君"团圆的强烈愿望。

代出自蓟^①北门行　　　　鲍照

【原文】

羽檄起边亭，烽火入咸阳^②。

征师屯广武，分兵救朔方^③。

严秋筋竿劲，虏阵精且强^④。

天子按剑怒，使者遥相望^⑤。

雁行缘石径，鱼贯度飞梁^⑥。

箫鼓流汉思，旌甲被胡霜^⑦。

疾风冲塞起，沙砾自飘扬。

马毛缩如蝟，角弓不可张^⑧。

时危见臣节，世乱识忠良。

投躯报明主，身死为国殇^⑨。

【注释】

①蓟（jì）：古代燕国京都，在今北京市西南。

②羽檄：古代的紧急军事公文。边亭：边境上的瞭望哨。烽火：边防告警的烟火，古代边防发现敌情，便在高台上燃起烽火报警。咸阳：城名，秦曾建都于此，借指京城。

③征师：征发的部队。屯：驻兵防守。广武：地名，今山西代县西。

朔方：汉郡名，在今内蒙古自治区河套西北部及后套地区。

④严秋：肃杀的秋天。这句的意思是弓弦与箭杆都因深秋的干燥变得强劲有力。虏阵：指敌方的阵容。虏，古代对北方入侵民族的恶称。

⑤使者遥相望：意思是军情紧急，使者奔走于路，络绎不绝，遥相望见。

⑥雁行：排列整齐而有次序，像大雁的行列一样。缘：沿着。鱼贯：游鱼先后接续。飞梁：凌空飞架的桥梁。

⑦萧鼓：两种乐器，此指军乐。流汉思：流露出对家国的思念。旌甲：旗帜、盔甲。

⑧蝟（wèi）：刺猬。角弓：以牛角做的硬弓。

⑨投躯：舍身；献身。国殇（shāng）：为国牺牲的人。

【赏析】

《代出自蓟北门行》是乐府旧题，属杂曲歌辞。此诗通过边庭紧急战事和边境恶劣环境的渲染，突出表现了壮士从军卫国、英勇赴难的壮志和激情。在表现壮士赴敌投躯的忠良气节时，穿插胡地风物奇观的描写，是南北朝时期罕见的接触边塞生活的名篇。

此诗在思想与艺术上能达到较完美的统一，是由于紧凑曲折的情节，不断变化的画面和鲜明突出的形象在诗里得到了有机的结合。其中紧凑的情节更起了重要作用。诗由边亭告警，征骑分兵，加强防卫，进而写到虏阵精强，天子按剑，使者促战。然后着重写了汉军壮伟场面和战地自然风光。最后以壮士捐躯、死为国殇的高潮作结。诗人无暇一唱三叹，他不断地变换角度，造成情节的跳跃。诗人不仅写到我方也写到敌方，不仅写到边疆也写到朝廷，不仅写到气候风物也写到将士的心理活动，画面不断地移动着，读来颇有目不暇接之感。

这首诗没有南朝诗歌绮靡柔丽的作风，音节之高亢，气势之凌厉，风力之遒劲刚健，颇能见出建安时期的风格，在南朝实在是难得的佳作。

少年行（四首）　　王维

【原文】

其一

新丰美酒斗十千，咸阳游侠多少年①。

相逢意气为君饮，系马高楼垂柳边。

其二

出身仕汉羽林郎，初随骠骑战渔阳②。

孰知不向边庭苦③，纵死犹闻侠骨香。

其三

一身能擘两雕弧，虏骑千重只似无④。

偏坐金鞍调白羽，纷纷射杀五单于⑤。

其四

汉家君臣欢宴终，高议云台论战功⑥。

天子临轩赐侯印，将军佩出明光宫⑦。

【注释】

①新丰：在今陕西省临潼县东北，盛产美酒。斗十千：指美酒名贵，价值万贯。咸阳：本指战国时秦国的都城咸阳，当时著名的勇士盖聂、荆轲、秦舞阳都到过咸阳，这里用来代指唐朝都城长安。

②羽林郎：汉代禁卫军官名，无定员，掌宿卫侍从，常以六郡世家大族子弟充任。后来一直沿用到隋唐时期。骠骑：指霍去病，曾任骠骑将军。渔阳：古幽州，今河北蓟县一带，汉时与匈奴经常接战的地方。

③苦：一作"死"。

④擘：张，分开。一作"臂"。雕弧：饰有雕画的良弓。重：一作"群"。

⑤白羽：指箭，尾部饰有白色羽翎。五单于：原指汉宣帝时匈奴内乱争立的五个首领。汉宣帝时，匈奴内乱，自相残杀，诸王自立分而为五。这里比喻骚扰边境的少数民族诸王。

⑥欢宴：指庆功大宴。云台：东汉洛阳宫中的座台，明帝时，曾将邓禹等二十八个开国功臣的像画在台上，史称"云台二十八将"。

⑦轩：殿前滥槛。明光宫：汉宫名，汉武帝太初四年（公元前101年）秋建。

【作者介绍】

王维（701—761年，一说699—761年），河东蒲州（今山西运城）人，祖籍山西祁县。唐朝著名诗人、画家，字摩诘，号摩诘居士。出身河东王氏，开元十九年（731年），王维状元及第。历官右拾遗、监察御史、河西节度使。唐玄宗天宝年间，王维拜吏部郎中、给事中。安禄山攻陷长安时，王维被迫受伪职。长安收复后，被责授太子中允。唐肃宗乾元年间任尚书右丞，故世称"王右丞"。

王维参禅悟理，学庄信道，精通诗、书、画、音乐等，以诗名盛于开元、天宝间，尤长五言，多咏山水田园，与孟浩然合称"王孟"，有"诗佛"之称。书画特臻其妙，后人推其为南宗山水画之祖。苏轼评价其："味摩诘之诗，诗中有画；观摩诘之画，画中有诗。"存诗400余首，代表诗作有《相思》《山居秋暝》等。著作有《王右丞集》《画学秘诀》。

【赏析】

《少年行四首》是唐代诗人王维早期的组诗作品，当作于安史之乱发生之前。这四首诗从不同的侧面描写了一群急人之难、豪侠任气的少年英雄，对游侠意气进行了热烈的礼赞，表现出盛唐社会游侠少年踔厉风发的精神面貌、生活道路和成长过程。组诗每一首都各自独立，各尽其妙，又可以合而观之，构成一组结构完整而严密的诗章。

第一首，写侠少的欢聚痛饮。诗开头便以"美酒"领起，最后却宕开去以景语收束，用笔跳荡灵动，展现了少年奔放不羁的性格与神采。

第二首，写游侠的出征边塞。这里却借少年自己的口吻直抒胸臆，活脱地传达出少年从容坚毅的神情和义无反顾的决心。

第三首，写少年的勇武杀敌。诗人将主人公置于孤危险恶的战争情势之中，表现主人公无所畏惧的英雄气概以及置生死于度外的献身精神。

第四首，写游侠的功成无赏。诗的前三句极写庆功仪式的隆重和气氛的热烈，正当期待中的主角出场时，领赏者却突然变成了"将军"，意谓受皇帝宠信的权贵坐享其成而血战的勇士反遭冷落。诗以烘云托月的手法反复渲染，到头来却翻作他人；而活跃在前三首诗里的主角

被悄无声息地推到了局外。这种欲抑故扬的艺术处理，使诗中的不平之鸣得以强有力的表现，这里再加申说反而是多余的了。

这组诗歌以浪漫的笔调讴歌了豪荡使气、舍身报国、崇尚事功和功成不居的任侠精神，表现了王维早年诗歌创作的雄浑劲健的风格和浪漫气息，同时也可以从中看出年轻时王维的政治抱负和理想，显示出强烈的英雄主义色彩。

游子吟　　孟郊

【原文】

慈母手中线，游子①身上衣。

临②行密密缝，意恐③迟迟归。

谁言寸草④心，报得三春晖⑤。

【注释】

①游子：古代称远游旅居的人。这里指诗人自己，以及各个离乡的游子。

②临：将要。

③意恐：担心。

④寸草：小草。这里比喻子女。

⑤三春晖：春天灿烂的阳光，指慈母之恩。

【作者介绍】

孟郊（751—814 年），唐代诗人。字东野。汉族，湖州武康（今浙江德清）人，祖籍平昌（今山东临邑东北），先世居洛阳（今属河南）。唐代著名诗人。现存诗歌500 多首，以短篇的五言古诗最多，代表作有

《游子吟》。有"诗囚"之称，又与贾岛齐名，人称"郊寒岛瘦"。

【赏析】

《游子吟》诗题下孟郊自注"迎母溧上作"，当写于溧阳。孟郊早年漂泊无依，一生贫困潦倒，直到五十岁时才得到了一个溧阳县尉的卑微之职，结束了长年的漂泊流离生活，便将母亲接来住。诗人仕途失意，饱尝了世态炎凉，此时愈觉亲情之可贵，于是写出这首发于肺腑、感人至深的颂母之诗。

深挚的母爱，无时无刻不在沐浴着儿女们。然而对于孟郊这位常年颠沛流离、居无定所的游子来说，最值得回忆的，莫过于母子分离的痛苦时刻了。此诗描写的就是这种时候，慈母缝衣的普通场景，而表现的却是诗人深沉的内心情感。

开头两句"慈母手中线，游子身上衣"，用"线"与"衣"两件极常见的东西将"慈母"与"游子"紧紧联系在一起，写出母子相依为命的骨肉感情。三、四句"临行密密缝，意恐迟迟归"，通过慈母为游子赶制出门衣服的动作和心理的刻画，深化这种骨肉之情。母亲千针万线"密密缝"是因为怕儿子"迟迟"难归。伟大的母爱正是通过日常生活中的细节自然地流露出来。前面四句采用白描手法，不作任何修饰，但慈母的形象真切感人。

最后两句"谁言寸草心，报得三春晖"，是作者直抒胸臆，对母爱作尽情地讴歌。这两句采用传统的比兴手法：儿女像区区小草，母爱如春天阳光。儿女怎能报答母爱于万一呢？悬绝的对比，形象的比喻，寄托着赤子对慈母发自肺腑的爱。

这是一首母爱的颂歌，在宦途失意的境况下，诗人饱尝世态炎凉，穷愁终身，故愈觉亲情之可贵。"诗从肺腑出，出辄愁肺腑"（苏轼《读孟郊诗》）。这首诗虽无藻绘与雕饰，然而清新流畅，淳朴素淡中正见其诗味的浓郁醇美。

　　这首诗艺术地再现了人所共感的平凡而又伟大的人性美，所以千百年来赢得了无数读者强烈的共鸣。

妾薄命　　　　　李白

【原文】

汉帝重阿娇，贮之黄金屋①。

咳唾落九天，随风生珠玉②。

宠极爱还歇，妒深情却疏③。

长门一步地，不肯暂回车④。

雨落不上天，水覆难再收⑤。

君情与妾意⑥，各自东西流。

昔日芙蓉花，今成断根草⑦。

以色事他人，能得几时好。

【注释】

①汉帝：汉武帝。阿娇：汉武帝陈皇后名。汉武帝曾有语："若得阿娇作妇，必作金屋贮之。"

②咳唾、生珠玉：称美他人的言语、诗文等。化用的是《庄子》里的故事。《庄子·秋水》中有："子不见夫唾者乎？喷则大者如珠，小者如雾，杂而下者不可胜数也。"一说得势者一切皆贵也。赵壹《刺世疾邪赋》："势家多所宜，咳唾自成珠。"

③"妒深"句：《汉书·陈皇后传》："初武帝得立为太子，长主有力。取主女为妃。及帝即位，立为皇后，擅宠骄贵，十余年而无子。闻

233

卫子夫得幸，几死者数焉，上愈怒。后又挟妇人媚道，颇觉。元光五年，上遂穷治之。……使有司赐皇后策曰：'皇后失序，惑于巫祝，不可以承天命。其上玺绶，罢退居长门宫。'"

④"长门"二句：谓阿娇失宠之深。

⑤"雨落"二句：言事不可挽回。水覆难再收，传说姜太公的妻子马氏，不堪太公的贫困而离开了他。到太公富贵的时候，她又回来找太公请求和好。太公取了一盆水泼在地上，令其收之，不得，太公就对她说："若言离更合，覆水定难收。"

⑥君：指汉武帝。妾：指阿娇。

⑦芙蓉花：指荷花。断根草：比喻失宠。王琦注云："陶弘景《仙方注》云：断肠草不可食，其花美好，名芙蓉。琦按，此说似乎新颖，而揆之取义，断肠不若断根之当也。"

【赏析】

《妾薄命》，属乐府杂曲歌辞。此诗"依题立义"，通过叙述陈皇后阿娇由得宠到失宠之事，揭示了封建社会中妇女以色事人、色衰而爱弛的悲剧命运，表达了一种悲悯，悲悯当中又有一种启示。

全诗十六句，可分四层。开头四句先写阿娇的受宠；第二个四句描写阿娇的失宠；第三个四句，用形象的比喻极言"令上意回"之不可能；最后四句交代其中原因，得出具有哲理性的结论。全诗语言质朴自然，气韵天成，比喻贴切，对比鲜明，说理自然而又奇警。

这首诗语言质朴自然，气韵天成，比喻贴切，对比鲜明。诗人用比兴的手法，形象地揭示出这样一条规律："昔日芙蓉花，今成断根草。以色事他人，能得几时好？"这发人深省的诗句，是一篇之警策，它对以色取人者进行了讽刺，同时对"以色事人"而暂时得宠者也是一个警告。诗人用比喻来说理，用比兴来议论，充分发挥形象思维的特点和比兴的作用，不去说理，胜似说理；不去议论，而又高于议论，水到渠成。

白马篇　　李白

【原文】

龙马花雪毛，金鞍五陵豪[①]。

秋霜切玉剑，落日明珠袍[②]。

斗鸡事万乘，轩盖一何高[③]。

弓摧南山虎[④]，手接太行猱。

酒后竞风采，三杯弄宝刀。

杀人如剪草，剧孟[⑤]同游遨。

发愤去函谷，从军向临洮[⑥]。

叱咤经百战，匈奴尽奔逃。

归来使酒气，未肯拜萧曹[⑦]。

羞入原宪室，荒径隐蓬蒿[⑧]。

【注释】

①龙马：《周礼·夏官·廋人》："马八尺以上为龙。"五陵：语出班固《西都赋》："南望杜、灞，北眺五陵。"杜、灞谓杜陵、灞陵，在城南；五陵谓长陵、安陵、阳陵、茂陵、平陵，在渭北。皆汉代帝王陵墓，并徙入以置县邑，其所徙者皆豪右、富赀、吏二千石。五陵豪，谓五陵豪侠。

②"秋霜"二句：意谓所佩之剑，色如秋霜，切玉如泥；所穿之袍，缀有明珠，耀如落日。秋霜，形容剑的颜色。切玉，形容剑的锋利。明珠袍，镶珠的衣袍。

③斗鸡：玄宗好斗鸡，善斗鸡者每召入宫中侍奉，甚得宠幸。万乘：指天子。古制，天子有兵车万乘。轩盖：有篷盖之车，贵人所乘。

④弓摧南山虎：用晋周处事。《晋书·周处传》载：南山白额猛虎为患，周处入山射杀之。

⑤剧孟：汉时大侠。此代指当时豪侠中之雄杰者。

⑥函谷：古关名，在陕州灵宝县。此代指帝京以东之要塞。临洮：地名，属陇右道洮州，在今甘肃岷县一带。此代指帝京以西之边陲。

⑦使酒气：因酒使气。萧曹：即汉相萧何、曹参。此代指当时的大臣。

⑧原宪：即子思，孔子弟子。居处简陋，上漏下湿，不以为意，端坐而弦歌。见《韩诗外传》。荒径：荒芜的小路。此二句是李白自谓，善慕"五陵豪"之生涯，羞为蛰居陋室之穷儒。

【赏析】

开元十八年（731 年），李白游历返回长安，徘徊在巍阙之下，始终不能够进入。于是游历到落魄市井，屡次受到土霸欺凌。这期间，作有《行路难》《白马篇》等诗，以抒发诗人的愤懑和不公平。

在这首诗里，诗人以热烈的感情，丰富的想象，夸张的语言，刻画了一个武艺高强、报国杀敌、功成退隐的侠客形象。他出身高贵，剑如秋霜，袍饰明珠，艺高胆大，堪与名侠剧孟比肩。他虽身经百战，威震胡虏，但功成后又任性使酒，不肯俯身下拜萧何曹参之类的高官，而是隐居于荒山野径。

前四句，描绘豪侠的形象。接下来四句，讲述豪侠的倜傥不群和武艺高强。接下来四句，表达豪侠不拘礼法，疾恶如仇。再四句，虽写豪侠的爱国精神，实则也隐隐流露出诗人想建功立业的寄望。最后四句是说，打败敌人，胜利归来，既不会阿附权贵、居功邀赏，也不自命清高，隐居草野，要继续过游侠生活。

全诗意寓李白既有热血满腔的爱国豪情又有壮志未酬的苦闷，亦有仕途颠簸、官运不济，胸有大志而不受皇帝重用的无限惋惜和悲痛之情；同时也表达了一种不肯摧眉折腰事权贵的傲骨，体现了诗人的个性和时代色彩。

李白潇洒倜傥，豪迈勇敢，不拘礼法，疾恶如仇，富于爱国精神。当祖国的统一和安定受到威胁时，便"发愤去幽谷，从军向临洮"，不计身家性命，英勇杀敌，立功疆场，而胜利归来时，既不阿附权贵，居功邀赏，又不消极退隐，逃避现实。在这个形象身上，集中体现着李白的任侠思想。显然，他的这种任侠思想和他进步的政治理想、他的反对腐朽权贵的斗争精神是有密切关系的，因而也显示了这种任侠思想在当时历史条件下的进步意义。元代萧士赟《分类补注李太白诗》云："此诗寓贬于褒，寄扬于抑，深得《国风》之旨。"

侠客行　　　　　　　　　　　　李白

【原文】

赵客缦胡缨，吴钩霜雪明①。

银鞍照白马，飒沓②如流星。

十步杀一人，千里不留行③。

事了拂衣去，深藏身与名。

闲过信陵④饮，脱剑膝前横。

将炙啖朱亥，持觞劝侯嬴⑤。

三杯吐然诺，五岳倒为轻。

眼花耳热后，意气素霓⑥生。

救赵挥金槌，邯郸先震惊⑦。

千秋二壮士，烜赫大梁城。

纵死侠骨香，不惭世上英。

谁能书阁下，白首太玄经⑧。

【注释】

①赵客：燕赵之地的侠客。缦（màn）：没有花纹的丝织品。胡：古时对北方少数民族的通称。缨：系冠帽的带子。吴钩：宝刀名。霜雪明：谓宝刀的锋刃像霜雪一样明亮。

②飒沓：群飞的样子，形容马跑得快。

③行：行踪。

④信陵：信陵君，战国四公子之一，为人礼贤下士，门下食客三千

余人。

⑤朱亥、侯嬴：都是信陵君的门客。朱本是一屠夫，侯原是魏国都城大梁东门的门官，两人都受到信陵君的礼遇，都为信陵君所用。炙：烤肉。啖：吃。

⑥素霓（ní）：白虹。古人认为，凡要出现不寻常的大事，就会有不寻常的天象出现，如"白虹贯日"。

⑦"救赵"二句：是说的朱亥锤击晋鄙的故事。信陵君是魏国大臣，魏、赵结成联盟共同对付秦国，这就是合纵以抗秦。信陵君是积极主张合纵的。邯郸，赵国国都。秦军围邯郸，赵向魏求救。魏王派晋鄙率军救赵，后因秦王恐吓，又令晋鄙按兵不动。这样，魏赵联盟势必瓦解。信陵君准备亲率家丁与秦军一拼，去向侯嬴辞行（实际是试探侯嬴），侯不语。信陵君行至半路又回来见侯嬴。侯笑着说："我知道你会回来的。"于是为信陵君设计，串通魏王宠姬，盗得虎符，去到晋鄙军中，假托魏王令代晋鄙领军。晋鄙生疑，朱亥掏出四十斤重的铁锥，击毙晋鄙。信陵君遂率魏军进击秦军，解了邯郸的围。

⑧太玄经：汉代扬雄写的一部哲学著作。扬雄曾在皇帝藏书的天禄阁任校刊工作。

【赏析】

《侠客行》诗人李白创作的一首描写和歌颂侠客的古体五言诗。此诗约作于唐玄宗天宝三载（744年）作者游齐州时。唐代游侠之风颇为盛行，这是与唐代西域交通发达，全国经济日益繁荣，城市商业兴旺的时代背景有关，所以，不仅是燕赵传统的多任侠而已，特别是关陇一带的风习"融胡汉为一体，文武不殊途"（陈寅恪《唐代政治史述论稿》），更促成了少年喜剑术、尚任侠的风气。李白少年时代，颇受关陇文化风习的影响，因此，他自幼勤苦读书"观百家"外，"十五好剑术"（《与韩荆州书》）、"高冠佩雄剑"（《忆襄阳旧游赠马少府巨》）。诗人李白如此爱剑和他轻财重义、崇尚任侠是分不开的。正是当时任侠流行的社会意识，受事业心和抱负的驱使，尚任侠的少年都企求干一番豪纵、快意的事，得到社会上的普遍赞誉。李白这首《侠客行》就是在以这任侠意识为尚的背景之下创作的。

此诗抒发了他对侠客的倾慕，对拯危济难、用世立功生活的向往。前四句从侠客的装束、兵刃、坐骑描写侠客的外貌；第二个四句写侠客高超的武术和淡泊名利的行藏；第三个四句引入信陵君和侯嬴、朱亥的故事来进一步歌颂侠客，同时也委婉地表达了自己的抱负，侠客得以结识明主，明主借助侠客的勇武谋略去成就一番事业，侠客也就功成名就了；最后四句表示，即使侠客的行动没有达到目的，但侠客的骨气依然流芳后世，并不逊色于那些功成名就的英雄，写史的人应该为他们也写上一笔。全诗抒发了他对侠客的倾慕，对拯危济难、用世立功生活的向往。

然而，诗人不仅在热烈地颂唱"二壮士"，同时也对校书天禄阁草《太玄经》的扬雄辈无情地加以蔑视："谁能书阁下，白首《太玄经》"是为壮夫所不为！

《侠客行》一诗，虽在歌颂任侠，但由于诗人本身就是尚任侠的，所以把诗人少年的豪情壮志展现无遗了。

长相思·在长安　　　　李白

【原文】

长相思，在长安①。

络纬秋啼金井阑②，微霜凄凄簟③色寒。

孤灯不明思欲绝，卷帷望月空长叹，美人如花隔云端。

上有青冥④之高天，下有渌⑤水之波澜；

天长路远魂飞苦，梦魂不到关山⑥难。

长相思，摧⑦心肝！

【注释】

①长安：今陕西西安市。

②络纬：虫名，俗称纺织娘。金井阑：精美的井上阑干。

③簟（diàn）：竹席。

④青冥：天空。

⑤渌（lù）：水色清澈。

⑥关山：关隘和山岳，指途中的阻隔。

⑦摧：伤。

【赏析】

此诗当写于被谗出长安后的感伤之时，借痴男失恋情词，寓政治机遇丧失的痛楚，但遣词微婉，怨而不怒，深得"离骚"美人香草遗意。但据诗人生平志趣来看，此诗与其说是对故君的眷眷系念，毋宁说是对个人政治理想幻灭的无限悼惜。

这首诗写所思之美人远在长安，隔云端而难见，秋夜不眠，望月长叹。今人多谓此诗以比兴手法寄寓对理想之追求以及理想未能实现之苦闷心情，或谓寄托首次入长安时欲见君王而不能的忧伤心情。"长相思，在长安"，不仅指诗人自己是在长安，同时兼指他长久思念之人也在长安。"络纬"二句用环境的凄凉衬托内心的寂寞和空虚。"孤灯"二句写相思难耐，秋夜不眠。"美人"句写思念之人可望而不可即。"上有"四句虚写一场梦游式的追求。在浪漫的幻想中，诗人梦魂飞扬，要去寻找他所思念的人儿。然而，天长路远，关山阻隔，自己和思念的人中间有着难以逾越的距离。最后两句极写相思之苦，是追求未果而发出的沉重感叹。

李白继承了古代诗歌比兴的艺术传统，借"美人"比喻所追求的理想，诗意含蓄蕴藉。无论从创作的生活背景着眼，还是从艺术渊源上分析，它都是一首政治抒情诗。清人王夫之评论此诗曰："题中偏不欲显，象外偏令有余，一以为风度，一以为淋漓，乌乎，观止矣。"认为诗人就题面失恋男子的心事刻画入微，能使寓意深隐不露，而对题内所含"摧心肝"的政治失意痛楚却发挥淋漓尽致，使得表里相称，各臻胜境，不愧上乘佳作。

行路难（三首）　　　　李白

【原文】

其一

金樽清酒斗十千，玉盘珍羞直万钱①。

停杯投箸不能食，拔剑四顾心茫然。

欲渡黄河冰塞川，将登太行雪满山。

闲来垂钓碧溪上，忽复乘舟梦日边②。

行路难！行路难！多歧路，今安在？

长风破浪会有时，直挂云帆济沧海③。

其二

大道如青天，我独不得出。

羞逐长安社④中儿，赤鸡白雉赌梨栗。

弹剑作歌⑤奏苦声，曳裾王门不称情。

淮阴市井笑韩信，汉朝公卿忌贾生⑥。

君不见昔时燕家重郭隗，拥篲折节无嫌猜⑦。

剧辛乐毅感恩分，输肝剖胆效英才。

昭王白骨萦蔓草，谁人更扫黄金台？

行路难，归去来！

其三

有耳莫洗颍川水，有口莫食首阳蕨。

含光混世贵无名⑧，何用孤高比云月？

吾观自古贤达人，功成不退皆殒身。

子胥既弃吴江上，屈原终投湘水滨。

陆机雄才岂自保？李斯税驾⑨苦不早。

华亭鹤唳讵可闻？上蔡苍鹰何足道⑩？

君不见吴中张翰称达生，秋风忽忆江东行。

且乐生前一杯酒，何须身后千载名？

【注释】

①金樽：古代盛酒的器具，以金为饰。清酒：清醇的美酒。斗十千：一斗值十千钱（即万钱），形容酒美价高。珍羞：珍贵的菜肴。羞，同"馐"，美味的食物。直：通"值"，价值。

②"闲来"二句：暗用典故：姜太公吕尚曾在渭水的磻溪上钓鱼，得遇周文王，助周灭商；伊尹曾梦见自己乘船从日月旁边经过，后被商汤聘请，助商灭夏。这两句表示诗人自己对从政仍有所期待。

③长风破浪：比喻实现政治理想。云帆：高高的船帆。船在海里航行，因天水相连，船帆好像出没在云雾之中。

④社：古二十五家为一社。

⑤弹剑：战国时齐公子孟尝君门下食客冯谖曾屡次弹剑作歌怨己不如意。

⑥贾生：洛阳贾谊，曾上书汉文帝，劝其改制兴礼，受到大臣反对。

⑦拥篲：燕昭王亲自扫路，恐灰尘飞扬，用衣袖挡帚以礼迎贤士邹衍。篲（huì），扫帚。

⑧含光混世贵无名：此句言不露锋芒，随世俯仰之意。

⑨税驾：犹解驾，休息之意。

⑩"华亭"二句：写李斯。《史记·李斯列传》："二世二年七月，具斯五刑，论腰斩咸阳市。斯出狱，与其中子俱执，顾谓其中子曰：'吾欲与若复牵黄犬俱出上蔡东门逐狡兔，岂可得乎！'"《太平御览》卷九

二六：《史记》曰："李斯临刑，思牵黄犬、臂苍鹰，出上蔡门，不可得矣。"

【赏析】

　　唐玄宗天宝元年（742 年），李白奉诏入京，担任翰林供奉。李白本是个积极入世的人，才高志大，很想像管仲、张良、诸葛亮等杰出人物一样干一番大事业。可是入京后，他却没被唐玄宗重用，还受到权臣的谗毁排挤，两年后被"赐金放还"，被变相撵出了长安。《唐宋诗醇》以为《行路难三首》皆是李白于天宝三载（744 年）离开长安时所作。这三首诗联系紧密，不可分割。

　　"行路难"多写世道艰难，表达离情别意。李白《行路难》共三首，以"行路难"比喻世道险阻，抒写了诗人在政治道路上遭遇艰难时，产生的不可抑制的激愤情绪；但他并未因此而放弃远大的政治理想，仍盼着总有一天会施展自己的抱负，表现了他对人生前途乐观豪迈的气概，充满了积极浪漫主义的情调。

第一首诗开头写"金樽清酒""玉盘珍羞",描绘了一个豪华盛大的饯行宴饮场面。接着写"停杯投箸""拔剑四顾",又向读者展现了作者感情波涛的冲击。中间四句,既感叹"冰塞川""雪满山"、又恍然神游千载之上,看到了吕尚、伊尹忽然得到重用。"行路难"四个短句,又表现了进退两难和继续追求的心理。最后两句,表达了尽管理想与现实有着巨大的距离,尽管诗人内心痛苦,但还是在沉郁中振起,坚定了信心,重新鼓起了沧海扬帆的勇气。

全诗在高度彷徨与大量感叹之后,以"长风破浪会有时"忽开异境,坚信美好前景终会到来,因而"直挂云帆济沧海",激流勇进。蕴意波澜起伏,跌宕多姿。

第二首诗表现了李白对功业的渴望,流露出在困顿中仍然想有所作为的积极用世的热情,他向往像燕昭王和乐毅等人那样的风云际会,希望有"输肝剖胆效英才"的机缘。

诗一开头就陡起壁立,让久久郁积在内心里的感受一下子喷发出来。亦赋亦比,使读者感到它的思想感情内容十分深广。用青天来形容大道的宽阔,照说这样的大道是易于行路的,但紧接着却是"我独不得出",就让人感到这里面有许多潜台词。这样,这个警句的开头就引起了人们对下文的注意。"羞逐"以下六句,是两句一组分别写自己的不愿意、不称意与不得志。"君不见"以下六句,深情歌唱当初燕国君臣互相尊重和信任,流露他对建功立业的渴望,表现了他对理想的君臣关系的追求。但唐玄宗这时已经腐化而且昏庸,根本没有真正的求贤、重贤之心,下诏召李白进京,也只不过是装出一副爱才的姿态,并要他写一点歌功颂德的文字而已。以上十二句,都是承接"大道如青天,我独不得出",对"行路难"作具体描写的。既然朝廷上下都不是看重他,而是排斥他,那么就只有拂袖而去了。"行路难,归去来!"在当时的情况下,他只有此路可走。这两句既是沉重的叹息,也是愤怒的抗议。

篇末的"行路难，归去来"，只是一种愤激之词，只是比较具体地指要离开长安，而不等于要消极避世，并且也不排斥在此同时他还抱有它日东山再起"直挂云帆济沧海"的幻想。

第三首诗纯言退意，与第一篇心情有异。通篇以对比手法，前四句言人生须含光混世，不务虚名；中八句列举功成不退而殒身者，以为求功恋位者诫；最后赞成张翰唯求适意的人生态度。一篇之意三层而两折。言虚名无益，是不否定事功之意。而功成则须及时退身，一为避祸，二求适意自由。这是李白人生哲学的基调。

如果说第二首用典主要是揭露宫廷的腐败，此首则在揭露宫廷政治的黑暗和险恶，两方面都是诗人在长安宫廷的切身感受，也是他不得不辞官的理由。最后他对及时身退的张翰表示赞赏，正如前两首的结尾一样，不过是无可奈何之下的强自宽解，也是对现实表示抗议的激愤之词。这种执着于现实人生的积极态度，既是李白悲剧的深刻性之所在，也是李白诗歌永恒生命力之所在。

丽人行　　　　杜甫

【原文】

三月三日①天气新，长安水边多丽人。

态浓意远淑且真，肌理细腻骨肉匀②。

绣罗衣裳照暮春，蹙金孔雀银麒麟③。

头上何所有？翠微盍叶垂鬓唇④。

背后何所见？珠压腰衱稳称身⑤。

就中云幕椒房亲，赐名大国虢与秦⑥。

紫驼之峰出翠釜，水精之盘行素鳞⑦。

犀箸厌饫久未下，鸾刀缕切空纷纶⑧。

黄门飞鞚不动尘，御厨络绎送八珍⑨。

箫鼓哀吟感鬼神，宾从杂遝实要津⑩。

后来鞍马何逡巡，当轩下马入锦茵⑪。

杨花雪落覆白苹，青鸟飞去衔红巾⑫。

炙手可热势绝伦，慎莫近前丞相嗔⑬！

【注释】

①三月三日：为上巳日，唐代长安士女多于此日到城南曲江游玩踏青。

②态浓：姿态浓艳。意远：神气高远。淑且真：淑美而不做作。肌理细腻：皮肤细嫩光滑。骨肉匀：身材匀称适中。

③"绣罗"两句：用金银线镶绣着孔雀和麒麟的华丽衣裳与暮春的美丽景色相映生辉。蹙金：又名"拈金"。一种刺绣方法。用金线绣花而皱缩其线纹使其紧密而匀贴。亦指这种刺绣工艺品——用拈紧的金线刺绣，制成皱纹状的一种织品。

④翠微：薄薄的翡翠片。微：一本作"为"。盍叶：一种首饰。鬓唇：鬓边。

⑤珠压：谓珠按其上，使不让风吹起，故下云"稳称身"。腰衱（jié）：裙带。

⑥就中：其中。云幕：指宫殿中的云状帷幕。椒房：汉代皇后居室，以椒和泥涂壁。后世因称皇后为椒房，皇后家属为椒房亲。"赐名"句：指天宝七载（748年）唐玄宗赐封杨贵妃的大姐为韩国夫人，三姐为虢国夫人，八姐为秦国夫人。

⑦紫驼之峰：即驼峰，是一种珍贵的食品。唐贵族食品中有"驼峰

炙"。翠釜：形容锅的色泽。釜：古代的一种锅。水精：即水晶。行：传送。素鳞：指白鳞鱼。

⑧犀箸：犀牛角做的筷子。厌饫（yù）：吃得腻了。鸾刀：带鸾铃的刀。缕切：细切。空纷纶：厨师们白白忙乱一番，贵人们吃不下。

⑨黄门：宦官。飞鞚：即飞马。鞚（kòng），带嚼子的马笼头。八珍：形容珍美食品之多。

⑩宾从：宾客随从。杂遝（tà）：众多杂乱。要津：本指重要渡口，这里喻指杨国忠兄妹的家门。

⑪后来鞍马：指杨国忠，却故意不在这里明说。逡巡：原意为欲进不进，这里是顾盼自得的意思。锦茵：锦制的垫褥，喻指芳草。

⑫"杨花"句：是隐语，以曲江暮春的自然景色来影射杨国忠与其从妹虢国夫人（嫁裴氏）的暧昧关系；又引北魏胡太后和杨白花私通事，因太后曾作"杨花飘荡落南家"，及"愿衔杨花入窠里"诗句。杨花、萍和蘋虽为三物，实出一体，故以杨花覆蘋影射兄妹苟且乱伦。青鸟：神话中鸟名，西王母使者。相传西王母将见汉武帝时，先有青鸟飞集殿前。后常被用作男女之间的信使。

⑬"炙手"二句：言杨氏权倾朝野，气焰灼人，无人能比。丞相：指杨国忠，天宝十一载（752年）十一月为右丞相。嗔：发怒。

【作者介绍】

杜甫（712—770年），字子美，尝自称少陵野老。举进士不第，曾任检校工部员外郎，故世称杜工部。杜甫是唐代最伟大的现实主义诗人，宋以后被尊为"诗圣"，与李白并称"李杜"。其诗大胆揭露当时社会矛盾，对穷苦人民寄予深切同情，内容深刻。许多优秀作品，显示了唐代由盛转衰的历史过程，因而被称为"诗史"。在艺术上，善于运用各种诗歌形式，尤长于律诗；风格多样，而以沉郁为主；语言精练，具有极强的表达能力。

杜甫共有约 1500 首诗歌被保留了下来，大多集于《杜工部集》。

【赏析】

唐代自武后以来，外戚擅权已成为统治阶层中一种常见现象，他们形成了一个特殊的利益集团，引起了广大人民的强烈不满，这也是后来酿成安史之乱的主因。《旧唐书·杨贵妃传》载："玄宗每年十月，幸华清宫，国忠姊妹五家扈从。每家为一队，着一色衣；五家合队，照映如百花之焕发。而遗钿坠舃，瑟瑟珠翠，璨璨芳馥于路。而国忠私于虢国，而不避雄狐之刺；每入朝，或联镳方驾，不施帷幔。每三朝庆贺，五鼓待漏，靓妆盈巷，蜡炬如昼。"又杨国忠于天宝十一年（752 年）十一月拜右丞相兼文部尚书，势倾朝野。

这首诗大约作于天宝十二年（753 年）春，通过描写杨氏兄妹曲江春游的情景，揭露了统治者荒淫腐朽作威作福的丑态，从另一个角度反映了安史之乱前夕的社会现实。

全诗分三段：先泛写游春仕女的体态之美和服饰之盛，引出主角杨氏姐妹的娇艳姿色；次写宴饮的豪华及所得的宠幸；最后写杨国忠的骄横。整首诗不空发议论，只是尽情揭露事实，语极铺张，而讽意自见，是一首绝妙的讽刺诗。全诗场面宏大，鲜艳富丽，笔调细腻生动，讽刺含蓄不露，通篇只是写"丽人"们的生活情形，却正如前人所说的，达到了"无一刺讥语，描摹处语语刺讥；无一慨叹声，点逗处声声慨叹"（《读杜心解》）的艺术效果。

卷九　近代曲辞

昔昔盐　　薛道衡

【原文】

垂柳覆金堤，蘼芜叶复齐①。

水溢芙蓉沼，花飞桃李蹊②。

采桑秦氏女，织锦窦家妻③。

关山别荡子④，风月守空闺。

恒敛千金笑，长垂双玉啼⑤。

盘龙随镜隐，彩凤逐帷低⑥。

飞魂同夜鹊，倦寝忆晨鸡⑦。

暗牖悬蛛网，空梁落燕泥⑧。

前年过代北，今岁往辽西。

一去无消息，那能惜马蹄。

【注释】

①金堤：即堤岸。堤之土黄而坚固，故用"金"修饰。蘼芜（mí wú）：香草名，其叶风干后可做香料。

②沼：池塘。桃李蹊：桃李树下的路。

③秦氏女：指罗敷。这里是用来表示思妇的美好。窦家妻：指窦滔之妻苏蕙。窦滔为前秦苻坚时秦州刺史，被谪戍流沙，其妻苏蕙织锦为回文诗寄赠。这里是用来表示思妇的相思。

④荡子：在外乡漫游的人，即游子。

⑤恒：常。敛：收敛。千金笑：一笑值千金。双玉：指双目流泪。

⑥盘龙：铜镜背面所刻的龙纹。随镜隐：是说镜子因为不用而藏在匣中。彩凤：锦帐上的花纹是凤形。逐帷低：是说帷帐不上钩而长垂。

⑦同夜鹊：用曹操《短歌行》"月明星稀，乌鹊南飞，绕树三匝，何枝可依"意，用来形容神魂不定。倦寝：睡觉倦怠，即睡不着。

⑧牖（yǒu）：窗户。空梁：空屋的房梁。

【作者介绍】

薛道衡（540—609年）隋代诗人。字玄卿。汉族，河东汾阴（今山西万荣）人。历仕北齐、北周。隋朝建立后，任内史侍郎，加开府仪同三司。炀帝时，出为番州刺史，改任司隶大夫。他和卢思道齐名，在隋代诗人中艺术成就最高。有集30卷已佚。今存《薛司隶集》1卷。《先秦汉魏晋南北朝诗》录存其诗20余首，《全上古三代秦汉三国六朝文》录存其文8篇。事迹见《隋书》《北史》本传。

【赏析】

《昔昔盐》，乐府"近代曲"名。郭茂倩说："近代曲者，亦杂曲也，以其出于隋、唐之世，故曰近代曲也。"（见《乐府诗集》）"昔昔"，即夜夜。"盐"，即艳，曲之别名。

薛道衡的这首《昔昔盐》诗，抒写了一个独守空闺的思妇对征人的苦苦思念。

这是一首闺怨诗。前四句写春末夏初的景物，为我们描绘出一幅春末夏初的景象，引出思妇。接着四句借用罗敷、苏蕙事，总说有女思夫，用旧事喻思妇守空闺。再用八句具体描绘她独守空闺、日夜思念的痛苦生活，写思妇的悲苦情状，妙在用景物的衬托，把思妇的思念之切活画了出来。最后四句，以思妇的口吻，着重抒发怨情以问句作结，内心的埋怨之情表露无遗。

这首诗同其闺怨诗一样，并无多少新意，但"暗牖悬蛛网，空梁落燕泥"是当时传诵的名句。牖暗，梁空，蛛网悬挂，燕泥落下，在工整的对偶和确切、形象的语言运用中，把门庭冷落的情况以及思妇极端凄凉悲苦的心情完全表现出来。传说在大业五年（609年），薛道衡将要被处死时，隋炀帝问他："你还能写'空梁落燕泥'这样的诗句吗?"隋炀帝忌薛的诗才而特别提出这句诗，因而使之传为名句。这两句诗可用来形容人去楼空、好景不长这类景况。

渡辽水　　　　　　　　　王建

【原文】

渡辽水①，此去咸阳五千里。

来时父母知隔生，重著衣裳如②送死。

亦有白骨归咸阳，茔冢各与题本乡③。

身在应无回渡日，驻马相看辽水傍。

【注释】

①辽水：辽河的古称。

②如：动词，去。

③茔冢：坟墓。题：上奏呈请。

【作者介绍】

王建（约767—约830年）：字仲初，生于颍川（今河南许昌），唐朝诗人。其著作，《新唐书·艺文志》《郡斋读书志》《直斋书录解题》等皆作10卷，《崇文总目》作2卷。

【赏析】

　　王建在贞元（唐德宗年号，785—805 年）年间曾在幽燕一带度过了十多年的戎马生涯，对边疆战士的生活极为熟悉，十分同情他们的痛苦，这首诗便揭露了唐王朝远征高丽给人民带来的苦难。

　　此诗选取了士兵渡过辽河时的一个镜头，用战争开始前士兵们沉重的心情来打动读者。

　　"渡辽水，此去咸阳五千里。"这两句写出征的战士背井离乡，长途征战。

　　"来时父母知隔生，重著衣裳如送死。""隔生"之感、"送死"之别深刻地揭示了唐代对外战争给广大劳动人民带来的严重灾难。父母与儿子、妻子与丈夫、小孩与父亲的生离死别，正是源于统治者的这些对外侵略战争。

　　"亦有白骨归咸阳，茔冢各与题本乡。"这两句体现了远征之人的思乡之情，即使死了也不忘家乡，希望落叶归根。句中的"白骨"与"茔家"都是战争留下的凄凉的遗物，是残酷战争的见证。凄凉的遗物与思乡之情融汇在一起，让人伤感莫名，表达了诗人对统治阶级穷兵黩武的控诉与愤慨。

"身在应无回渡日，驻马相看辽水傍。"死的尚有"白骨""归咸阳"，活着的只能隔着辽水空望家乡。他们只能期望有一天战死沙场后，自己的遗骸能够被幸运地送回长安。远征战士的悲哀，在这字里行间表现得非常浓烈。

全诗笔力遒劲，意境苍凉，读来令人心摧骨折，肝肠欲绝。

清平调（三首） 李白

【原文】

其一

云想衣裳花想容，春风拂槛露华浓①。

若非群玉②山头见，会向瑶台月下逢。

其二

一枝红艳露凝香，云雨巫山枉断肠。

借问汉宫谁得似，可怜飞燕③倚新妆。

其三

名花倾国两相欢④，长得君王带笑看。

解释⑤春风无限恨，沉香亭⑥北倚阑干。

【注释】

①槛：栏杆。露华浓：牡丹花沾着晶莹的露珠更显得颜色艳丽。

②群玉：山名，传说中西王母所住之地。

③飞燕：赵飞燕，西汉皇后。

④名花：指牡丹花。倾国：指杨贵妃。

⑤解释：消除。

⑥沉香亭：亭子名称。在唐兴庆宫龙池东。

【赏析】

《清平调》是诗人李白的组诗作品，共三首七言乐府诗。据晚唐五代人的记载，这三首诗是李白在长安供奉翰林时所作。唐玄宗天宝二年（743 年）或天宝三载（744 年）春天的一日，唐玄宗和杨妃在宫中在沉香亭观赏牡丹花，伶人们正准备表演歌舞以助兴。唐玄宗却说："赏名花，对妃子，岂可用旧日乐词。"因急召翰林待诏李白进宫写新乐章。李白奉诏进宫，即在金花笺上作了这三首诗。

第一首从空间角度写，以牡丹花比杨贵妃的美艳。首句以云霞比衣服，以花比容貌；二句写花受春风露华润泽，犹如妃子受君王宠幸；三句以仙女比贵妃；四句以嫦娥比贵妃。这样反复作比，塑造了艳丽有如牡丹的美人形象。然而，诗人采用云、花、露、玉山、瑶台、月色，一色素淡字眼，赞美了贵妃的丰满姿容，却不露痕迹。

第二首从时间角度写，表现杨贵妃的受宠幸。首句写花受香露，衬托贵妃君王宠幸；二句写楚王遇神女的虚妄，衬托贵妃之沐实惠；三、四句写赵飞燕堪称绝代佳人，却靠新妆专宠，衬托贵妃的天然国色。诗人用抑扬法，抑神女与飞燕，以扬杨贵妃的花容月貌。

第三首总承一、二两首，把牡丹和杨贵妃与君王糅合，融为一体。起首二句"名花倾国两相欢，长得君王带笑看"，"倾国"美人，当然指杨贵妃，诗到此处才正面点出，并用"两相欢"把牡丹和"倾国"合为一体，"带笑看"三字再来一统，使牡丹、杨贵妃、玄宗三位一体，融合在一起了。由于第二句的"笑"，逗起了第三句的"解释春风无限恨"，

"春风"两字即君王之代词，这一句把牡丹美人动人的姿色写得情趣盎然，君王既带笑，当然无恨，烦恼都为之消释了。末句点明玄宗杨妃赏花地点——"沉香亭北"。花在阑外，人倚阑干，十分优雅风流。全诗构思精巧，辞藻艳丽，将花与人浑融在一起写，描绘出人花交映、迷离恍惚的景象，显示了诗人高超的艺术功力。

在这三首诗中，把木芍药（牡丹）和杨妃交互在一起写，花即是人，人即是花，把人面花光浑融一片，同蒙唐玄宗的恩泽。从篇章结构上说，第一首从空间来写，把读者引入蟾宫阆苑；第二首从时间来写，把读者引入楚王的阳台，汉成帝的宫廷；第三首归到目前的现实，点明唐宫中的沉香亭北。诗笔不仅挥洒自如，而且相互勾带。"其一"中的春风和"其三"中的春风，前后遥相呼应。读这三首诗，如觉春风满纸，花光满眼，人面迷离。

渭城曲 王维

【原文】

渭城朝雨浥轻尘^①，

客舍青青柳色新^②。

劝君更尽一杯酒，

西出阳关^③无故人。

【注释】

①渭城：在今陕西省西安市西北，即秦代咸阳古城。浥（yì）：润湿。

②客舍：旅馆。柳色：柳树象征离别。

③阳关：在今甘肃省敦煌西南，为自古赴西北边疆的要道。

【赏析】

此诗是王维送朋友去西北边疆时作的诗，诗题又名"赠别"，后有乐人谱曲，名为"阳关三叠"，又名"渭城曲"。它大约作于安史之乱前。安西是唐中央政府为统辖西域地区而设的安西都护府的简称，治所在龟兹城（今新疆库车）。这位姓元的友人是奉朝廷的使命前往安西的。唐代从长安往西去的，多在渭城送别。渭城即秦都咸阳故城，在长安西北，渭水北岸。

此诗前两句写送别的时间、地点，为送别营造一个愁郁的环境气氛；后两句再写频频劝酒，依依惜别，剪取的虽然只是一刹那的情景，蕴含却极其丰富。

这首诗所描写的是一种最有普遍性的离别。它没有特殊的背景，而自有深挚的惜别之情，这就使它适合于绝大多数离筵别席演唱，后来编入乐府，成为最流行、传唱最久的歌曲。

杨柳枝词·一树春风 　　白居易

【原文】

一树春风千万枝，嫩于金色软于丝。

永丰①西角荒园里，尽日无人属阿谁②？

【注释】

①永丰：永丰坊，唐代东都洛阳坊名。

②阿（ā）谁：疑问代词。犹言谁，何人。

【作者介绍】

白居易（772—846年），唐代诗人。字乐天，号香山居士。其先太原（今属山西）人，后迁下邽（今陕西渭南东北）。贞元进士，授秘书省校书郎。元和年间任左拾遗及左赞善大夫。后因上表请求严缉刺死宰相武元衡的凶手，得罪权贵，贬为江州司马。长庆初年任杭州刺史，宝历初年任苏州刺史，后官至刑部尚书。

白居易在文学上积极倡导新乐府运动，主张文章合为时而著，诗歌合为事而作，写下了不少感叹时世、反映人民疾苦的诗篇，对后世颇有影响，是我国文学史上相当重要的诗人。和元稹并称"元白"，和刘禹锡并称"刘白"，与李白、杜甫一起被后人并称为唐代"三大诗人"。

其诗语言通俗，自然、清新，流传广泛，现有传世之诗作近三千首。有《白氏长庆集》。

【赏析】

这是一首咏物言志的七绝，前两句写柳的风姿可爱，后两句抒发感慨。

这首咏物诗，抒发了对永丰柳的痛惜之情，实际上是对当时政治腐败、人才埋没的感慨。白居易生活的时期，由于朋党斗争激烈，不少有才能的人都受到排挤。诗人自己也为避朋党倾轧自请外放，长期远离京城。此诗所写，亦当含有诗人自己的身世感慨在内。

首句写枝条之盛，舞姿之美。"春风千万枝"，是说春风吹拂，千丝万缕的柳枝，随风起舞。一树而千万枝，可见柳之繁茂。次句极写柳枝之秀色夺目，柔嫩多姿。春风和煦，柳枝绽出细叶嫩芽，望去一片嫩黄；细长的柳枝，随风飘荡，比丝缕还要柔软。这两句把垂柳之生机横溢，秀色照人，轻盈袅娜，写得极生动。

接下来诗人笔锋一转，写的却是它荒凉冷落的处境。诗于第三句才交代垂柳生长之地，有意给人以突兀之感，在诗意转折处加重特写，强调垂柳之不得其地。"西角"为背阳阴寒之地，"荒园"为无人所到之处，生长在这样的场所，垂柳再好，又有谁来一顾呢？只好终日寂寞了。反过来说，那些不如此柳的，因为生得其地，却备受称赞，为人爱惜。诗人对垂柳表达了深深的惋惜。这里的孤寂落寞，同前两句所写的动人风姿，正好形成鲜明的对比；而对比越是鲜明，越是突出了感叹的强烈。

此诗将咏物和寓意熔在一起，不着一丝痕迹。全诗明白晓畅，有如民歌，加以描写生动传神，当时就"遍流京都"。后来苏轼写《洞仙歌》词咏柳，有"永丰坊那畔，尽日无人，谁见金丝弄晴昼"之句，隐括此诗，读来仍然令人有无限低回之感，足见其艺术力量感人至深了。

关于这首诗，当时河南尹卢贞有一首和诗，并写了题序说："永丰坊西南角园中，有垂柳一株，柔条极茂。白尚书曾赋诗，传入乐府，遍流京都。近有诏旨，取两枝植于禁苑。乃知一顾增十倍之价，非虚言也。"永丰坊为唐代东都洛阳坊里名。白居易于武宗会昌二年（842 年）以刑部尚书致仕后寓居洛阳，直至会昌六年（846 年）卒；卢贞会昌四年（844 年）七月为河南尹（治所在洛阳）。白诗写成到传至京都，需一段时间，然后有诏旨下达洛阳，卢贞始作和诗。据此推知，白氏此诗约作于会昌三年至五年（843—845 年）之间。移植永丰柳诏下达后，他还写了一首《诏取永丰柳植禁苑感赋》的诗。

忆江南词（三首） 白居易

【原文】

其一

江南①好，风景旧曾谙②：

日出江花③红胜火，春来江水绿如蓝。

能不忆江南？

其二

江南忆，最忆是杭州：

山寺月中寻桂子④，郡亭枕上看潮头⑤。

何日更重游！

其三

江南忆，其次忆吴宫⑥：

吴酒一杯春竹叶⑦，吴娃双舞醉芙蓉⑧。

早晚⑨复相逢！

【注释】

①江南：主要是长江下游的江浙一带。

②谙（ān）：熟悉。

③江花：江边的花朵。一说指江中的浪花。红胜火：颜色鲜红胜过火焰。

④山寺：指杭州天竺寺。桂子：桂花。

⑤郡亭：疑指杭州城东楼。看潮头：钱塘江入海处，有二山南北对峙如门，水被夹束，势极凶猛，为天下名胜。

⑥吴宫：指吴王夫差为西施所建的馆娃宫，在苏州西南灵岩山上。

⑦竹叶：酒名，即竹叶青。亦泛指美酒。

⑧吴娃：原为吴地美女名。此词泛指吴地美女。醉芙蓉：形容舞伎之美。

⑨早晚：犹言何日，几时。

【赏析】

白居易曾经担任杭州刺史两年，后来又担任苏州刺史，任期也一年有余。在他青年时期，曾漫游江南，旅居苏杭，对江南有着相当的了解，故此江南在他的心目中留有深刻印象。当他因病卸任苏州刺史，回到洛阳后十余年，写下了这三首《忆江南》。

至于作词的具体时间，据刘禹锡《忆江南》词小序中说："和乐天春词，依《忆江南》曲拍为句。"此词在唐文宗开成二年（837 年）初夏作于洛阳，由此可推白居易所作的三首词也应在开成二年初夏。

这三首词既是各自独立成篇又是互为联系的，必须把它们放在一起来分析。

第一首摄取一年之春的江南景色，写得生机盎然，色彩艳丽。"日出江花红胜火"一句刻画在初日映照下的江畔春花，红得胜过火焰。表现出春天花卉的生机勃勃之态，使人感到江南春色浓艳、热烈之美。次句说"春来江水绿如蓝"。春水荡漾，碧波千里，诗人更夸张地形容它比蓝草还要绿，这深浓的碧绿色，与上句日映江花的火红色相映，便觉更加绚丽夺目。诗人敷彩设色，用色彩明艳的辞藻，很好地显示出江南春色的迷人之态，像作者这样长期居住在苏杭的人自然是"能不忆江南！"即便素未到过江南的人也会急欲一睹为快。

第二首词以"江南忆，最忆是杭州"领起，前三字"江南忆"和第一首词的最后三字"忆江南"勾连，形成词意的连续性。后五字"最忆是杭州"又突出了作者最喜爱的一个江南城市。如果说第一首词像画家从鸟瞰的角度大笔挥洒而成的江南春意图，那么，第二首词便像一幅杭州之秋的画作了。

第三首词点到吴宫，但主要却是写人，写苏州的歌舞伎和词人自己。从整体上看，意境的变化使连章体词显得变化多姿，丰富多彩。

这三首词，从今时忆往日，从洛阳忆苏杭。今、昔、南、北、时间、空间的跨度都很大。每一首的头两句，都抚今追昔，身在洛阳，神驰江南。每一首的中间两句，都以无限深情追忆最难忘的江南往事。结句则又回到今天，希冀那些美好的记忆有一天能够变成活生生的现实。因此，整个组词不过寥寥数十字，却从许多层次上吸引读者进入角色，想象主人公今昔南北所经历的各种情境，体验主人公今昔南北所展现的各种精神活动，从而获得寻味无穷的审美享受。

这三首词，每首自具首尾，有一定的独立性；而各首之间，又前后照应，脉络贯通，构成有机的整体大"联章"诗词中，显示出作者谋篇布局的高超艺术技巧。

竹枝词·杨柳青青　　刘禹锡

【原文】

杨柳青青江水平，闻郎江上踏歌①声。

东边日出西边雨，道是无晴②却有晴。

【注释】

①踏歌：亦作"蹋歌"。拉手而歌，以脚踏地为节拍。也指行吟，即边走边歌。

②晴：与"情"谐音，以"晴"寓"情"。

【作者介绍】

刘禹锡（772—842 年），字梦得，洛阳人，唐代中叶的哲学家和诗人。贞元九年（793 年）刘禹锡中进士，又登博学宏词科；贞元十一年（795 年）吏部取上利，官授太了校书；贞元十六年（800 年），为徐州掌书记；两年后调任京兆渭南主簿；贞元十九年（803 年），擢升为监察御史。开成三年（838 年），刘禹锡改任太子宾客，分司东都，一年后加检校礼部尚书，世称刘宾客。

刘禹锡与柳宗元交谊很深，人称"刘柳"。他又与白居易唱和甚多，并称"刘白"。

刘禹锡精于文，善于诗。刘禹锡的诗歌雄浑爽朗，语言干净明快，节奏比较和谐响亮。尤以律诗和绝句见长。有《刘梦得文集》40 卷，现存 30 卷。另有外集 10 卷，为北宋时辑录，收有遗诗 407 首，杂文 22 篇。

【赏析】

刘禹锡于唐穆宗长庆二年（822 年）正月至长庆四年（824 年）夏在夔州任刺史，作《竹枝词》十一首，此为其中一首。

《竹枝词》是古代四川东部的一种民歌，人们边舞边唱，用鼓和短笛伴奏。赛歌时，谁唱得最多，谁就是优胜者。刘禹锡非常喜爱这种民歌，他采用了当地民歌的曲谱，制成新的《竹枝词》，体裁和七言绝句一样，描写当地山水风俗和男女爱情，富于生活气息。在写作上，多用白描手法，少用典故，语言清新活泼，生动流畅，民歌气息浓厚。

这是一首描写青年男女爱情的诗歌。它描写了一个初恋的少女在杨柳青青、江平如镜的清丽的春日里，听到情郎的歌声所产生的内心活动。

首句"杨柳青青江水平"，描写少女眼前所见景物，用的是起兴手法。这一句描写的春江杨柳，最容易引起人的情思，于是很自然地引出了第二句："闻郎江上唱歌声。"这一句是叙事，写这位少女在听到情郎的歌声时起伏难平的心潮。最后两句："东边日出西边雨，道是无晴却有晴"，是两个巧妙的隐喻，用的是语意双关的手法，既写了江上阵雨天气，又把这个少女的迷惑、眷恋和希望一系列的心理活动巧妙地描绘出来。这两句一直成为后世人们所喜爱和引用的佳句。

此诗以多变的春日天气来造成双关，以"晴"寓"情"，具有含蓄之美，十分贴切自然地表现了女子那种含羞不露的内在感情。

卷十　杂歌谣辞

匈奴歌　　无名氏

【原文】

失我焉支山①，令我妇女无颜色②。

失我祁连山，使我六畜不蕃息③。

【注释】

①焉支山：在今甘肃西部。

②无颜色：指因生活贫困而面色不好。

③蕃息：繁衍生息。

【作者介绍】

匈奴民歌，作者不详。

【赏析】

此歌本为匈奴人所唱。汉武帝派卫青、霍去病将兵出击匈奴，夺取焉支山和祁连山。匈奴人悲伤作此歌。《乐府诗集》引《十道志》说："焉支、祁连二山，皆美水草。匈奴失之，乃作此歌。"又引《汉书》："元狩二年（公元前123年）春，霍去病将万骑出陇西，讨匈奴，过焉支山千有余里。其夏，又攻祁连山。"《汉书·武帝纪》："秋，匈奴昆邪王杀休屠王，并将其众，合四万余人来降，置五属国以处之。"所谓属国，就是"存其国号，而属汉朝"（颜师古注）。这首《匈奴歌》就是匈奴土著对汉族封建统治者侵占他们土地的暴行的反抗之歌。

"焉支"，山名，在甘肃省山丹县东南。"焉支"又和"燕支"通用。

燕支是西域所产的一种草，可作染红的颜料，用它润面，叫燕支（胭脂）粉。歌辞即用"焉支"双关"燕支"，以妇女不搽胭脂，面容将失去红润的色泽来暗示匈奴人民失去美丽的河山后的痛苦心情。

"祁连"，山名，此指北祁连，即今横贯新疆中部的天山，匈奴呼"天"为"祁连"。"六畜"，牛、马、羊、猪、狗、鸡。此泛指牲畜。匈奴作为游牧民族，最珍贵的就是能蕃息牲畜的水草地。燕支、祁连都有水草丰美的山麓，一旦失去，六畜不繁，其困苦可想而知。

这首歌谣用粗线条勾勒出匈奴人民失去领地的困苦生活。两个"失我"突兀而出，重叠连用，正见其逐层加强的愤怒心情。

敕勒歌　　　　　无名氏

【原文】

敕勒川①，阴山②下。

天似穹庐③，笼盖四野④。

天苍苍⑤，野茫茫⑥，

风吹草低见⑦牛羊。

【注释】

①敕勒（chì lè）：古代民族名，北齐时居住在朔州（今山西省北部）一带，北魏时期把今河套平原至土默川一带称为敕勒川。川：平川、平原。

②阴山：在今内蒙古自治区北部。

③穹（qióng）庐：用毡布搭成的帐篷，即蒙古包。

④四野：草原的四面八方。

⑤苍苍：蓝蓝的样子。

⑥茫茫：辽阔无边的样子。

⑦见（xiàn）：同"现"，显露。

【作者介绍】

北朝民歌是北朝时期各族人民所作的歌谣。北朝人民过着游牧生活，在游牧的过程中有许多民歌流传下来，其中包括战歌、牧歌以及反映人民痛苦生活的歌谣等。这些民歌风格豪放粗犷，音调铿锵有力，充满草原特色，表现出北方少数民族英勇豪迈的气概。

公元4~6世纪，中国北方大部分地区处在鲜卑、匈奴等少数民族的统治之下，先后建立了北魏、北齐、北周等五个政权，历史上称为"北朝"。北朝民歌主要是北魏以后用汉语记录的作品，这些歌谣风格豪放刚健，抒情爽直坦率，语言质朴无华，表现了北方民族英勇豪迈的气概。这首民歌《敕勒歌》最早见录于宋郭茂倩编《乐府诗集》中的第八十六卷《杂歌谣辞》。一般认为是敕勒人创作的民歌，产生于5世纪中后期。

在史书中，最先提到《敕勒歌》的是唐朝初年李延寿撰的《北史》卷六《齐本纪》：公元546年，北齐开国皇帝高欢率兵十万从晋阳南向进攻西魏的军事重镇玉壁（今山西南部稷山县西南），损兵七万。返回晋阳途中，军中谣传其中箭将亡，高欢带病强设宴面会大臣。为振军心，他命部将斛律金唱《敕勒歌》，遂使将士怀旧，军心大振。这不仅说明这原是鲜卑歌，同时说明这是一首凝聚民族力量的歌。

《敕勒歌》的作者到底是谁，一直众说纷纭。有人认为斛律金是作者之一，甚至有人认为作者就是斛律金。而有人认为斛律金只是已知最早的演唱者，而非作者。

【赏析】

《敕勒歌》选自《乐府诗集》，是南北朝时期黄河以北的北朝流传的一首民歌，一般认为是由鲜卑语译成汉语的。

这首民歌生动地描绘了北方大草原的美好风光，反映了古代北方少数民族的游牧生活。诗歌语言淳朴自然，描写简洁开阔，浑然天成。辽阔的敕勒川，绵延的阴山，深蓝的天空，无边的草原，成群的牛羊，多么辽阔壮美的画面啊！

"敕勒川，阴山下"，诗歌一开头就以高亢的音调，吟咏出北方的自然特点，无遮无拦，高远辽阔。这简洁的六个字，格调雄阔宏放，透显出敕勒民族雄强有力的性格。

"天似穹庐，笼盖四野"，这两句承上面的背景而来，极言画面之壮阔，天野之恢宏。同时，抓住了这一民族生活的最典型的特征，歌者以如椽之笔勾画了一幅北国风貌图。

诗歌的最后三句"天苍苍，野茫茫，风吹草低见牛羊"，生动地描绘出了大草原的勃勃生机，也表达了敕勒族人民对家乡、对自己游牧生活的热爱。"风吹草低见牛羊"这最后一句是全文的点睛之笔，描绘出了一幅殷实富足、其乐融融的景象。

诗歌紧紧抓住草原的特点来写，意境开阔，动静结合，风格朴实雄厚。诗歌的语句自然流畅，富有节奏感和韵律美，艺术概括力极强，酣畅淋漓地抒写了敕勒人民的豪情。

比起南歌的缠绵委婉，清新绮丽来，《敕勒歌》如大草原上歌喉嘹亮的牧马人，扬鞭催马，豪迈大气，故多受诗论家的推崇。元好问《论诗绝句》说："慷慨歌谣绝不传，穹庐一曲本天然。中州万古英雄气，也到阴山敕勒川。"乔亿《剑溪说诗》以为："南北朝短章，《敕勒歌》断为第一。"

舂歌 　　　　　　戚夫人

【原文】

子为王①，母为虏②。

终日舂薄暮，常与死为伍。

相离三千里，当谁使告女③？

【注释】

①子为王：指戚夫人所生的儿子赵王刘如意。

②虏：指阶下囚。

③谁使：即"使谁"。女：同"汝"，你。

【作者介绍】

戚夫人（？—公元前194年），又称戚姬，戚姓。秦末定陶（今山东定陶）人，随刘邦征战了四年，是汉高祖刘邦的宠妃。刘邦死后，吕后立即着手残害戚夫人，先暗杀其子赵王如意，然后命人砍去戚夫人手足，灼烂耳朵，挖掉眼珠，又灌了哑药，再将其丢进厕所里，称之为"人彘"，数天之后戚夫人惨死于这种极度暴虐的摧残中。

【赏析】

　　戚夫人是汉高祖刘邦的宠姜，刘邦死后，她被吕后所囚禁，罚她春米，最后被吕后杀死。《汉书·外戚传》曰："高祖得定陶戚姬，爱幸，生赵王如意。惠帝立，吕后为皇太后，乃令永巷囚戚夫人，髡钳，衣赭衣，令春。戚夫人春且歌。太后闻之大怒，曰：'乃欲倚子邪！'召赵王杀之。戚夫人遂有人彘之祸。"《春歌》就是戚夫人在春米时自编自唱的伴歌。

　　诗歌开头说"子为王，母为虏"，三言六字，以母子地位之悬殊直抒内心不平，先声夺人。紧接着说自己每天起早贪黑春作不止，生命危在旦夕，随时可能发生不测。而末句"相离三千里，当谁使告女"，犹如一声绝望的呼号，将心中的悲苦和对远方儿子的思念倾吐而出。

　　从字面上看，《春歌》句句明白易懂，但使人读后感到心情沉重。戚夫人在诗中如泣如诉，字里行间充溢着惨凄忧郁之情。她深感不满的是自己身为藩王的母亲，却在为别人做奴隶，被迫从早到晚不停地春米，这样的生活好比在死亡的边沿上挣扎，却没有人能把自己这种处境告诉那远在千里之外的儿子。她多么希望能有人来救她脱出这无边的苦海啊！她在呼喊，在求救，这也是她唯一能采用的呼救的方式了。

　　本诗形式灵活，语言质朴，情感真挚。一个被侮辱与被伤害的弱女子形象呼之欲出，千百年来，打动了无数读者的心，成为可以和《垓下歌》《大风歌》媲美的千古绝唱。

秋风辞　　　　刘彻

【原文】

秋风起兮白云飞，草木黄落①兮雁南归。

兰有秀兮菊有芳②，怀佳人③兮不能忘。

泛楼船兮济汾河④，横中流兮扬素波⑤。

箫鼓鸣兮发棹歌⑥，欢乐极兮哀情多。

少壮几时兮奈老何！

【注释】

①黄落：变黄而枯落。

②秀：草本植物开花。这里比佳人颜色。芳：香气，比佳人香气。兰、菊：这里比拟佳人。

③佳人：这里指想求得的贤才。

④汾河：起源于山西宁武，西南流至河津西南入黄河。

⑤扬素波：激起白色波浪。

⑥发：引发，即"唱"。棹歌：船工行船时所唱的歌。棹（zhào）：船桨。这里代指船。

【赏析】

汉元鼎四年（公元前113年），汉武帝刘彻率领群臣到河东郡汾阳县（山西万荣县北面）祭祀后土，途中传来南征将士的捷报，从而将当地改名为闻喜，沿用至今。时值秋风萧瑟，鸿雁南归，汉武帝乘坐楼船泛舟汾河，饮宴中流，听说汾水旁边有火光腾起，就在那里立了一座后土祠来祭祠大地。"顾祝帝京，忻然中流，与群臣饮宴，自作《秋风辞》。"刘彻触景生情，以景物起兴，继写楼船中的歌舞盛宴的热闹场面，最后以感叹乐极生悲，人生易老，岁月流逝作结。"怀佳人兮不能忘"等句，抒发了他渴求"贤才"的愿望。

全诗比兴并用、情景交融，是中国文学史上"悲秋"的名作。全诗共有九句，可分作四层：首二句写秋景如画，三、四句以兰、菊起兴，融悲秋与怀人为一；以下各句写舟中宴饮，乐极生哀，而以人生易老的慨叹作结。

此诗语言清丽明快，句句押韵，节奏快，乐感强，在艺术风格上受楚辞影响较大。全诗构思巧妙，意境优美，音韵流畅，很适合于传唱。

这首清丽隽永、笔调流畅的《秋风辞》，历来为人们所称道。此诗虽是即兴之作，却一波三折，抒写得曲折缠绵。沈德潜《古诗源》卷二："《离骚》遗响。文中子谓乐极哀来，其悔心之萌乎？"以"《离骚》遗

响"观之，乃就文辞而言，沈德潜的评价非常切实。鲁迅也称此诗"缠绵流丽，虽词人不能过也"。

北方有佳人　　　李延年

【原文】

北方有佳人，绝世而独立①。

一顾倾人城，再顾倾人国②。

宁不知③，倾城与倾国，佳人难再得？

【注释】

①绝世：冠绝当时，举世无双。

②倾城、倾国：原指因女色而亡国，后多形容妇女容貌极美。

③宁不知：怎么不知道。

【作者介绍】

李延年（？—约公元前101年），西汉杰出音乐家，中山（今河北定县）人，其父母兄弟皆为乐人。起初犯法，受腐刑，被拘监中。后因其妹李夫人得宠于汉武帝，故被赦，颇受宠，官协律都尉，后来被杀。

李延年擅长歌舞，善创新声，曾为《汉郊祀歌·十九章》配乐，又仿张骞从西域传入的胡曲《摩诃兜勒》作新声二十八解，用于军中，称"横吹曲"。其诗歌今仅存这一首，载于《汉书·外戚传上·孝武李夫人》，被郭茂倩《乐府诗集》收入《杂歌谣辞》。

【赏析】

《北方有佳人》是汉代宫廷音乐家李延年的小诗。在汉武帝宠爱的众多后妃中，最令他生死难忘的，要数那位妙丽善舞的李夫人了；而李夫人的得幸，则是靠了她哥哥李延年的这首名动京师的"佳人歌"。《汉书·外戚传上》记载：在一次宫廷宴会上，李延年献舞时唱了这首歌。汉武帝听后不禁感叹道：世间哪有这样的佳人呢？汉武帝的姐姐平阳公主顺势推荐了李延年的妹妹。汉武帝召来一见，果然妙丽善舞。从此，李延年之妹成了汉武帝的宠姬李夫人，李延年也更加得到恩宠。

一阕短短的歌，居然能使雄才大略的武帝闻之而动心，立时生出一见伊人的向往之情。这在我国古代诗歌史上，恐怕是绝无仅有之例。它何以具有如此动人的魅力呢？

初看起来，这首歌的起句平平，对"佳人"的夸赞开门见山，毫无渲染铺垫，但其意蕴却非同凡俗。此歌以"北方"二字领起，简要点明佳人的来历。但北方的佳人何止千万？而此歌所瞩意的，则是万千佳人中"绝世独立"的一人而已。"绝世"夸其姿容出落之美，简直是并世无双；"独立"状其幽处娴雅之性，更见得超俗而出众。不仅如此，"绝世而独立"还隐隐透露出这位佳人独自凭栏而倚的孤独与哀愁，显得楚楚可怜。只此两句，平中蕴奇，足令武帝生出对佳人的神往之心了。

下面两句，"一顾倾人城，再顾倾人国"，这是全诗的核心与高潮。北方佳人既如此脱俗可爱，当其顾盼之间，又该有怎样美好的风姿呢？要表现这一点，就不太容易了。然而，这位富于才情的音乐家，却出人意外地唱出了"倾城倾国"的奇句——她只要对守卫城垣的士卒瞧上一眼，便可令士卒弃械、墙垣失守；倘若再对驾临天下的人君秋波一转，亡国灭宗的灾祸可就要降临其身了！诗人极尽夸张之能事，危言耸听，但绝不是以此来昭示君王求鉴前史，而是反其意而用之，以其具有倾城倾国的巨大魅力来极言佳人之美，达到引动君王思美之心的目的。

紧接着，"倾城""倾国"的字眼二度出现，推荐美人的主旨非常鲜明。先言有此绝美之人，再言美人的惊人魅力，然后向君王恳切呼告：

您难道不知这具有倾城倾国之貌的佳人，一旦错过就再难得到了？拳拳之心，殷切指意，在一咏三叹之中得到了充分的表达，产生了摄人心魄的感染力，拨动了汉武帝的心弦。这两句故作取舍两难之语，实有"欲擒故纵"之妙：愈是强调佳人之不可近，便愈见其美；而愈是惋惜佳人之难得，就愈能促人赶快去获取。作者的用意，正是要以深切的惋惜之辞，牵动武帝那难获绝世佳人的失落之感，从而迅速作出抉择。难怪武帝听完此歌，不禁发出"世岂有此人乎"的喟然叹息了。如此一来，李夫人在这样的时刻被荐举、召见，正适合于李延年这首非同凡响之歌所营造的情感氛围。

此诗既没有华美的辞藻，也没有细致的描绘，只是以简括甚至单调的语言，便形象地赞颂了一位举世无双的绝色美女。此诗看上去寻常，却也有其奇绝之处：它以惊人的夸张和反衬，显示了自己的特色。透过那夸张的诗句，体现出一种自然、率真的美，又给读者留下了广阔的审美空间。

箜篌谣　　　　　　　　　　　李白

【原文】

攀天莫登龙，走山莫骑虎。

贵贱结交心不移，唯有严陵①及光武。

周公称大圣②，管蔡③宁相容。

汉谣一斗粟，不与淮南春④。

兄弟尚路人，吾心安所从。

他人方寸间，山海几千重。

轻言托朋友，对面九疑峰⑤。

开花必早落，桃李不如松。

管鲍⑥久已死，何人继其踪。

【注释】

①严陵：严光，字子陵，东汉余姚人。

②大圣：伟大的圣人。

③管蔡：管叔和蔡叔，是周武王的弟弟。

④"汉谣"二句：语出自《史记·淮南衡山列传》："民有作歌歌淮南厉王曰：一尺布，尚可缝；一斗粟，尚可舂。兄弟二人不能相容。"讲的是汉文帝与淮南王之间的兄弟恩怨故事。

⑤九疑峰：山名。在湖南宁远县南。其山九谷皆相似，故称"九疑"。

⑥管鲍：春秋时期的政治家管仲和鲍叔牙。

【赏析】

《箜篌谣》，又名《箜篌引》《公无渡河》，乐府古辞。此诗具体作年难以考证。大多数人认为此诗作于安禄山反叛前，李白去幽州（北京）自费侦探的时候。也有人认为可能写在永王李璘被平叛以后，当永王使韦子春带着五百两黄金来三请李白下山的时候。此诗为至德二年（757年），永王被平叛后所作。

此诗表达了诗人对结交挚友之难的慨叹。

全诗可分为三段。前四句为第一段。首二句比兴，喻交友须慎重；三四句从正面列举贵贱结交而心不移的典范。中四句为第二段，从反面列举兄弟尚不容的事例。末十句为议论，直接表达诗人对结友不易的看法。"兄弟"四句言兄弟尚且如同路人，他人之间的感情隔阂应如山之高，如海之深。"轻言"二句谓不可轻信、轻托朋友。"开花必早落，桃李不如松"喻轻诺必寡信，美言必不信，多交必涉滥，是"轻言"二句的形象化。结尾二句呼唤对交友古风的重现。议论部分层层推出，条理井然，虚实相间。

卷十一 新乐府辞

农臣怨 元结

【原文】

农臣①何所怨，乃欲干人主②。

不识天地心，徒然怨风雨。

将论草木患，欲说昆虫苦③。

巡回宫阙傍，其意无由④吐。

一朝哭都市，泪尽归田亩。

谣颂⑤若采之，此言当可取。

【注释】

①农臣：农官。

②干：干涉。人主：古时专指一国之主，即帝王。

③草木患、昆虫苦：即庄稼歉收、昆虫为害的情景。

④无由：指没有门径和机会。

⑤谣颂：以颂扬为内容的歌谣、文章或诗歌。

【作者介绍】

元结（719—772年），中国唐代文学家。字次山，号漫叟、聱叟。河南鲁山人。天宝六载（747年）应举落第后，归隐商余山。天宝十二载进士及第。安禄山反，曾率族人避难猗玗洞（今湖北大冶境内），因号猗玗子。乾元二年（759年），任山南东道节度使史翙幕参谋，招募义兵，抗击史思明叛军，保全十五城。代宗时，任道州刺史，调容州，加封容州都督充本管经略守捉使，政绩颇丰。大历七年（772 年）入朝，同年卒于长安。

【赏析】

此诗是作者《系乐府》十二首之九，写于天宝十载（751 年），是盛唐时较早的新乐府诗。其总序云："天宝辛未中，元子将

前世尝可叹者，为诗十二篇，为引其义以名之，总命曰《系乐府》。古人咏歌不尽其情声者，化金石以尽之。其欢怨甚邪戏尽欢怨之声者，可以上感于上，下化于下，故元子系之。"此诗托古讽今，揭露朝廷失政，农民积怨，奔走呼号。

诗歌前六句写朝廷失政，导致天怒人怨，上天为警示人间，狂风暴雨以及各种自然灾异屡屡出现，而"人主"却深居宫中无从得知。农臣满腔怨气，想要"干人主"以申诉，"将论""欲说"点明农臣之怨的具体内容及怨愤之多。"巡回"四句，写农臣无法"干人主"而在宫门外徘徊，因无法向"人主"吐诉自己的怨气而痛哭于都市，"泪尽"无奈而归乡里，深刻揭露了当时朝廷言路壅塞、下情不能上达的弊端。最后两句，希望此诗能够被采诗者采得，传知"人主"，以补时政之缺，达到"感于上"而"化于下"的目的。

这首诗语言古朴，虽是咏叹前朝，其实是借古讽今，对时政弊端的揭露还是相当深刻的。

田家行 王建

【原文】

男声欣欣女颜悦，人家不怨言语别①。

五月虽热麦风清，檐头索索缲车鸣②。

野蚕作茧人不取，叶间扑扑秋蛾生。

麦收上场绢在轴③，的知输得官家足④。

不望入口复上身⑤，且免向城卖黄犊⑥。

回家衣食无厚薄，不见县门⑦身即乐。

【注释】

①别：特别，例外。

②檐（yán）头：原指屋檐的边沿，此处应指屋檐下。缲（sāo）车：即"缫车"，缫丝用的器具。

③轴：此处指织绢的机轴。

④的知：确切知道。输：交纳赋税。

⑤入口、上身：指吃和穿。

⑥黄犊：指小牛。

⑦不见县门：指不被捉进县衙门。

【赏析】

王建的文学活动时期主要是唐德宗、唐宪宗二朝，属中唐时期。中唐时变租庸调法为两税法，名义上是为了纠正租庸调法赋敛繁重之弊，唐德宗甚至还有"两税外辄率一钱以枉法论"的诏令，实则两税法兴，而横征暴敛仍繁，各种莫名其妙的奉进、宣索一次次强加在农民身上。此诗就是在这种社会背景下创作的。

这是一首讽刺赋税苛重的新乐府。前八句用白描手法，勾勒出四幅丰收年景图，描述了农民面对麦、茧丰收的喜悦。作者渲染农民欣喜的心情和劳作场面，实为衬托农民可怜的处境和悲苦的心情。后四句看似写乐，实像自嘲，是作者倾诉农民的悲苦辛酸，表现封建剥削的残酷，也见出诗人对劳动人民的深切同情。

王建这首乐府体诗歌，对残酷的封建压迫作了无情的揭露。仲夏时节，农民麦、茧喜获丰收，却被官府劫一空，无法享受自己的劳动果实，只能过着"衣食无厚薄"的悲惨生活。这首诗所反映的现实，应是中唐时期农民生活的缩影，相当具有典型性。全诗语言质朴无华，通俗流畅，不事雕饰，立意精巧，讽刺深刻，是乐府诗中的佳作。

老将行 　　　王维

【原文】

少年十五二十时，步行夺得胡马骑①。

射杀中山白额虎，肯数邺下黄须儿②！

一身转战三千里，一剑曾当百万师。

汉兵奋迅如霹雳，虏骑崩腾畏蒺藜③。

卫青不败由天幸，李广无功缘数奇④。

自从弃置便衰朽，世事蹉跎成白首。

昔时飞箭无全目，今日垂杨生左肘⑤。

路旁时卖故侯瓜，门前学种先生柳⑥。

苍茫古木连穷巷，寥落寒山对虚牖⑦。

誓令疏勒出飞泉，不似颍川空使酒⑧。

贺兰山下阵如云，羽檄交驰日夕闻。

节使三河募年少，诏书五道出将军。

试拂铁衣如雪色，聊持宝剑动星文⑨。

愿得燕弓射大将，耻令越甲鸣吾君⑩。

莫嫌旧日云中守，犹堪一战取功勋⑪。

【注释】

①步行夺得胡马骑：汉名将李广，为匈奴骑兵所擒，广时已受伤，便即装死。后于途中见一胡儿骑着良马，便一跃而上，将胡儿推在地下，疾驰而归。

②射杀中山白额虎：指李广为右北平太守时，多次射杀山中猛虎之事。一说指晋名将周处除三害射杀南山白额虎之事。肯数：岂可只推。邺下：曹操封魏王时，都邺（今河北临漳县西）。黄须儿：指曹彰，曹操第二子，须黄色，性刚猛，曾亲征乌丸，颇为曹操爱重，曾持彰须曰："黄须儿竟大奇也。"

③蒺藜（jí lí）：本是有三角刺的植物，这里指铁蒺藜，战地所用障碍物。

④缘：因为。数：命运。奇：单数。偶之对称，奇即不偶，不偶即不遇。

⑤飞箭无全目：吴贺使羿射雀，贺要羿射雀左目，却误中右目。这里只是强调羿能使雀双目不全，于此见其射艺之精。垂杨生左肘：指生病导致技艺生疏。

⑥故侯瓜：召平，本秦东陵侯，秦亡为平民，贫，种瓜长安城东，瓜味甘美。先生柳：晋陶渊明弃官归隐后，因门前有五株杨柳，遂自号

"五柳先生"。

⑦苍茫：一作"茫茫"。连：一作"迷"。

⑧誓令疏勒出飞泉：后汉耿恭与匈奴作战，据疏勒城，匈奴于城下绝其涧水，恭于城中穿井，至十五丈犹不得水，他仰叹道："闻昔贰师将军（李广利）拔佩刀刺山，飞泉涌出，今汉德神明，岂有穷哉。"旋向井祈祷，过了一会，果然得水。事见《后汉书·耿恭传》。疏勒：指汉疏勒城，非疏勒国。颍川空使酒：灌夫，汉颍阴人，为人刚直，失势后颇牢骚不平，后被诛。使酒，恃酒逞意气。

⑨聊持：且持。星文：指剑上所嵌的七星文。

⑩耻令越甲鸣吾君：意谓以敌人甲兵惊动国君为可耻。《说苑·立节》：越国甲兵入齐，雍门子狄请齐君让他自杀，因为这是越甲在鸣国君，自己应当以身殉之，遂自刎死。鸣，惊动的意思。

⑪云中守：魏尚曾任云中太守，深得军心，匈奴不敢犯边，后被削职为民，经冯唐为其抱不平，才官复旧职。

【赏析】

唐玄宗开元二十五年（737年），王维被任命为监察御史，奉使出塞，在凉州河西节度使副使崔希逸幕下任节度判官，在此度过了一年的军旅生活。这期间他深入士兵生活，穿梭于各将校之间，发现军队之中也存在着很多不合理的问题。这首诗就是反映这不合理的现象。

这首诗叙述了一位老将的经历。他一生东征西战，功勋卓著，结果却落得个"无功"被弃、不得不以躬耕叫卖为业的可悲下场。而当边疆烽火再起，他又不计旧怨，义无反顾地请缨报国。作品揭露了统治者的赏罚蒙昧与冷酷无情，歌颂了老将的高尚节操和爱国热忱。

全诗分三段。

开头十句为第一段，是写老将青壮年时期的智勇、功绩和不平遭遇。诗人借李广与卫青的典故，暗示统治者用人唯亲、赏罚失据，写出了老

将的不平遭遇。

中间十句为第二段，写老将被遗弃后的清苦生活。虽然世态炎凉，门前冷落，从无宾客往还，但是老将并未因此消沉颓废，他仍然想"誓令疏勒出飞泉"，像后汉名将耿恭那样，与战士们同甘共苦，却敌立功；而绝不像前汉颍川人灌夫那样，解除军职之后，使酒坐骂，发泄怨气。

最末十句为第三段，是写边烽未熄，老将时时怀着请缨杀敌的爱国衷肠。结尾为老将再次表明态度："莫嫌旧日云中守，犹堪一战立功勋。"借用魏尚的故事，表明只要朝廷肯任用老将，他一定能杀敌立功，报效祖国。

这首诗十句一段，章法整饬，大量使事用典，从不同的角度刻画出"老将"的艺术形象，完美地表达了作品的主题。

桃源行

王维

【原文】

渔舟逐水爱山春，两岸桃花夹古津①。

坐②看红树不知远，行尽青溪不见人。

山口潜行始隈隩，山开旷望旋平陆③。

遥看一处攒云树，近入千家散花竹④。

樵客⑤初传汉姓名，居人未改秦衣服。

居人共住武陵源，还从物外起田园⑥。

月明松下房栊静，日出云中鸡犬喧。

惊闻俗客争来集，竞引还家问都邑⑦。

平明闾巷扫花开，薄暮渔樵乘水入。

初因避地去人间⑧，及至成仙遂不还。

峡里谁知有人事，世中遥望空云山。

不疑灵境难闻见，尘心未尽思乡县。

出洞无论隔山水，辞家终拟长游衍⑨。

自谓经过旧不迷，安知峰壑今来变。

当时只记入山深，青溪几度到云林。

春来遍是桃花水⑩，不辨仙源何处寻。

【注释】

①逐水：顺着溪水。古津：古渡口。

②坐：因为。

③隈（wēi）：山、水弯曲的地方。隩（yù）：河岸弯曲的地方。旷望：指视野开阔。旋：不久。

④攒云树：云树相连。攒，聚集。散花竹：指到处都有花和竹林。

⑤樵（qiáo）客：原本指打柴人，这里指渔人。

⑥武陵源：指桃花源，相传在今湖南桃源县（晋代属武陵郡）西南。武陵：即今湖南常德。物外：世外。

⑦俗客：指误入桃花源的渔人。都邑：指桃源人原来的家乡。

⑧避地：迁居此地以避祸患。去：离开。

⑨游衍：流连不去。

⑩桃花水：春水。桃花开时河流涨溢。

【赏析】

这是王维十九岁时写的一首七言乐府诗，题材取自陶渊明的叙事散文《桃花源记》，且与其并世流传。

《桃源行》所进行的艺术再创造，主要表现在开拓诗的意境上；而这种诗的意境，又主要通过一幅幅形象的画面体现出来。

诗一开始，就展现了一幅"渔舟逐水"的生动画面。在画面与画面之间，诗人巧妙地用一些概括性、过渡性的描述来牵引连结，并提供线索，引导着读者的想象，循着情节的发展向前推进。画面中，透出了和平、恬静的气氛和欣欣向荣的生机，让读者去想象、去领悟、去意会。

中间十二句是全诗的主要部分，连续展现了桃源中一幅幅景物画面和生活画面。"惊""争""集""竞""问"等一连串动词，把人们的神色动态和感情心理刻画得活灵活现，表现出桃源中人淳朴、热情的性格和对故土的关心。接着进一步描写桃源的环境和生活之美好，在叙事中夹入情韵悠长的咏叹，文势活跃多姿。

最后一层，诗的节奏加快，作者紧紧扣住人物的心理活动，将渔人离开桃源、怀念桃源、再寻桃源以及峰壑变幻、遍寻不得、怅惘无限这许多内容，一口气抒写下来，情、景、事在这里完全融合在一起了。最后四句，作为全诗的尾声，与开头遥相照应。开头是无意迷路而偶从迷路中得之，结尾则是有意不迷而反从迷中失之，令读者感喟不已，给人留下了无穷的回味。

王维这首诗中把桃源说成"灵境""仙源"，其实，诗中的"灵境"，也有云、树、花、竹、鸡犬、房舍以及闾巷、田园，桃源中人也照样日出而作、日落而息，处处洋溢着人间田园生活的气息。它反映了王维青年时期美好的生活理想，其主题思想与散文《桃花源记》基本上是一致的。

这首诗通过形象的画面来开拓诗境，可以说是王维"诗中有画"的特色在早年作品中的反映。翁方纲说这首诗"古今咏桃源事者，至右丞而造极"（《石洲诗话》），确为至论。

青楼曲（二首）　　王昌龄

【原文】

其一

白马金鞍从武皇①，旌旗十万宿长杨②。

楼头小妇鸣筝坐，遥见飞尘入建章③。

其二

驰道杨花满御沟④，红妆缦绾⑤上青楼。

金章紫绶千余骑⑥，夫婿朝回初拜侯⑦。

【注释】

①武皇：汉武帝刘彻，指代英武过人的君主，即唐玄宗。

②旌旗：旗帜，这里借指军士。长杨：长杨宫的省称，西汉皇家射猎、校武的大苑子。

③建章：建章宫的省称。由汉武帝所建造，在西汉都城长安的近郊。

④驰道：古代供君王行驶车马的道路。泛指供车马驰行的大道。御沟：流经皇宫的河道。

⑤红妆漫绾：形容女子盛装打扮的样子。绾（wǎn）：盘绕起来打结。

⑥金章紫绶：紫色印绶和金印，古丞相所用。后用以代指高官显爵。骑（jì）：一人一马称为一骑。

⑦拜侯：授予爵位。拜：授官。

【作者介绍】

王昌龄（约690—约756年），字少伯，京兆长安（今陕西西安）人。王昌龄早年家境贫寒，屡试不第，直到不惑之年才中进士。初任秘书省校书郎，又中博学宏辞，授汜水尉，因事贬岭南。开元末返长安，改授江宁丞。天宝中被谤谪龙标尉，在安史之乱中被杀。

作为盛唐时期著名的边塞诗人，王昌龄与王之涣等人齐名，被称为"诗家夫子王江宁"。《全唐诗》对王昌龄的诗作评价极高，称他的诗"绪密而思清"。因为王昌龄的七言绝句最为出色，所以后人也称他为"七绝圣手"。有文集六卷传世。

【赏析】

《青楼曲》是唐代诗人王昌龄创作的组诗作品，共两首，均为七言绝句。组诗描写了少妇在家中的所见所感，描绘了大军胜利归来的盛大场面，从侧面反映出国家的国力强盛。

第一首诗在读者眼前展现了两个场景：一个是白马金鞍上的将军，正率领着千军万马，在长安大道上行进，越走越远，到后来就只见地上扬起的一线飞尘；一个是长安大道旁边的一角青楼，楼上的少妇正在弹筝，那优美的筝声并没有因楼外的热烈场景而中断，仿佛这一切早就在她意料之中似的。前面的场景热烈、雄伟，给人以壮丽的感觉；后面的场景又显得端庄、平静，给人以优美的感觉。这两种截然不同的意境，前后互相映衬，对照鲜明。

　　诗人把这两个不同的场景连接在一个画面上的方法，就是通过楼头少妇的神态，将长安大道上的壮丽场景，从她的眼中反映出来。表面上她似乎无动于衷，实际上却抑制不住内心的欣羡，情不自禁地一路目送马上的将军和他身后的队伍，直到飞尘滚滚，人影全无，还没有收回她的视线。

　　这少妇与马上将军有什么关系，为什么如此关注他的行动？这可从第二首诗中找到答案。原来那马上的将军是她的夫婿，他正立功回来，封侯拜爵，就连他部队里许多骑将都受到封赏。他们经过驰道回来时，把满路杨花都吹散到御沟里去了。

把这两首诗合起来看，前一首描绘的是一支皇家大军凯旋的场景。因为这次胜利的不平常，连皇帝都亲自出迎了。作为将领的妻子，她内心的激动可想而知。诗人未用一句话直接抒写她内心的激动，而是写她从楼头"遥见"的热烈场景，读者却可想象到她看到这热烈场景时的内心感受。

诗人是借用汉武帝时期的历史画卷反映盛唐时期的现实面貌。这幅描写大军凯旋的历史画卷，让人联想到唐朝前期的强大国力。

在这两首诗中，一种为国立功的光荣感，很自然地从一个征人家属的神态中流露出来，反映出盛唐社会生活的一个侧面。

塞下曲·蝉鸣空桑林　　王昌龄

【原文】

蝉鸣空桑林①，八月萧关②道。

出塞入塞寒，处处黄芦草。

从来幽并③客，皆共沙尘老。

莫学游侠儿④，矜夸⑤紫骝好。

【注释】

①空桑林：桑林因秋来落叶而变得空旷、稀疏。

②萧关：宁夏古关塞名。

③幽并：幽州和并州，今河北、山西和陕西一部分。

④游侠儿：都市游侠少年。

⑤夸矜：自夸。

【赏析】

这首乐府歌曲描写了边塞的景色，表达了作者的反战思想。诗由征戍边塞不能回，而告诫少年莫轻夸武力，从而抒发自己的非战之情。

"蝉鸣空桑林，八月萧关道。出塞复入塞，处处黄芦草。"这四句写边塞秋景，无限肃杀悲凉，寒蝉、桑林、萧关、边塞、秋草都是中国古代诗歌意象中表达悲情的代名词，诗歌开篇刻意描写肃杀的秋景是为后来的反战主题作背景和情感上的铺垫。写成边征人，寄寓深切同情。"从来幽并客，皆共沙尘老"，与王翰的"醉卧沙场君莫笑，古来征战几人回"，可谓英雄所见，异曲同工，感人至深。幽州和并州都是唐代边塞之地，也是许多读书人"功名只向马上取"而追逐名利的地方。然而，诗人从这些满怀宏图大志的年轻人身上看到的却是"皆共沙尘老"的无奈结局。末两句，以对比作结，通过对自恃勇武，炫耀紫骝善于驰骋，耀武扬威地游荡，甚至惹是生非而扰民的所谓游侠的讽刺，深刻地表达了作者对于战争的厌恶与对于和平生活的向往。

此诗写边塞秋景，有慷慨悲凉的建安遗韵；写成边征人，又有汉乐府直抒胸臆的哀怨之情；讽喻市井游侠，又让人看到了唐代锦衣少年的浮夸风气。

塞下曲·饮马渡秋水　　　　王昌龄

【原文】

饮马渡秋水，水寒风似刀。

平沙①日未没，黯黯②见临洮。

昔日长城战，咸言意气高。

黄尘足今古，白骨乱蓬蒿。

【注释】

①平沙：广漠的沙原。

②黯（àn）黯：昏暗模糊的样子。

【赏析】

这首诗从凄凉的环境着手，着重表现军旅生活的艰辛及战争的残酷，蕴含了诗人对战争的反对之意。

诗中并没具体描写战争，而是通过对塞外景物和昔日战争遗迹的描绘，来表达诗人对战争的看法。开头四句是从军士饮马渡河的所见所感，描绘了塞外枯旷苦寒的景象。诗人把描写的时间选在深秋的黄昏，这样更有利于表现所写的内容。写苦寒，只选择了水和风这两种最能表现环境特征的景物，笔墨简洁，又能收到很好的艺术效果。暮色苍茫，广袤的沙漠望不到边，天边挂着一轮金黄的落日，临洮城远远地隐现在暮色中，显得境界阔大，气势恢宏。

"昔日长城战，咸言意气高"，这是众人的说法。对此，诗人不是直接从正面进行辩驳或加以评论，而是以这里的景物和战争遗迹来做回答："黄尘足今古，白骨乱蓬蒿。"意思是说，临洮这一带沙漠地区，一年四季黄尘弥漫，战死者的白骨杂乱地弃在蓬蒿间，从古到今，都是如此。这里的"白骨"，包含开元二年（714 年）那次"长城战"战死的战士，及这以前战死的战士。这里没有一个议论字眼，却将战争的残酷极其深刻地揭示出来。这里是议论，是说理，但这种议论与说理却完全是以生动的形象来表现，因而更具有震撼人心的力量，手法极其高妙。

这首诗着重表现军旅生活的艰辛及战争的残酷，其中蕴含了诗人对穷兵黩武的反对情绪。

静夜思 李白

【原文】

床①前明月光，疑②是地上霜。

举头③望明月，低头思故乡。

【注释】

①床：今传四种说法：一指井台；二指井栏；三取"床"即"窗"的通假字；四取本义，即坐卧的器具。

②疑：好像。

③举头：抬头。

【赏析】

李白《静夜思》一诗的写作时间是开元十四年（726年）旧历九月十五日左右。李白时年26岁，写作地点在当时扬州旅舍。诗人在一个月明星稀的夜晚，望见天空一轮明月，思乡之情油然而生，便写下了这首传诵千古的《静夜思》。

这首诗写的是诗人在寂静的月夜思念家乡的感受。诗的前两句，是写诗人在作客他乡的特定环境中一刹那间所产生的错觉。一个独处他乡的人，白天奔波忙碌，倒还能冲淡离愁，然而一到夜深人静的时候，心头就难免泛起阵阵思念故乡的波澜，更何况是月色如霜的秋夜。"疑是地上霜"中的"疑"字，生动地表达了诗人睡梦初醒，迷离恍惚中将照射在床前的清冷月光误作洒在地面的浓霜。"霜"字用得更妙，既形容了月光的皎洁，表达了季节的寒冷，又烘托出诗人漂泊他乡的孤寂凄凉之情。

诗的后两句，则是通过动作神态的刻画，深化思乡之情。"望"字照应了前句的"疑"字，表明诗人已从迷朦转为清醒。他翘首凝望着月亮，不禁想

起此刻他的故乡也正处在这轮明月的照耀下，于是自然引出了"低头思故乡"的结句。"低头"这一动作描画出诗人完全处于沉思之中，而"思"字又给读者留下丰富的想象：那家乡的父老兄弟、亲朋好友，那家乡的一山一水、一草一木，那逝去的年华与往事……无不在思念之中。一个"思"字所包含的内容实在太丰富了。

短短四句诗，写得清新朴素，明白如话。内容单纯而丰富，让人体味无穷。全诗构思细致深曲，但却了然无迹。从这里我们不难领会到李白绝句的"自然""无意于工而无不工"的妙境。

这首小诗，既没有奇特新颖的想象，更没有精工华美的辞藻；它只是用叙述的语气，写远客思乡之情，然而它却意味深长，耐人寻味，"妙绝古今"（胡应麟《诗薮·内编》卷六）。

悲陈陶 杜甫

【原文】

孟冬十郡良家子①，血作陈陶泽②中水。

野旷天清无战声③，四万义军④同日死。

群胡归来血洗箭，仍唱胡歌饮都市。

都人回面向北啼⑤，日夜更望官军至。

【注释】

①孟冬：农历十月。十郡：指秦中各郡。良家子：从百姓中征召的士兵。

②陈陶：地名，即陈陶斜，又名陈陶泽，在长安西北。

③无战声：战事已结束，旷野一片死寂。

④义军：官军，因其为国牺牲，故称义军。

⑤向北啼：这时唐肃宗驻守灵武，在长安之北，故都人向北而啼。

【赏析】

唐肃宗至德元年（756 年）冬，唐军跟安史叛军在陈陶作战，唐军四五万人几乎全军覆没。来自西北十郡（今陕西一带）的子弟兵，血染陈陶战场，景象十分惨烈。杜甫这时被困在长安，此诗即为这次战事而作。

虽然陈陶之战伤亡是惨重的，但是杜甫从战士们的牺牲中，从沉默的气氛中，从人民流泪的悼念中，从他们悲哀的心底上仍然发现并写出了一种悲壮之美。它能给人们以力量，鼓舞人民为讨平叛乱而继续战斗。

诗的前四句渲染战败后肃穆沉重的氛围；后四句先写胡兵的骄横，后写长安人民对官军收复长安的渴望。全诗寓主观于客观，把对胡虏的仇恨、对官军的痛惜、对长安百姓的同情、对国家命运的忧虑等种种感情，都凝聚在特定的场面中，体现出一种悲壮的美。这首诗的写作，说明杜甫没有一味地展示伤痕，而是根据战争的正义性质，写出了人民的感情和愿望，表现出他在创作思想上达到了很高的境界。

哀江头　　　杜甫

【原文】

少陵野老吞声哭，春日潜行曲江曲①。

江头宫殿锁千门，细柳新蒲为谁绿②？

忆昔霓旌下南苑，苑中万物生颜色③。

昭阳殿里第一人，同辇随君侍君侧④。

辇前才人带弓箭，白马嚼啮黄金勒⑤。

翻身向天仰射云，一笑正坠双飞翼⑥。

明眸皓齿今何在？血污游魂归不得⑦。

清渭东流剑阁深⑧，去住彼此无消息。

人生有情泪沾臆⑨，江水江花岂终极！

黄昏胡骑⑩尘满城，欲往城南望城北。

【注释】

①少陵：杜甫祖籍长安杜陵。少陵是汉宣帝许皇后的陵墓，在杜陵附近。杜甫曾在少陵附近居住过，故自称"少陵野老"。吞声哭：哭时不

敢出声。潜行：因在叛军管辖之下，只好偷偷地走到这里。曲江曲：曲江的隐曲角落之处。

②"江头"一句：写曲江边宫门紧闭，游人绝迹。为谁绿：意思是国家破亡，连草木都失去了故主。

③霓旌：云霓般的彩旗，指天子之旗。南苑：指曲江东南的芙蓉苑。因在曲江之南，故称。生颜色：万物生辉。

④昭阳殿：汉代宫殿名。汉成帝皇后赵飞燕之妹为昭仪，居住于此。唐人多以赵飞燕比杨贵妃。第一人：最得宠的人。辇：皇帝乘坐的车子。古代君臣不同辇，此句指杨贵妃的受宠超出常规。

⑤才人：宫中的女官。嚼啮：咬。黄金勒：用黄金做的衔勒。

⑥仰射云：仰射云间飞鸟。一笑：杨贵妃因才人射中飞鸟而笑。正坠双飞翼：或暗寓唐玄宗和杨贵妃的马嵬驿之变。

⑦"明眸皓齿"两句：写安史之乱起，玄宗从长安奔蜀，路经马嵬驿，禁卫军逼迫玄宗缢杀杨贵妃。

⑧清渭：即渭水。剑阁：即大剑山，在今四川省剑阁县的北面，是由长安入蜀必经之道。《太平御览》卷一六七引《水经注》："益昌有小剑城，去大剑城三十里，连山绝险，飞阁通衢，故谓之剑阁也。"

⑨臆：胸膛。

⑩胡骑：指叛军的骑兵。

【赏析】

唐肃宗至德元年（756年）秋天，杜甫离开鄜州去投奔刚刚即位的唐肃宗，不巧被安史叛军抓住，带到沦陷了的长安。诗人旧地重来，触景伤怀，内心自然是十分痛苦的。第二年春天，诗人沿长安城东南的曲江行走，感慨万千，哀恸欲绝，《哀江头》就是当时心情的真实记录。

全诗分为三部分。前四句是第一部分，写长安沦陷后的曲江景象。写出了曲江的萧条和气氛的恐怖，写出了诗人忧思惶恐、压抑沉痛的心理，诗句含蕴无穷。第二部分，回忆安史之乱以前春到曲江的繁华景象。这里用"忆昔"二字一转，引出了一节极为繁华热闹的文字。这些帝王后妃们没有想到，这种放纵的生活却正是他们亲手种下的祸乱根苗。"明眸皓齿今何在"以下八句是第三部分，写诗人在曲江头产生的感慨。

在这首诗里，诗人流露的感情是深沉而复杂的。他在表达出真诚的爱国激情的时候，也流露出对蒙难君王的伤悼之情。这是李唐盛世的挽歌，也是国势衰微的悲歌。全篇表现的是对国破家亡的深哀巨恸。

全诗层次清晰，结构严整，首尾照应，艺术构思缜密，语言形象精练，给人以身临其境之感。

节妇吟·寄东平李司空师道① 张籍

【原文】

君知妾②有夫，赠妾双明珠。

感君缠绵意，系在红罗襦。

妾家高楼连苑起③，良人执戟明光里④。

知君用心如日月⑤，事夫誓拟同生死⑥。

还君明珠双泪垂，恨不相逢未嫁时。

【注释】

①节妇：能守住节操的妇女，特别是对丈夫忠贞的妻子。司空师道：李师道，时任平卢淄青节度使。

②妾：古代妇女对自己的谦称，这里是诗人的自喻。

③苑：帝王及贵族游玩和打猎的风景园林。起：矗立。

④执戟（jǐ）：指守卫宫殿的门户。明光：本汉代宫殿名，这里指皇帝的宫殿。

⑤用心：动机目的。如日月：光明磊落的意思。

⑥事：服侍、侍奉。拟：打算。

【作者介绍】

张籍（约767—约830年），唐代诗人。字文昌，汉族，和州乌江（今安徽和县）人，郡望苏州吴（今江苏苏州）。先世移居和州，遂为和州乌江（今安徽和县乌江镇）人。世称"张水部""张司业"。张籍的乐府诗与王建齐名，并称"张王乐府"。著名诗篇有《塞下曲》《征妇怨》

《采莲曲》《江南曲》。

【赏析】

　　这是一首具有双层内涵的唐诗精品，是唐代诗人张籍自创的乐府诗。在文字层面上，它描写了一位忠于丈夫的妻子，经过思想斗争后终于拒绝了一位多情男子的追求，守住了妇道；在喻义的层面上，它表达了作者忠于朝廷、不为藩镇高官拉拢收买的决心。

　　李师道是当时藩镇之一的平卢淄青节度使，又冠以检校司空、同中书门下平章事的头衔，其势炙手可热。中唐以后，藩镇割据，用各种手段勾结、拉拢文人和中央官吏。而一些不得意的文人和官吏也往往去依附他们，韩愈曾作《送董邵南序》一文婉转地加以劝阻。张籍是韩门大弟子，他的主张维护国家统一、反对藩镇割据分裂的立场一如其师，因此不为所动。这首诗便是一首作者为拒绝李师道的收买而写的名作。

　　全诗以比兴手法委婉地表明态度，语言上极富民歌风味，对人物刻画细腻传神，为唐诗中的佳作。这首诗单从表面看完全是一首抒发男女情事的言情诗，本质上其实是一首政治抒情诗。题为《节妇吟》，即是用以明志。此诗词浅意深，言在意外，含蓄地表达了诗人的政治立场。全诗情理真挚，心理描写细致入微，委婉曲折而动人。

此诗似从汉乐府《陌上桑》《羽林郎》脱胎而来，但较之前者更委婉含蓄。它的一些描写，在心理刻画上细腻熨帖，入情入理，短幅中有无限曲折，真所谓"一波三折"。

织妇词　　元稹

【原文】

织妇何太忙，蚕经三卧行欲老①。

蚕神女圣②早成丝，今年丝税③抽征早。

早征非是官人恶，去岁官家事戎索④。

征人战苦束刀疮，主将勋高换罗幕⑤。

繰丝织帛犹努力，变缉撩机⑥苦难织。

东家头白双女儿，为解挑纹⑦嫁不得。

檐前袅袅⑧游丝上，上有蜘蛛巧来往。

羡他虫豸解缘天⑨，能向虚空织罗网。

【注释】

①蚕经三卧行欲老：蚕有眠性，蚕种三卧之后进入四眠，四眠后即上簇结茧。古织妇往往亦为蚕妇，所以要提前做准备。

②蚕神女圣：古代传说黄帝妃嫘祖是第一个发明养蚕抽丝的人，民间奉之为蚕神。

③丝税：唐代纺织业极为发达，荆、扬、宣、益等州均设置专门机构，监造织作，征收捐税。

④戎索：本义为戎法，此处引申为战事。

⑤罗幕：即丝罗帐幕。

⑥变缉：变动丝缕。撩机：拨动织机。

⑦挑纹：挑出花纹。

⑧袅袅（niǎo）：摇曳、飘动的样子。

⑨天：天性。

【作者介绍】

元稹（779—831年），唐代诗人。字微之，河南（治今河南洛阳）人。早年家贫。唐德宗贞元九年（793年）举明经科，贞元十九年（803年）举书判拔萃科，曾任监察御史。因得罪宦官及守旧官僚，遭到贬斥。后转而依附宦官，官至同中书门下平章事。最后以暴疾卒于武昌军节度使任所。

元稹与白居易友善，常相唱和，共同倡导新乐府运动，世称"元白"。诗作平浅明快中呈现丽绝华美，色彩浓烈，铺叙曲折，细节刻画真切动人，比兴手法富于情趣。后期之作伤于浮艳，故有"元轻白俗"之讥。有《元氏长庆集》60卷，补遗6卷，存诗830余首。

【赏析】

此诗作于元和十二年（817年），为《乐府古题》十九首之一。虽然属于"古题"，却合乎白居易对新乐府的要求。即"首句标其目"，开宗明义；"其辞质而径"，读者易晓；"其事核而实"，采者传信；"总而言之，为君、为臣、为民、为物、为事而作，不为文而作。"

此诗以荆州首府江陵为背景，描写织妇被剥削被奴役的痛苦。其中"东家头白双女儿，为解挑纹嫁不得"两句，说的是为了能够完成"挑纹"的精美织品，竟然导致两个女儿终老于家不得嫁人的悲剧。全篇仅一百一十字，语言简练，却层次丰富，显得意蕴深厚，十分耐读。

红线毯

白居易

【原文】

红线毯，择茧缫丝清水煮，拣丝练线红蓝染①。

染为红线红于蓝，织作披香殿上毯②。

披香殿广十丈余，红线织成可殿铺③。

彩丝茸茸香拂拂，线软花虚不胜④物。

美人踏上歌舞来，罗袜绣鞋随步没。

太原毯涩毳⑤缕硬，蜀都褥薄锦花冷，

不如此毯温且柔，年年十月来宣州。

宣城太守加样织⑥，自谓为臣能竭力。

百夫同担进宫中，线厚丝多卷不得。

宣城太守知不知，一丈毯，千两丝。

地不知寒人要暖，少夺人衣作地衣⑦。

【注释】

①缫丝：将蚕茧抽出蚕丝的工艺概称缫丝。古时的缫丝方法，是将蚕茧浸在热盆汤中，用手抽丝，卷绕于丝筐上。练：亦作"涑"，把丝麻或布帛煮得柔软沾白。

②红于蓝：指染成的丝线，比红蓝花还红。蓝：指红蓝花，箭镞锯齿形蓝色叶，夏开红黄花，可制胭脂和红色颜料。披香殿：汉朝殿名，汉成帝皇后赵飞燕曾在此歌舞，这里泛指宫廷里歌舞的处所。

③可殿铺：满殿铺。

④不胜：承受不起。

⑤毳（cuì）：指鸟兽的细毛。

⑥加样织：用新花样加工精织。

⑦地衣：即地毯。

【赏析】

《红线毯》是唐代大诗人白居易创作的《新乐府》诗中的一首。中唐时弊政很多，其一就是地方官"每假进奉，广有诛求"（白居易《论裴均进奉银器状》）。"宣州太守"之进奉"红线毯"就是一例。这触发了诗人对"宣州太守"一类昏官的愤怒鞭挞与对"生民病"（《寄唐生》）的极大同情。《红线毯》一诗正表达了诗人绝进奉、救时弊的意愿。

这首诗通过宣州进贡红线毯之事，对宣州太守一类官员讨好皇帝的行为加以讽刺，又着重揭露最高统治者为了自己的荒淫享乐，毫不顾惜织工的辛勤劳动而任意浪费人力物力的罪恶。从结尾两句可以清楚地看出，浪费那么多的丝和劳力去织地毯，势必导致许多人穿不上衣服。作者在诗中对这种现象进行了直接的谴责，感情强烈。

诗的第一部分即一至五句，就是记叙用茧线织成红线毯的精工细作的过程，表现出织匠劳动的繁重紧张，也含寓着诗人深切的同情。

第二部分从第六至第十四句，绘写已织就的红线毯的精美，极尽描写、衬托、对比等表现手法之能事，淋漓尽致地渲染出红线毯"温且柔"之精美，为下面讽刺、抨击地方官进奉之举埋下伏笔。

第三部分从第十五句至第十八句，在把物之美写足之后，陡然将讽刺的锋芒直指"宣州太守"，可谓"其言直而切"（《新乐府序》），丝毫没留情面。

第四部分从第十九至二十三句，诗人的忧心忡忡已转化为满腔愤怒，并发展到不可遏止的程度，那股"惟歌生民病"的激情促使他几乎是指着"宣州太守"的鼻子厉声斥问，表现出他为民请命而"不惧权豪怒"（《寄唐生》）的大无畏精神。

全诗语言质朴直白，感情激烈直率，记事直截了当，通俗易懂，是作者"歌诗合为事而作"（《与元九书》）的生动范例。

参考文献

［1］郭茂倩著．乐府诗集（全四册）——中国古典文学基本丛书
　　［M］．北京：中华书局，1979.

［2］《国学典藏书系》丛书编委会主编．国学典藏书系——乐府诗
　　集［M］．长春：吉林出版集团有限责任公司，2010.

［3］夏华等编译．万卷楼国学经典：乐府诗集（图文版）［M］．沈
　　阳：万卷出版公司，2014.

［4］王运熙，王国安编著．国学大讲堂：乐府诗集导读［M］．北
　　京：中国国际广播出版社，2009.

［5］郭茂倩．中华藏典传世文选：乐府诗集（全三册）［M］．北
　　京：西苑出版社，2003.

［6］余冠英选注．乐府诗选——余冠英作品集［M］．北京：中华
　　书局，2012.

［7］朱剑心选注．朱剑心著作集：乐府诗选注［M］．杭州：浙江
　　人民美术出版社，2016.

［8］崇贤书院．释译乐府诗集（化读本精华本）［M］．北京：新世
　　界出版社，2014.

［9］韩宁．乐府诗集分类研究——鼓吹横吹曲辞研究［M］．北京：
　　北京大学出版社，2009.

［10］王福利．乐府诗集分类研究——郊庙燕射歌辞研究［M］．北
　　京：北京大学出版社，2009.